Mein Dank geht an alle, die mich in diesem Projekt unterstützt haben, mich auf Fehler aufmerksam gemacht haben und an mich geglaubt haben.

Ganz besonderer Dank gehört meinem Mann Ernst für seine Geduld.

Madeleine L. Saner

Whisky-dnapped

Heiterer Kriminalroman

Bibliografische Information der Deutschen Nationalbibliothek:
Die Deutsche Nationalbibliothek verzeichnet diese Publikation in der
Deutschen Nationalbibliografie; detaillierte bibliografische Daten sind
im Internet über http://dnb.dnb.de abrufbar.

Herstellung und Verlag: BoD – Books on Demand, Norderstedt

ISBN: 978-3-7557-5210-3

Kapitel 1

Manolo Bartoli war um die fünfzig Jahre alt. Geschäftsmann. Er liebte seine Familie, italienische Opern und große, elegante Partys.

Letztere waren das sichtbare Zeichen seines gesellschaftlichen Aufstiegs. Wenn er genug getrunken hatte, erzählte er manchmal, dass sein Vater eines Abends ohne Gepäck von Ventimiglia zu einem Spaziergang über die französische Grenze aufgebrochen war und erst in Marseille angehalten hatte. Er war geblieben und hatte den Grundstein für das Vermögen gelegt, dessen Verwaltung und Vermehrung nun seinem einzigen Sohn und Erben oblag.

Seine Zuhörer belächelten die Anekdote. Aber sie war keine Erfindung. Manolos Vater hatte gute Gründe gehabt, ein paar hundert Kilometer zwischen sich und seine Heimatstadt zu legen. Er war im gleichen Business tätig gewesen wie sein Sohn, und in seiner Heimat war die Konkurrenz groß und unzimperlich gewesen. Manolo, den manche ‚die Spinne‘ nannten war ein notorischer Schmuggler und Autoschieber. Man sagte ihm nach, dass er weltweit alles beschaffen konnte, wenn nur der Preis stimmte. Sein offizielles Geschäft war eine seriöse Import-Export-Firma in einem eleganten Geschäftshaus mit Aussicht auf den Hafen von Marseille.

Der kleine schlanke Mann machte einen sympathischen Eindruck, solange man den Ausdruck seiner kalten Augen ignorierte. Doch seine Rücksichtslosigkeit war legendär, auch wenn man ihm einen gewissen italienischen Charme nicht absprechen konnte.

An diesem Morgen war er nicht charmant, sondern nur wütend. «Verschwunden? Wie das denn? Was? Mir schnuppe!» Seine Stimme hob sich um eine halbe Oktave, als er brüllte: «Findet ihn, erledigt ihn. Und besorgt verdammt nochmal die Ware. Der Kunde wartet. Also versaut es nicht noch einmal, ihr Idioten, sonst werde ich ungemütlich.»

Er beendete das Gespräch und trommelte nervös auf die Tischplatte. Eine Katastrophe! Er hatte für den Auftrag eine erhebliche Anzahlung kassiert. Sein Auftraggeber war bestimmt nicht erfreut zu hören, dass Manolos Angestellter mit dem bestellten Artikel stiften gegangen war.

Joseph ‚Joe' Bensaoula, der besagte Angestellte, versuchte bereits zum zehnten Mal an diesem Freitagmorgen seine Frau zu kontaktieren. Doch Mariette beantwortete weder seine Anrufe noch seine Textnachrichten. Joes Unruhe wuchs mit jeder Minute. Über sein Schicksal machte er sich keine Illusionen. Sein Leben war vorbei. Was für ein Idiot er doch gewesen war! Doch nun musste er seine Karten klug spielen, um wenigstens seine Familie zu retten. In was für eine Scheisse hatte er sich da bloß reingeritten?

Seinen Spitznamen trug Manolo Bartoli nicht zu

Unrecht. Er saß wie die Spinne im Nest und zog seine Fäden. Niemals machte er sich selbst die Finger schmutzig, er war nur der große Organisator. Und eines musste ihm der Neid lassen, wie er einen Bruch vorbereitete, hatte schon etwas Geniales. Auch dieses Mal: Joes Anweisungen waren klar und die Vorbereitungen perfekt gewesen. Zur genannten Adresse fahren, rein – raus – fertig, für Ablenkung hatte der Chef gesorgt. Es war ein Kinderspiel gewesen. Kein Mensch wusste, dass Joe überhaupt dort gewesen war.

Alles war reibungslos abgelaufen, bis die Natur mit einem winzigen Virus Manolos wohlausgereiften Plan durchkreuzt hatte. Joe konnte nichts dafür, dass er zwei Tage nur zwischen Bett und Bad hin- und her gepilgert war. Aber natürlich hätte er das Päckchen nicht ins Bad stellen sollen. Dann nämlich hätte er es nicht ins Klo gestoßen, als er in einem Schwächeanfall beim Aufstehen dagegen getaumelt war. Als er die unappetitliche Verpackung heruntergeschält hatte, hatte er seine Beute zum ersten Mal gesehen. Und dann hatte ihn der Teufel geritten.

Joe hatte jetzt eine Familie, einen Beruf und einen lukrativen Spieler-Vertrag. Er brauchte keine krummen Dinger mehr zu drehen. Ein Wink des Schicksals, seine Freiheit gegen die Ware, der Beginn eines durch und durch ehrbaren Lebens, so hatte er sich das gedacht. Doch man hörte natürlich nicht eben mal bei Manolo

Bartolo auf, wie zum Beispiel im Baugeschäft nebenan. Es war die dämlichste Idee seines Lebens gewesen, Joe hatte sicher Fieber gehabt.

Er holte im Dorfladen eine Cola, spazierte ein Stück entlang der Hauptstraße und danach über den Wanderweg bergauf durch den lichten Wald. Auf der Bank am Waldrand öffnete er die Cola und packte sein Picknick aus. Er kaute langsam und bedächtig, während er überlegte. Sein Plan war ebenso simpel wie riskant, aber ihm blieben nicht viele Möglichkeiten. Er würde Manolo anrufen und ihm einen Deal anbieten: Ihn und die Ware gegen das Leben seiner Familie. Es war eine dumme Idee gewesen. Davonlaufen war zwecklos.

Ein Knacken schreckte ihn auf. Er wandte sich um und erkannte durch Büsche und Bäume zwei ebenso bekannte wie unwillkommene Besucher. Sie hatten ihren Wagen zurückgelassen, um keinen Lärm zu verursachen, denn nichts lag ihnen ferner als eine gemütliche Wanderung. Joe blickte sich gehetzt um. Der Weg in den Wald zurück war ihm versperrt und sonst gab es hier kaum ein Versteck. Er ließ alles liegen, lief geduckt so weit wie möglich bergauf, ein Stück ins Rapsfeld hinein und ließ sich zwischen die goldgelben Stauden fallen. Der Wind rauschte mächtig in den Bäumen, während er sich gegen den feuchten Boden presste. Das Geräusch war so laut, dass es die nahenden Schritte übertönte.

Ein schwerer Männerschuh traf unvermittelt Joes Gesicht. Sein Jochbein brach, und er schrie. Der Angreifer beugte sich vor, um ihm in die tränenden Augen zu sehen. «Wo ist es, Alter?»

Joe war ein durchtrainierter Athlet, doch gegen die beiden Gangster hatte er keine Chance. Immer neue Schläge trafen sein geschundenes Gesicht.

«Wo ist es? Raus damit!»

«Im Clef-d'Or», brachte Joe mühsam heraus und spuckte Blut. «T… Toilette.»

«Wo ist das? Wo? Wo?» Einer der Schläger trat ihm in die Kniekehlen. Joe fiel mit einem dumpfen Schlag aufs Gesicht. «Zieh ihm die Schuhe aus, Mathieu. Ein bisschen Feuer unter den Füßen hat noch jeden zum Reden gebracht.»

Sein Partner gehorchte. Als Joe sich nicht wehrte, sah er betroffen auf. «Willem, ich glaube, … Schau mal. Ich glaube fast, du hast ihn totgeschlagen.»

«Was?!» Willem Van Dam trat den Reglosen in die Seite. Als sein Opfer sich nicht rührte, fluchte er.

«Komm, hauen wir ab», drängte Mathieu Lafitte.

«Nicht ohne diesen Idioten. Du weißt, was der Chef gesagt hat. Er darf nicht wieder auftauchen. Los, holen wir den Wagen. Aber erst verstecken wir die Leiche.» Er fluchte erneut, einen fantasievollen langen holländischen Fluch. «Und dann suchen wir diesen verdammten *Goldenen Schlüssel*. Das muss eine Bar oder eine Kneipe in der Nähe sein.»

Kim Rochat sog tief die Luft ein und freute sich über den wunderbaren Frühlingstag. Gesäumt von tiefdunklem Wald an den Flanken des schmalen Tals, zog sich ein goldgelber Riemen Raps hinauf bis fast zu den Wiesen, wo ihr Pächter seine Kühe sömmerte. Kuhglocken läuteten, Bienen summten, Vögel zwitscherten, das Tal wirkte friedlich und wie ausgestorben. Zwar gab es seit einigen Jahren einen markierten Wanderweg und sogar ein paar Holzbänke, die zur Muße einluden. Aber Wanderer waren hier selten anzutreffen, egal wie sehr sich die Touristiker anstrengten. Die Attraktivität dieser abgelegenen Juragegend lag eher im Auge des Betrachters. Oder vielmehr der Betrachterin. Madame Rochat war natürlich befangen, denn das kleine Tal gehörte ihr, beziehungsweise der Familie Rochat.

Jenseits von Wald und Raps lag breit und behäbig das alte Landgut Le Rochet, das seit fast zweihundert Jahren von einem gewissen Wohlstand seiner Besitzer verkündete. Kim sprach im Scherz manchmal von ihrer Residenz. Von dort brach sie so oft es ihr möglich war mit ihren Hunden zur nahen Rundwanderung auf, nicht nur, aber auch um sich an ihrem Besitz zu erfreuen.

Das letzte Stück vor der Sommerweide war steil, und sie blieb stehen, um Atem zu schöpfen. Liebevoll glitt ihr Blick über die Landschaft. Sie musste unbedingt wieder einmal mit Leinwand und Farben heraufkommen. Quatsch! Das gab Bräuning nur wieder einen Anlass, ihre Bilder als Kitsch abzuqualifizieren, damit er die Preise drücken konnte. Sie verabscheute den Berner Galeristen. Aber immerhin war er bereit, ihre Bilder an bester Lage auszustellen.

Wem wohl der auffällige rote Geländewagen am Wald bei der Hauptstraße gehören mochte? Sicher Spaziergänger, die zu faul waren, die paar Meter vom Parkplatz im Dorf zum Wald hinauf zu Fuß zurückzulegen. Zappa lenkte sie ab, ehe sie den Gedanken weiterverfolgen konnte. Der zottige Hütehund tat, was die Natur und Generationen von Schaf- und Hundezüchtern in seinen Genen verankert hatten: Er trieb eifrig die Kühe des Pächters zusammen und ignorierte alle Zurufe und Pfiffe seiner Herrin.

Diese machte sich daran, ihrem Befehl Nachdruck zu verleihen. Zappa einfach mitten im Lauf am Halsband zu fassen, war allerdings keine Option. Der Hund war fast siebzig Kilo schwer und von überschäumendem Temperament. Bei Letzterem konnte Kim Rochat zweifellos mithalten, doch ihr Gewicht reichte bei weitem nicht an das des Hundes heran. Zudem war sie nicht mehr ganz jung. Ihr genaues Alter war ein gut gehütetes Geheimnis. Schätzungen gingen von schmeichelhaften fünfundvierzig bis zu weniger freundlichen sechzig Jahren weit auseinander.

Sie griff in ihre Umhängetasche. Als der Hund begeistert bellend ihren Weg kreuzte, schwang sie ihren Arm hoch und vollführte eine Drehbewegung über ihrem Kopf. Eine Kette wirbelte durch die Luft und traf den Hund in die Seite. Überrascht stellte er sein Tun ein und legte sich hin.

Sie stieg schnaufend zu ihm hinab und steckte ihre Wurfkette wieder ein. Der Hund blickte der Herde mit hängender Zunge sehnsüchtig nach, während Kim ihn anleinte.

«Ja, ich weiß, du brauchst Arbeit. Mal sehen, vielleicht finden wir einen Schäfer, der dich haben will.»

Mit Zappa an der Leine machte sich Madame Rochat auf den Heimweg. Auf halber Höhe blieb sie stehen und warf einen angewiderten Blick auf die Holzbank des örtlichen Tourismusvereins.

«Zum Kuckuck!» Madame Rochat blieb stehen und sah sich angewidert um. In Gesellschaft wahrte sie stets einen Schein von Noblesse, obwohl sie seit zwanzig Jahren behauptete, sich um keine Konventionen mehr scheren zu wollen. Doch hier draußen, ohne Publikum, gestattete sie sich manchmal, etwas deutlicher zu werden.

Nicht dass ihr verbaler Ausrutscher unbemerkt geblieben wäre. An ihrer Seite hob Radetzky die Ohren und spähte irritiert umher. Und die kleine Nella knurrte mutig unter dem Bauch der schwarz-weißen Dogge hervor.

«Ruhe, ihr zwei!», brummte ihre Herrin ungehalten und machte sich an die Arbeit.

Auch die anderen Hunde waren nähergekommen und sahen interessiert zu, wie sie die Reste einer Mahlzeit in den Eimer neben der Bank warf. Othello, der Labrador, stellte sich hoffnungsvoll neben dem Eimer auf. Man konnte nie wissen.

Seit Tagen ärgerte sich Kim über diesen Fremden. Auf ihrer nachmittäglichen Hunderunde hatte sie ihn mehrmals hier angetroffen. Er hatte sie immer höflich gegrüßt und sich dann weiter seiner Mahlzeit gewidmet. Und jedes Mal war er danach so rasch aufgebrochen, dass die Zeit offenbar nicht gereicht hatte, um den Müll zu entsorgen.

Heute schien er früher dran gewesen zu sein, denn Madame Rochat war pünktlich wie alle Tage.

Sie warf einen letzten prüfenden Blick auf die Bank und nahm sich vor, mit dem Fremden das nächste Mal über die Sauberkeit von öffentlichem Grund und Boden zu sprechen. Dann pfiff sie nach den Hunden und setzte ihren Weg fort..

Die kleinen Hunde stöberten im Unterholz, während Kim ohne Eile talwärts spazierte. Die Großen, mit Ausnahme von Zappa, genossen ihre Freiheit und liefen weit voraus. Aber die Augen des armen Sünders folgten ihnen mit einem solchen Ausdruck von Neid, dass Kim schließlich Einsicht zeigte und ihn ebenfalls von der Leine ließ. Sofort stürmte er los und gesellte sich zu Othello und Radetzky. Die drei rannten um die Wette, bis sie schließlich weit unten mit allen Zeichen der

Unruhe verharrten.

Als Kim zu ihnen aufschloss und sah, was die Hunde gefunden hatten, wurde ihr flau und sie musste sich setzen. Sie schluckte krampfhaft, als sich ihr Magen hob. Vor ihr, zwischen dem Raps und dem Gestrüpp am Straßenrand lag ein Toter. Nur die Kleider verrieten ihr, dass es sich um den Fremden von der Bank handelte. Sein Gesicht war nicht mehr zu erkennen. Seine Füße waren nackt.

Radetzky senkte den großen Kopf und beschnüffelte die Leiche. Othello stand bocksteif mit gesträubtem Fell daneben und knurrte so drohend, dass sich die Kleinen erst gar nicht heranwagten. Einzig Tamina näherte sich zögernd und leckte über die nackten Füße des Toten. Das brachte Madame auf die Beine, obwohl ihre Magennerven noch immer flatterten.

«Lass das, Tamina! Weg da, Alle!», befahl sie mit gepresster Stimme. Scheu schlichen die Hunde zur Seite und legten sich nieder.

Madames Gedanken rasten. Bisher hatte sie noch keine Veranlassung gesehen, sich eines dieser neumodischen mobilen Telefone anzuschaffen. Doch jetzt, sie gab es zu, wäre ein Solches von Nutzen gewesen. Die Polizei musste unverzüglich benachrichtigt werden, doch der Ort des Schreckens war noch ein ganzes Stück von ihrem Haus entfernt. Mit den Hunden brauchte sie bis dahin fast eine halbe Stunde.

Zappa hatte sich verstohlen wieder

herangeschlichen. Er beschnüffelte die Füße des Toten. Dann hob er den Kopf in den sonnigen Frühlingshimmel und heulte die kleinen weißen Wolken an, die über das Tal zogen.

«Zappa! Bist du übergeschnappt, du sentimentale kleine Seele? Scher dich weg und halt die Schnauze!»

Der zottige Hund faltete sich zusammen, platzierte die Schnauze zwischen seinen Vorderpfoten und wimmerte vor sich hin.

«Heiliger Bimbam!» Madame betrachtete ihn voller Abscheu und kam zu einem Entschluss. Sie wies auf den Feldweg neben der Leiche. «Othello! Radetzky hierher! Macht Platz, bleibt!»

Othello war zwar kein Wachhund und Radetzky nicht der Hellste. Doch, wer die beiden nicht kannte, wagte sich hoffentlich nicht an den ihnen vorbei. Damit schien ihr die Leiche hinreichend gesichert.

«Auf geht's! Wir müssen telefonieren», munterte sie die anderen Hunde auf und setzte sich in Trab.

Kim hatte nicht bemerkt, dass sie beobachtet wurde. Die beiden Männer hatten es gerade noch rechtzeitig geschafft, sich gegenüber ins Gebüsch zu werfen.

«Soll ich sie erschießen?», fragte der kleine dünne Mann mit Schnauzbart und schütterem Haar leise.

«Spinnst du? Du kannst doch hier nicht am helllichten Tag herumballern!», zischte Willem Van Dam, sein Chef. Er war mit Mathieu Lafittes Schwester verheiratet. Leider hatte er zu spät bemerkt, dass man immer auch die Familie mitheiratete, dachte er zynisch. Die Intelligenz seines Schwagers war nicht gerade sprichwörtlich.

Sie warteten endlose Minuten reglos, bis die Spaziergängerin ihren Weg fortsetzte.

«Endlich, das wurde auch Zeit», brummte Lafitte. «Dumm, dass die Alte ausgerechnet jetzt ihre Fifis ausführen muss.»

«In der daad», pflichtete van Dam bei. Hin und wieder verfiel er in seine Muttersprache, obwohl er fließend und fast akzentfrei französisch sprach. Er lebte seit vielen Jahren in Frankreichs sonnigem Süden.

Lafittes Erleichterung verflog, als ihm klar wurde, dass die Frau nicht alle Hunde mitnahm. «Mist! Die alte Schabracke lässt die beiden Hunde zurück. Sieh nur, Willem, dieses Kalb! Was machen wir jetzt?»

Der Belgier grinste. «Tja, Mathieu, da wirst du leider dein Abendessen opfern müssen, du Schisser. Ich bin sicher mit einem Pfund Schinken kann ich die beiden dort weglocken.»

«Vielleicht fressen sie ja auch deinen Käse.»

«Erst probieren wir's mit dem Schinken», entschied Van Dam.

Lafitte kickte verbittert gegen einen Stein und verkniff sich einen weiteren Kommentar. Sein Schwager schätzte keinen Widerspruch.

Van Dam warf ihm einen verächtlichen Blick zu.

«Beweg dich jetzt und hol den Wagen. Ich passe so lange hier auf und überlege mir wie wir die Leiche loswerden. Dann müssen wir nur noch die Kneipe finden, die Joe erwähnt hat und unsere Probleme sind gelöst.»

Er hatte ja keine Ahnung. Ihre Probleme fingen eben erst an.

Zunächst aber ging alles glatt. Lafitte brauchte weniger als eine Viertelstunde, um den Wagen zu holen. Van Dams Trick mit dem Schinken funktionierte ebenfalls tadellos. Nachdem der Labrador angebissen hatte, mochte sein vierbeiniger Kumpel auch nicht zurückstehen. Während sie fraßen, luden die Mörder den Leichnam ohne Zwischenfall in den Wagen.

Als Lafittes Abendessen vernichtet war, und die Hunde die Spender erwartungsvoll anschauten, befahl Van Dam streng: «Platz, ihr Hunde!», und sah grinsend zu, wie die beiden brav gehorchten.

Als sie wegfuhren, beobachtete er im Seitenspiegel, wie die Hunde ihre Pfoten leckten und lachte sich halbtot. «Blöde Viecher!»

Das Lokal, das ihnen Bensaoula genannt hatte, existierte zu ihrer Erleichterung tatsächlich. Es lag an einer Nebenstraße und war von einem großen lauschigen Garten umgeben. Der Parkplatz war fast leer, und das Restaurant, ein schmuckloses weißes Haus mit einem goldenen Schlüssel über dem Eingang, war geschlossen.

Lafitte, ganz Franzose, schüttelte fassungslos den Kopf. «Was ist das bloß für ein Land?», klagte er.

13

«Freitagabend und das Restaurant ist geschlossen? Ich will nach Hause.»

«Da hängt ein Schild! Mal sehen, vielleicht sind wir nur zu früh.»

Als sie sich der Eingangstür näherten, trat ein Mann heraus und fummelte nach seinen Zigaretten. Von drinnen rief eine Frauenstimme nach ihm.

«Schon gut. Nur eine kleine Zigarettenpause.» Er zündete sich eine Zigarette an und nahm einen tiefen Zug. «Hallo, kann ich Ihnen helfen?», begrüßte der die beiden Fremden.

«Guten Tag. Das Clef-d'Or wurde uns von einem Freund empfohlen. Sind Sie der Wirt?»

«Wirt, Koch, Maler und Möbelrücker, alles in einer Person.» Der Mann wies müde hinter sich. «Sie sind einen Tag zu früh.»

Van Dam studierte das Schild, das besagte, dass der *Goldene Schlüssel* die ganze Woche wegen Renovationsarbeiten geschlossen war, Wiedereröffnung am Samstagabend. «Verstehe», sagte er enttäuscht und verbarg seinen Ärger. «Das ist sehr schade. Eh, können wir vielleicht Ihre Toilette benutzen?»

«Tut mir leid. Die hinteren Räume sind komplett mit Möbeln vollgestellt. Kein Durchkommen. Aber an der Tankstelle am Dorfausgang können Sie sicher die Toilette benutzen.»

Wieder rief drinnen jemand nach ihm. «Ich muss weiterarbeiten. Unser Zeitplan ist eng und einer der

Arbeiter ist heute nicht gekommen», sagte er und trat seufzend die Zigarette aus. «Morgen um 18 Uhr ist Neueröffnung. Kommen Sie doch morgen Abend vorbei, das erste Getränk geht aufs Haus.»

Er ging zurück in seine Baustelle, während seine potenziellen Gäste unverrichteter Dinge zu ihrem Wagen zurückkehrten.

«Ein Desaster. Der Chef bringt uns um», brummte Van Dam düster.

Lafittes Gedanken drehten sich um ein anderes Problem: «Willem, der Tank ist fast leer. Wir brauchen einen anderen Wagen.»

«Nicht am hellen Tag. Wir fahren zurück in den Wald. Ich hoffe, soweit reicht der Sprit noch.»

«Hm. Glaub schon», sagte Lafitte und fügte trübsinnig hinzu: «Mann, ich habe solch einen Hunger!»

«Hast du Idiot keine anderen Sorgen als deinen Magen?»

«Du hast mir mein Mittagessen weggenommen. Schon vergessen? Komm, lass uns wenigstens im Dorf noch was einkaufen.»

«Bist du bescheuert? Vielleicht willst du unsere Fahndungsbilder gleich noch selbst beim Postamt aufhängen? Fahr verdammt nochmal jetzt endlich los, zurück zum Waldweg von heute früh.»

Im Schatten der Bäume teilte Van Dam gnädig Brot und Käse mit seinem hungrigen Kollegen. «Damit du endlich die Schnauze hältst.»

Eine Weile schien dies zu funktionieren. Dann räusperte sich Lafitte und sagte vorsichtig: «Wir brauchen jetzt einen neuen Wagen, Willem. Allzu weit kommen wir mit dem da nicht mehr. Und bestimmt wird er auch schon gesucht.»

«Dann geh mal einen requirieren. Aber lass dich nicht erwischen, hörst du?»

Lafitte brummte etwas Unverständliches und machte sich auf den Weg. Bald kam er im Laufschritt zurück. «Rasch! Wir müssen weg hier! Das Landgut da unten gehört der Frau mit den Hunden. Und so viel Blaulicht hast du noch nie gesehen. Aber ich habe eine Idee.»

Kapitel 2

Silvan Rochat drehte sich ächzend in seinem Bett um, als sich die elektronische Version der Ouvertüre aus Rossinis Wilhelm Tell in sein verschlafenes Gehirn bohrte. Er gab ein paar Nettigkeiten an die Adresse des frühen Störenfrieds von sich, während er sich mit geschlossenen Augen durch seine auf dem Boden verstreuten Kleider tastete. Das Getröte verstummte im gleichen Moment, in dem er die Finger auf sein Smartphone legte.

Er ließ sich zurücksinken und blinzelte in die Maisonne, die durch die Vorhänge kroch. Zu früh! Er gähnte und wühlte sich zurück unter die Decke. Sein Puls fand eben zu seinem normalen Rhythmus zurück, als ...

Tatata tatata tata ta ...

Sein Herz tat einen weiteren Satz. Beim zweiten Versuch ans Telefon zu gelangen, verheddterte er sich hoffnungslos im Bettzeug. Immerhin wusste er nun, wo das verfluchte Ding lag. «Ja!?»

«Hallo? Hallo? Wer ist da?»

Also das ging entschieden zu weit. «Wen haben Sie denn angerufen?»

«Silvan? Schläfst du etwa noch?»

Diesmal erkannte er die Stimme. «Himmel, Sébastien! Es ist noch nicht mal acht Uhr. Samstagmorgen, falls du es nicht bemerkt hast.»

«Doch, das habe ich. Steh gefälligst auf, zieh dich an

und setz dich in Bewegung! Kim hat Probleme.»

«Kim?» Silvan gähnte. «Ich zitiere dich, lieber Onkel: Kim wird mit allen Schwierigkeiten allein fertig. Und nun lass mich in Ruhe ausschlafen. Ich habe eine lange Nacht hinter mir.»

«Das kann ich mir denken», knurrte Sébastien Rochat. «Hab schon gehört, dass du ein Lotterleben führst. Aber Kim braucht dich. Also mach dich gefälligst auf die Socken.»

« Warum hilfst du ihr nicht?»

«Ist sie meine Erbtante oder deine? Zudem bist du von uns beiden der Jurist.»

«Au ja. Ich habe schon immer davon geträumt, ein Rudel Hunde zu erben», brummte Silvan, bog sein Kreuz durch und zog die Pyjamahose wieder hoch, die er beim einhändigen Auswickeln aus der Decke verloren hatte. «Und wozu braucht Kim am Wochenende einen Anwalt?»

«Die Polizei hat Kim gestern auf die Wache mitgenommen. Und bis ich zu Bett ging, war sie noch nicht zu Hause.»

«Ach zu liebe Zeit. Was sie denn jetzt wieder angestellt?»

«Sie wird festgehalten im Zusammenhang mit einem Toten, der auf unserem Land gefunden wurde.»

«Hat sie ihn umgebracht?», fragte Silvan interessiert.

«Quatsch! Natürlich nicht.»

Silvan gähnte. «Na also, wo ist dann das Problem?»

«Außer ihr hat niemand den Toten gesehen. Und der untersuchende Beamte ist Marc Nussbaumer.»

Das änderte die Sachlage. Silvan stellte seine Füße ruckartig auf den Boden und tastete nach den Badelatschen. Seinetwegen hatte Kim sich einst mit dem Polizisten angelegt und dabei eine Rote Linie überschritten. Seither hasste der Mann nicht nur Kim, sondern die ganze Familie Rochat wie die Pest. Von ihm hatte sie nichts Gutes zu erwarten.

«Warum sagst du das nicht gleich? Ich komme, so rasch ich kann. Ciao.»

Er unterbrach die Verbindung und ging duschen. Als er, ein Handtuch um die Hüften gewickelt, vor dem Spiegel stand und sich die Haare trocknete, öffnete sich die Badezimmertür.

«Bist du aus dem Bett gefallen?»

«Auch dir einen guten Morgen», versetzte der Angesprochene, ohne sich umzudrehen. «Und wie wäre es mit Anklopfen?»

«Wie wäre es mit Schlüssel umdrehen?»

Silvan verdrehte die Augen. Er hatte dem jungen Sascha vorübergehend ein Zimmer in seiner viel zu großen Wohnung angeboten. Inzwischen bedauerte er seine Gutmütigkeit, denn es erwies sich als schwierig, seinen Untermieter wieder loszuwerden. Der bezeichnete sich selbst in großartiger Verkennung der Tatsachen als seinen WG-Partner und ignorierte hartnäckig alle Hinweise auf das herannahende Ende seines

19

Mietvertrags. Bisher hatte es Silvan nicht über sich gebracht, ihn vor die Tür zu setzen, aber jetzt reichte es ihm.

Er legte den Haartrockner ins Fach zurück, nahm den Rasierer zur Hand und versteckte sich hinter dichtem Schaum. «Ich muss weg, meine Tante ist in Schwierigkeiten», murmelte er.

«Ach, du hast eine Tante?»

«Ja, stell dir vor.» Er schnitt eine Grimasse und zog den Rasierer über seine linke Wange.

«Soll ich mitkommen?»

«Nein, Kleiner. Family Business. Und wenn ich zurück bin ...»

Das Funkeln in den Augen des jüngeren Mannes erlosch. «Herrje, Silvan ...!»

«... will ich hören, wann du ausziehst», vervollständigte dieser seinen Satz ungerührt. «Du arbeitest seit drei Monaten wieder. Du verdienst nicht schlecht, um nicht zu sagen ausgezeichnet. Und du hattest mehr als genug Zeit, eine Wohnung zu suchen.»

«Ach, bitte Silvan! Soll ich vielleicht auf der Baustelle schlafen? Ich finde doch an einem Wochenende keine neue Bleibe.»

«Familienangelegenheiten bei den Rochats dauern immer länger», belehrte ihn Silvan und versuchte, das flaue Gefühl in seiner Magengegend zu ignorieren. Es musste der Hunger sein. Er wandte sich wieder dem Spiegel zu und setzte seine Rasur fort. «Würdest du mich jetzt bitte allein lassen, ehe ich mir noch die Kehle durchschneide?»

Als er kurze Zeit später in die gemütliche Wohnküche trat, stand bereits dampfender Kaffee auf dem Tisch. Sascha hatte beim Bäcker unten im Haus frische Brötchen geholt und deponierte sie nun neben Butter, Marmelade und Honig. «Ich habe dir Frühstück gemacht», betonte er. «Magst du Käse?»

Silvan durchschaute die Taktik. «Nett von dir. Und keinen Käse, danke. In einer Woche ...»

«Okay, okay.» Sascha setzte sich zu ihm an den Tisch und bediente sich mit Brötchen. Während er mit den für ihn typischen pedantischen Bewegungen Butter darauf schmierte, sagte er: «War jedenfalls nett, dass ich bei dir wohnen durfte.»

«Ja, schon gut.»

«Deine Tante ...?»

«Angeheiratet. Sogar doppelt», erläuterte Silvan. «Ich glaube, Papa hätte sie auch gerne zu meiner Stiefmutter gemacht. Aber dann ist er gestorben, bevor etwas Ernstes daraus wurde.»

«Kluger Mann», bemerkte Sascha kauend.

Silvan bedachte ihn für seinen Zynismus mit einem strafenden Blick. «Mein Onkel François war dann der Glückliche. Er war schon ein älterer Herr, und als er nicht einmal drei Jahre später starb, heiratete sie seinen geschiedenen Zwillingsbruder, nach angemessener Trauerzeit natürlich. Der ließ sie nach vier glücklichen

Ehejahren ebenfalls als trauernde Witwe zurück. Du musst wissen, sie ist verrückt nach allem, was Rochat heißt.»

Sascha starrte ihn ungläubig an. «Hat sie ihre Ehemänner umgebracht oder ist sie so anstrengend?»

«Keins von beiden. Das heißt, na ja, letzteres ist sie zweifellos.» Silvan lachte. «Aber sie hat auch etwas Charismatisches. Alle Rochat-Brüder waren hinter ihr her, und sie hat es genossen. Na ja, bis auf meinen Onkel Sébastien. Der hat ihr bisher widerstanden, obwohl sie es bestimmt versucht hat. Das kann er sich leisten, er ist nicht gerade reich, aber ihm gehört die Firma jetzt allein und für einen Junggesellen genügt es. Er genießt es, mir immer unter die Nase zu reiben, dass sie meine Erbtante ist. Sie hat zwei Rochat-Brüder beerbt. Es gibt aber einen Erbvertrag, der besagt, dass das Rochat-Vermögen in der Familie bleiben muss. Nach Kims Tod fällt darum das gesamte Erbe einschließlich ihrer zwölf Hunde an mich, als einzigen Vertreter der Familie meiner Generation. Und weil sie keine eigenen Kinder hat, muss ich mich um ihre Probleme kümmern.»

Saschas honigbraune Augen wurden groß: «Sie hat zwölf Hunde?»

«… und drei Katzen, einen Papagei, sowie vier Pferde und zwei Esel biblischen Alters, wenn nicht irgendetwas noch dazugekommen ist. Kim kann nicht widerstehen, wenn man ihr irgendwelche Viecher auf die Schwelle legt.»

22

«Klingt interessant. Du solltest mich vielleicht doch mitnehmen», schlug Sascha vor und trank seine Kaffeetasse leer. «Vielleicht darf ich im Stall wohnen. Oder in der Scheune.»

Silvan lachte. «Tut mir leid. Gegenüber Menschen ist sie weit weniger gastfreundlich. Und Toleranz gegenüber Menschen abseits dessen, was sie für die Norm ansieht, gehört gewiss nicht zu ihren Tugenden.»

«Ich bin also abseits der Norm?», fragte Sascha und zupfte an seinem Brauenring.

«Ganz gewiss. Und ich auch», antwortete Silvan. Normale Leute tun etwas Vernünftiges, hielt Kim ihm vor, seit sie herausfand, dass er seit Monaten keinen Job mehr hatte. Und auch keinen suchte.

Er warf seine Serviette auf den Tisch und stand auf. Sein Appetit war verflogen.

«Ich mache den Abwasch», bot Sascha an.

«Darum wollte ich dich eben bitten.» Silvan strebte der chromstahlglänzenden Garderobe zu und griff nach Lederjacke und Schlüsseln. «Ich bin in Eile. Ciao.»

Silvan entschied sich für die nahe Autobahnauffahrt. Bis er seinen Fehler bemerkte, stand er bereits im Stau. Scheinbar ohne ersichtlichen Grund quälte sich der Verkehr im Schritttempo westwärts. So viel also zur Zeitersparnis auf der Autobahn.

Während er automatisch zwischen dem ersten und dem zweiten Gang hin und zurück schaltete, ließ er seine Gedanken schweifen. Wieso zum Teufel war seine Tante in einen Mord verwickelt? Kim war zweifellos zu vielem fähig, aber sicher niemals zu einem Mord. Gut, allenfalls hätte sie bei ihm eine Ausnahme gemacht. Oder bei Marc Nussbaumer, aber der lebte offenbar ebenfalls noch. Silvan wünschte, sein Onkel wäre am Telefon konkreter geworden. Aber wahrscheinlich wusste Sébastien auch nichts Genaues.

Silvan liebte seine Tante im gleichen Maße, wie er sie verabscheute. Es gab eine Zeit, da hatte er sie beinahe gehasst. Nach Papas Tod hatte ihn Onkel François zu sich genommen und bald darauf Kim geheiratet. Was diese dazu bewogen hatte, den Antrag des ältlichen Witwers anzunehmen, konnte Silvan sich lange nicht vorstellen. Jahre später erfuhr er, dass die Behörden ihn eher in ein Waisenhaus gegeben hätten, als ihn dem alleinstehenden Onkel anzuvertrauen. Ob François oder Kim auf die Idee mit der Heirat gekommen war, hatte er nie herausgefunden. Darüber schwieg sich seine Tante eisern aus, genauso wie über die Natur ihrer ungewöhnlichen Ehe.

Auf die Tante hätte er im Übrigen gerne verzichtet. Kim tolerierte noch kurze Zeit den Zorn und den Widerstand des störrischen Elfjährigen, dann knöpfte sie ihn sich vor.

«Ich weiß nichts über Kinder und will auch nichts darüber wissen», erklärte sie ihm kühl. «Und ich werde ganz gewiss nicht versuchen, gegen deinen Willen

Mutterstelle an dir zu vertreten. Ich biete dir an, für dich da zu sein und dich zu behandeln, wie ich auch jeden Erwachsenen behandle, mit Ehrlichkeit und Respekt. Wir können freundschaftlich miteinander umgehen. Wenn du es jedoch vorziehst, mich nicht zu mögen, dann komme ich damit auch klar. Es liegt allein bei dir.»

Sie hielt ihr Versprechen. Sie war der sichere Halt in seinem Leben, nachdem zwei Tage vor Silvans vierzehntem Geburtstag auch Onkel François einem Herzinfarkt, dem Fluch der Rochats, zum Opfer gefallen war. Als nach angemessener Trauerzeit der jüngste Rochat-Bruder, Robert, der attraktiven Witwe den Hof machte, heiratete sie ihn. Silvan war inzwischen alt genug, um zu verstehen, dass sie François respektiert hatte, aber Robert liebte.

Kim achtete darauf, dass er die Schule ernst nahm und einen großen Teil seiner freien Zeit dem Sport widmete. Unter ihrem Einfluss entwickelte er sich von einem unsicheren Kind zu einem sportlichen, einigermaßen selbstsicheren jungen Mann.

Sie sorgte mit harter Hand dafür, dass der junge Silvan sein Jura-Studium ernst nahm und mit der nötigen Disziplin vorantrieb. Dazu hatte sie genug Zeit, denn inzwischen war sie erneut verwitwet. Sie hielt durch, bis er sein Staatsexamen in der Tasche hatte, danach betrachtete sie ihre Aufgabe als erledigt. Sie zog sich auf das Familienanwesen im Jura zurück, widmete sich fortan ihren Tieren und ihrer Malerei und überließ ihn

25

sich selbst.

Er trat eine mäßig interessante, aber ordentlich bezahlte Stelle in einer bekannten Berner Kanzlei an, machte sein Anwaltspatent und heiratete seine langjährige Freundin Nicole. Nur drei Jahre später folgte eine üble Scheidung, und danach war sein Leben einfach zerbröselt. Seine Träume waren geplatzt und auch die Arbeit als Wirtschaftsanwalt machte ihm keine Freude mehr. Einen Tag nach seinem zweiunddreißigsten Geburtstag zog er die Reißleine und warf den Bettel hin.

Inzwischen war er seit über einem Jahr ohne Beschäftigung, abgesehen von einer Kolumne, die er seit ein paar Monaten für die Berner Zeitung schrieb. Angefangen hatte er mit einer kleinen Briefkasten-Rechtsberatung, die ihm ein Freund zugeschanzt hatte. Aber inzwischen nahm er auch zu politischen und gesellschaftlichen Tagesereignissen Stellung. Stoff gab es dazu genug, schließlich lebte er in der Bundesstadt, in der Schweizer Hauptstadt.

Im Journalismus sah er eine Möglichkeit. Doch auch Journalisten arbeiteten üblicherweise auf regelmäßiger Basis, was ihm im Augenblick fast nicht möglich schien. Eine merkwürdige Schwermut hinderte ihn daran, sein Leben mit Mut und Tatkraft in Angriff zu nehmen.

Kim verabscheute seinen Lebenswandel zutiefst. Direkt wie immer, gab sie ihm das ohne Umwege zu verstehen: «Du hast einfach zu viel Zeit zum Grübeln. Geh endlich wieder einer geregelten Arbeit nach, dann geht es dir bald besser, du wirst schon sehen.»

Wahrscheinlich hatte sie recht. Aber sie täuschte sich, wenn sie glaubte, er scheue die Arbeit. Er brachte nur die Energie dafür nicht auf, seinem Leben wieder einen Schub zu geben.

Sein Schulfreund Rolf, der gerade seine Weiterbildung zum Psychiater durchlief, bezeichnete bei einem Glas Wein seinen Zustand offen als Depression und empfahl ihm einen bekannten Therapeuten. Aber nicht einmal dazu konnte sich Silvan aufraffen. Ohne sein väterliches Erbe wäre er schon längst in der Gosse gelandet. Auch ohne Kims mehr oder weniger dezente Hinweise war er sich über diesen Punkt völlig im Klaren.

Den Umweg zur Kantonspolizei hätte er sich sparen können. Seine Tante war bereits nach Hause entlassen worden. Auf seine Fragen erhielt er keine Antworten. Die anwesenden Beamten beriefen sich auf das Amtsgeheimnis und ein laufendes Verfahren. Aber, wenn er lieber auf Kommissär Nussbaumer warten wolle?

Silvan winkte dankend ab und fuhr den Rest der Strecke in sehr gemäßigtem Tempo nach Hause. Die Gegend war ebenso Heimat wie Feindesland. Der frühere Verkehrspolizist und heutige Kriminalkommissär fand bestimmt einen Weg, ihn für die geringste Verletzung der Straßenverkehrsordnung so lange einzubuchten, wie es das Gesetz gerade noch zuließ. Und Silvan war keineswegs sicher, dass der Feind sich damit begnügen würde. Ihm fiel ein, dass er sich wahrscheinlich auch mit Nussbaumer befassen musste, falls Kim seine Unterstützung wirklich brauchte und – das war keineswegs sicher – auch in Anspruch zu nehmen gewillt war.

Plötzlich hatte er keine Lust mehr nach Le Rochet zu fahren. Um sich einen kleinen Aufschub zu verschaffen, wählte er den Umweg durch den Wald. Er öffnete das Fenster, atmete die wunderbare Luft ein und freute sich an den Sonnenstrahlen, die durch das dichte Blätterdach hereinfielen.

Die schmale Nebenstraße war eigentlich ein Rundweg und führte im Bogen an Le Rochet vorbei, zurück auf die Hauptstraße. Unter der Woche hielten sich höchstens ein paar Waldarbeiter hier auf. Doch an Wochenenden war die schmale kurvenreiche Straße über den Hügel sehr beliebt bei Mountainbikern, Motorrad-Fans und Idioten, die testen wollten, wieviel Tempo es brauchte, um ein Auto zu schrotten. An diesem Morgen waren nur einige einsame Biker unterwegs.

Nicht nur deshalb fuhr er sehr gemütlich. Er wollte auch das Gefühl der Freiheit noch auszukosten, solange es andauerte. Das war sein Glück. Nur mit Mühe konnte er den Wagen noch stabilisieren, als er sich unvermittelt in einer scharfen Linkskurve fand. Bei normalem Tempo hätte es ihn wahrscheinlich überschlagen, ganz sicher aber über die Straße hinaus getrieben. So schaffte er es, den Wagen zum Stehen zu bringen, ehe ihn Nussbaumer wegen unerlaubten Fällens von gemeindeeigenen Bäumen zur Strecke bringen konnte.

«Puh!», machte er und hielt einen Moment inne, damit sich sein Puls beruhigen konnte Und dann sah er es: Die Tafel, mit der die gefährliche Linkskurve eigentlich markiert gewesen war, lag neben einem Stapel Rundholz am Straßenrand. Wahrscheinlich hatte sie einer der jungen Wilden umgefahren und dann einfach weggeworfen. Er machte sich eine gedankliche Notiz, die Gemeinde auf das fehlende Schild aufmerksam zu machen.

Als er schließlich den von blühenden Rosenbüschen gesäumten kopfsteingepflasterten Fahrweg zum Stammhaus seiner Familie hinauffuhr, kam seine Tante gerade mit einem Rudel der unterschiedlichsten Hunde von einem Spaziergang zurück. Alle waren völlig verdreckt, denn in der Nacht war ein kräftiges Frühlingsgewitter über den Jura gezogen.

Kim trug ihren üblichen Kampfanzug für Hundespaziergänge: Jeans in Zigarettenform, einen ausgewaschenen grauen Sweater und Gummistiefel. Über der Schulter trug sie eine Jutetasche mit der Aufschrift ‹Schonen Sie unsere Ressourcen, benutzen Sie mich mehrmals›. Darin befanden sich, wie Silvan wusste, Hundepfeife, Leckerlis, diverse Leinen und andere nützliche Dinge.

Schmutzspritzer zogen sich über Stiefel und Hose bis über ihre Knie und auch ihr Gesicht zierte ein schmutzig-brauner Streifen. Dennoch wirkte Kim Rochat kühl und elegant wie immer. Dazu benötigte sie keine besondere Ausstattung, die Eleganz kam aus ihr selbst. Ihre Bewegungen verrieten Kraft und Geschmeidigkeit. Obwohl ihr letzter Bühnenauftritt mehr als fünfundzwanzig Jahre zurücklag, trainierte die ehemalige Tänzerin täglich, um in Form zu bleiben. Ihr schwarzes Haar war mit silbernen Strähnen durchzogen und Fältchen zeigten sich um ihre schönen Mandelaugen, Erbe ihrer chinesischen Großmutter. Doch ihr Gesicht zeigte den gewohnten jugendlichen Ausdruck von Tatkraft, um den Silvan sie wie immer beneidete.

Sie zeigte keinerlei Erstaunen, ihn zu sehen. «Ich nehme an, Sébastien hat dich alarmiert», bemerkte sie und bot ihm die Wange zum Kuss. Das war die einzige Vertraulichkeit, die sie einigen wenigen Auserwählten gestattete. Sie entstammte einer Kultur, in der es sich nicht gehörte, Zuneigung öffentlich zu zeigen.

Plaudernd brachten sie die Hunde in die Scheune und rieben die Tiere ab. Ein riesiger Hund, einem nassen Putzlappen nicht unähnlich, verwickelte Silvan in einen wilden Kampf mit dem Frottiertuch. In seinen eleganten Stadtschuhen mit Ledersohlen war er dem Hund hoffnungslos unterlegen. Schließlich rutschte er aus und landete auf dem Rücken, worauf der Hund sich schwanzwedelnd auf ihn legte und versuchte sein Ohr abzulecken.

Er wünschte sich, Jeans und Pullover zu tragen, wie seine Tante. Leider aber trug er eine elegante graue Hose sowie ein helles Hemd, das zunehmend einem alten Lappen glich. Zum Glück lag die teure Lederjacke sicher auf der Rückbank seines Wagens.

«Gütiger Himmel! Was bist du denn für ein Spinner?», schnaufte Silvan und versuchte geschätzte hundert Kilo Hund von sich wegzuschieben.

Kim kam ihm zu Hilfe und zog das Tier von ihm weg. «Müsst ihr euch so albern benehmen?»

«Er benimmt sich albern», erwiderte ihr Neffe vorwurfsvoll und kam mühsam auf die Füße. «Was hast du dir da wieder aufbinden lassen?»

«Das ist Zappa», beschied sie ihm. «Er gehörte einem Schäfer, der mit seiner Herde letzten Herbst durch das Tal zog. Zappa ist von einem Felsen gestürzt und hat sich ein Bein gebrochen. Der Schäfer wollte ihn gerade erschießen, als ich vorbeikam.»

«Du hättest ihn nicht davon abhalten sollen. Das Vieh ist völlig meschugge.»

«Das kannst du laut sagen.» Sie schmunzelte reumütig. «Ich hätte ihn schon längst wieder weggeben müssen. Das ist ein Arbeitshund. Seit er wieder gesund ist, langweilt er sich bei mir zu Tode.»

Sie stopfte die schmutzig-nassen Tücher in eine alte Waschmaschine, startete sie und füllte ein großes Becken mit frischem Wasser.

«Gehen wir hinein», sagte sie, als die Hunde über dem Becken hingen.

Gefolgt von Othello, der als einziger Vierbeiner Zutritt zum Haupthaus hatte, gingen sie über den Hof.

Soeben teilten sich die Wolken, und die Sonne blitzte hervor. Kim blieb einen Augenblick stehen und genoss den Ausblick auf ihren Besitz.

Ein Schatten legte sich auf ihr Gesicht, als ihr Blick zum Wald hinüber schweifte. Silvan legte ihr behutsam die Hand auf die Schulter. «Geht es dir gut?», fragte er besorgt.

Ihr Gesicht verfinsterte sich. «Nein!», sagte sie. «Komm erst mal rein. Ich erzähl dir alles beim Tee.»

«Wenn es dir nichts ausmacht, ich hätte lieber Kaffee.»

«Nein, es macht mir nichts aus.»

Er sog tief die Luft ein, als sie das Haus betraten. Noch immer roch es hier, wie zu seinen Kindertagen. Das alte, gepflegte Holz, die Stilmöbel, hier hatte sich kaum etwas geändert, solange er denken konnte.

Kim musterte ihren Neffen kritisch. «Geh erst mal duschen und zieh dir etwas Sauberes an.» Das war keine Empfehlung, sondern ein schlichter Befehl. «Dann komm in die Küche.»

Er gehorchte und stieg hinauf in sein altes Zimmer. Die Normalität im Haus verblüffte ihn. Er hatte eine trostbedürftige, zumindest leicht geschockte Tante erwartet. Aber Kim war immer für eine Überraschung gut.

Nach einer zweiten Dusche innert weniger Stunden zog er eine alte Jogging-Hose und ein frisches T-Shirt an. Seine durchweichte, verschmutzte Kleidung war bereits abgeholt worden. Silvan wusste, dass er sie in wenigen Stunden gereinigt und gebügelt zurückerwarten durfte. Es hatte seine Vorteile, wohlhabend zu sein und über geschultes Personal zu verfügen.

Die riesige Küche war der einzige Raum, der in den vergangenen Jahren eine dramatische Veränderung erfahren hatte. Hier blitzte es nur so vor Chrom und Technik. Kim war eine leidenschaftliche Köchin, die es allerdings vorzog, wenn ihr Maschinen möglichst viel Handarbeit abnahmen.

Er erinnerte sich noch an die dunklen Holzmöbel, an die Steinspüle und den düster gefliesten Boden. Jetzt waren die Wände weiß gestrichen und der Boden mit edlen Marmorfliesen belegt. Die Einrichtung war hell und modern. In der Mitte des Raumes stand eine Kochinsel mit viel Arbeitsfläche, Backofen, Mikrowelle und meterbreitem Herd unter einem chromblitzenden Dunstabzug.

Die eine der beiden Fensterfronten war gesäumt von Spüle und Arbeitstisch. Die andere bot einen wunderbaren Ausblick auf das Tal, aber die Fenster waren so hoch angelegt, dass selbst Silvan, der fast eins neunzig maß, im Sitzen nicht hinaussehen konnte. Kim hatte das Problem gelöst, indem sie eine Bar mit hohen Stühlen dort installiert hatte. Dies war ihr Lieblingsplatz. Und hier standen nun eine dampfende Tasse Kaffee für Silvan und Kims zierliche chinesische Teekanne nebst Porzellan-Tässchen bereit, als er die Küche betrat.

Er setzte sich, griff nach der großen

sonnenblumengelben Tasse und trank vorsichtig einen Schluck der starken heißen Brühe. «Als Sébastien heute Morgen anrief, dachte ich, es ginge um einen Notfall», begann er langsam. «Aber du machst nicht gerade den Eindruck der schockierten älteren Lady auf mich, die ich erwartet habe.»

«Die ältere Lady habe ich überhört», gab Kim hoheitsvoll zurück. «Und ich bin auch nicht schockiert. Offen gesagt, bin ich eher wütend.»

Das war die Untertreibung des Jahres. Während sie ihm die Geschichte des Leichenfundes erzählte, und wie die Polizei auf den fehlenden Körper reagiert hatte, registrierte er, dass ‚fuchsteufelswild‘ ihre Stimmung weit besser beschrieb.

«Da lagen Othello und Radetzky, in aller Unschuld und brav, wie ich sie hin befohlen hatte. Aber die Leiche war weg. – Möchtest du ein Stück Kuchen zum Kaffee?»

Silvan, verwirrt über den plötzlichen Themenwechsel, schüttelte den Kopf.

Gedankenverloren schob sich Kim ein Stück Mandelbiskuit in den Mund. «Ich hatte bereits ein schlechtes Gefühl, als auf meinen Anruf hin Nussbaumer auftauchte. Er hat mich dann die ganze Nacht auf dem Kommissariat festgehalten. Es muss ihm ein echter Genuss gewesen sein, sich die Nacht um die Ohren zu schlagen, nur um mich schikanieren zu können. Er hat mir allen Ernstes vorgehalten, ich sei so gelangweilt, dass ich zu meinem Privatvergnügen die Polizei ein bisschen herumscheuche.»

Silvan überdachte das Gehörte. «Aber es gab doch sicher Spuren, oder nicht? Der Mann hatte schwere Gesichtsverletzungen. Er muss geblutet haben wie ein Schwein. Und die Stelle, wo die Leiche gelegen hat ...»

«Klar. Nussbaumer behauptet, das Blut sei vermutlich von einem Hasen oder jungen Reh. Ich soll froh sein, wenn er mich nicht wegen groben Unfugs anzeigt oder weil meine Hunde wildern. Da wäre rein gar nichts, was diesen Polizeieinsatz rechtfertige.»

«Damit kommt er aber nicht durch. Er muss alle Spuren sichern, keine Frage.»

«Das weiß er natürlich auch», sagte Kim. «Er ist ein arroganter Sch..., ähm, Schnösel, aber kein Idiot. Das war reine Schikane. Die Spuren wurden selbstverständlich ordnungsgemäß gesichert und die Proben an das gerichtschemische Labor nach Bern geschickt. Er hat mich erst heute Morgen laufen lassen. Nicht ohne mich darauf hinzuweisen, dass ich ‹Tatverdächtige Nummer eins› sei.»

«Kein Wunder bist du so sauer.»

Kim hielt es nicht mehr auf ihrem Barhocker. «Nein, nicht deshalb.» Sie ging zur Spüle hinüber. Es klapperte, als sie ihr Tässchen hineinstellte. «Während dieser Mistkerl mich auf dem Kommissariat festhielt, hat man hier eingebrochen.» Sie beobachtete mit Genugtuung, wie Silvans Kiefer herabsackte und gab ihm genussvoll den Rest. «Und da ich nicht an Zufälle glaube, denke ich, dass das die gleichen Leute waren, die den armen Kerl im Rapsfeld auf dem Gewissen haben.»

«Ach du liebe Zeit», murmelte er und runzelte gleich darauf die Stirn. «Was wurde gestohlen?»

Sie zuckte die Schultern. «Ich habe keine Ahnung.»

«Was?»

«Ehrlich, es fehlt nichts.»

«Wie kommst du dann darauf, dass eingebrochen wurde?»

«Das eingeschlagene Fenster.»

«Welches?» Sie deutete zur Nebentür, die in den Küchengarten führte. Er hatte gar nicht bemerkt, dass das Fensterglas fehlte. «War denn niemand hier?»

«Nein, du weißt, abends will ich meine Ruhe haben.»

Das stimmte. Le Rochet brauchte Personal, drinnen und draußen, aber am Abend gingen die Angestellten nach Hause.

«Und Jacques?» Der alte Hausdiener war der einzige Bedienstete, der noch im Anwesen wohnte. Er hatte schon für Silvans Großvater gearbeitet. Eigentlich längst pensioniert, lebte er noch immer in seiner Dienstwohnung und kam seinen wenigen verbliebenen kleinen Pflichten nach. Le Rochet war sein Zuhause, er wollte für Kim arbeiten und sie ließ ihn gewähren.

«Jacques ist jetzt dreiundsiebzig und er hat einen gesunden Schlaf. Er hat nichts gehört und nichts gesehen.»

Silvan lehnte sich zurück und wischte sich den Mund ab. «Du solltest lieber froh sein, dass dich Nussbaumer so lange festgehalten hat. Oder glaubst du, diesen Leuten käme es auf einen weiteren Mord an?»

Ihre Augen wurden nachdenklich. «Da hast du wahrscheinlich recht.»

«Moment mal! Du hast aber nicht die Polizei gerufen. Als ich ankam, bist du eben mit den Hunden hereingekommen.»

«First Things First!» Das war immer ihre Maxime gewesen: das Wichtigste zuerst. Ihre Stimme ging in ein Gurren über, das Silvan verabscheute. «Meine armen Lieblinge. Gestern Abend wurden sie nicht mal gefüttert.»

Othello, der schläfrig mitten in der Küche lag, erkannte das letzte Wort und blickte interessiert auf.

«Er wird langsam fett», bemerkte Silvan herzlos. «Eine verpasste Fütterung wird ihm nichts anhaben.»

Othello bedachte ihn mit einem Blick voller Herzeleid und ließ den mächtigen Kopf wieder zwischen seine Pfoten sinken.

Silvan konnte nicht widerstehen. «Du alter Gauner!» Er gab dem Hund einen liebevollen Klaps auf die gut gepolsterten Rippen. Othello verzog seine Lefzen zu einem Grinsen und wedelte heftig.

«Da gibt es nichts zu wedeln», knurrte Kim den Hund an. «Hättest du aufgepasst, säße ich jetzt nicht in der Tinte.» Der Hund stellte sein Wedeln wieder ein.

«Man könnte wirklich meinen, er verstünde jedes Wort.»

«Aber natürlich tut er das.» Sie wurde wieder geschäftsmäßig. «Räum deine Tasse ab! Da du schon mal hier bist, kannst du mir mit den Pferden helfen.»

Er starrte sie an. «Und wann gedenkst du, den Einbruch der Polizei zu melden?»

«Das eilt nicht. Ich habe keine Lust auf eine weitere Dosis Nussbaumer.» Sie betrachtete ihn mitleidig. «Wenn du wenigstens ein anständiger Anwalt geworden wärst.»

Silvan überhörte die Anzüglichkeit. «Du rufst also nicht die Polizei?»

«Nicht bevor ich weiß, was fehlt. Jetzt sind zuerst die Pferde dran. Danach schau ich mich noch einmal gründlich um.»

«Aber du vernichtest vielleicht wichtige Spuren.»

«Sei nicht blöd, Silvan! Die Einbrecher werden alles schön blank geputzt haben.»

«Aber falls nicht, sollten wir wirklich die Polizei rufen, und zwar so schnell wie möglich. Schließlich bist du nicht Sherlock Holmes.»

«Nein, sondern der diensthabende Pferdepfleger, und nun komm!»

«Bin ich den langen Weg nach Hause gekommen, um hier den Stall zu misten?», fragte er dramatisch. Er erhielt keine Antwort. Verdrossen trottete er hinter Kim über den Hof zum Pferdestall hinüber.

Sie ließen Pferde und Esel auf die Koppel hinaus und machten sich an die Arbeit. Irgendwann zog Silvan sein

T-Shirt aus und arbeitete mit nacktem Oberkörper weiter. Vom Heuboden herunter beobachtete eine graue Katze seine Bemühungen. Schweiß lief ihm über die Stirn und seine Muskeln glänzten. Seine Tante betrachtete ihn nachdenklich. «Also wirklich Silvan, fürs Arbeiten bist du nicht geschaffen.»

«Nicht für diese Arbeit», versetzte er. «Hast du keinen Pferdeknecht?»

«Nicht an Wochenenden», antwortete Kim spitz. «Immerhin leben wir im dritten Jahrtausend.»

«Aha! Und wer hat meinen Anzug abgeholt?»

«Das war Jacques.»

«Und Jacques hat keine freien Wochenenden?»

«Jacques lebt in einer anderen Zeit.»

«Und du hast keine Bedenken, das auszunutzen?»

«Würdest du es etwa vorziehen, in deinem schmutzigen Anzug nach Hause zu fahren?»

«Nein, ich würde es vorziehen, er wäre gar nicht erst schmutzig geworden.»

Kim stützte sich mit beiden Händen auf ihre Mistgabel. «Was macht dich eigentlich so sauer, Silvan?»

«Alles», erwiderte er hilflos und schuldbewusst. «Mir gefällt das nicht. Du musst die Polizei rufen!»

«Darüber werde ich zu gegebener Zeit nachdenken», beschwichtigte sie ihn. «Jetzt sind erst mal die Tiere dran. Nicht dass mich Nussbaumer noch einmal mitnimmt, bevor sie gefüttert sind.» Sie warf ihrem Neffen einen schrägen Blick zu. «Darauf, dass er dich hier zurücklässt, möchte ich mich lieber nicht verlassen.»

Das war nicht von der Hand zu weisen, darum ergab er sich in sein Schicksal. Nachdem die Pferde und Esel versorgt waren, lenkte Kim ihre Schritte in die Futterküche in der alten Scheune, wo sie Unmengen von Hundefutter zubereiteten.

Mit einer Schüssel Spezialfutter in der Hand ging Silvan zur Wurfkiste, wo die Hündin Alicia ihre vier Jungen säugte.

«Niedlich sind sie», bemerkte er und vergaß für einen Augenblick alle anderen Probleme. Er hob unter den wachsamen Blicken der jungen Mutter einen der Welpen aus der Kiste. Die kleine Hündin blickte ihn aus verträumten, eben erst geöffneten babyblauen Augen an. Liebevoll drückte er sie an sich. Kein Zweifel, Kims Tierliebe hatte auf ihn abgefärbt, auch wenn er darüber nicht gerade den Verstand verlor, wie gewisse andere Leute. Das Hündchen leckte ihm über den Hals, und er lächelte, als er es zurück in die Wurfkiste legte. Sofort suchte Alicias Tochter nach einer Zitze und kümmerte sich nicht mehr um ihn. Ihre kleinen Pfoten traten die Milchdrüsen, und ihr Schwänzchen machte einige befriedigte Wedler, als warme fette Milch in ihr stumpfes Mäulchen lief.

«Du wirst die Welpen doch nicht kupieren lassen?», fragte Silvan besorgt, als sein Blick auf Alicias Schwanz fiel, der auf ein Drittel seiner ursprünglichen Länge gestutzt war.

Kim reagierte empört. «Natürlich nicht. Das ist barbarisch und verboten. Übrigens sind das keine Viszlas. Alicia hat sich den Vater für ihre Kleinen selbst ausgesucht. Und gar nicht mal so schlecht.»

Er betrachtete die Jungen skeptisch. «Das kann man doch jetzt noch gar nicht sehen.» Und schon steckte er in der nächsten sinnlosen Debatte. «Wenn du schon jeden Hund aufnehmen musst, der vor deiner Türe auftaucht, lass sie doch ums Himmels willen kastrieren.»

«Na hör mal!!» Sie war schockiert. «Das würde ihnen aber gar nicht gefallen.»

«Himmel, das ist den Hunden doch egal. Und du müsstest nicht schon wieder vier Bastardhunde unterbringen.»

Sie füllte einen Schwung Hundefutter in eine weitere personalisierte Schüssel. Der Napf war mit WHY beschriftet. «Du findest die Kleine doch auch niedlich.»

«Das heißt noch lange nicht, dass ich sie behalten würde.» Er erwartete weiteren Widerspruch, doch seine Tante sah sich verdutzt um und murmelte: «Nanu, ist der denn immer noch nicht ...?»

Eine rote Lampe über dem Küchenfenster blinkte auf. Das Telefon.

Kim stellte die Schüssel hin und lief leichtfüßig zum Haus hinüber. Er nahm die Gelegenheit wahr, sich weiteren Aufgaben in Feld und Stall zu entziehen, und folgte ihr langsam.

Sie hatte bereits aufgelegt, als er das Haus betrat und

41

lächelte ihn an. «Das war die Polizei. Meine Version ist bestätigt.»

«Haben sie die Leiche gefunden?»

«Das nicht, aber die Blutspuren sind eindeutig menschlich.» Sie verzog angewidert das Gesicht. «Eine der Proben enthielt auch Bestandteile von menschlichem Hirn.»

«Also scheint er wirklich tot gewesen zu sein.»

Ihr Sarkasmus war nicht zu überhören. «Ja, wer hätte das gedacht!»

«Wann kommt die Polizei?» Die Antwort stand ihr ins Gesicht geschrieben. Silvan war erschüttert. «Du hast nichts gesagt! Zum Teufel …»

Sie machte eine ihrer entzückend eleganten Handbewegungen: «Ach komm, Silvan. Es ist noch alles da. Außer dem eingedrückten Fenster ist nichts passiert. Wie soll ich beweisen, dass ich es nicht selbst war, um Nussbaumer ein bisschen auf Trab zu bringen? Was ich tatsächlich nicht ungern tun würde. Er hat so was Provozierendes.»

«Dem stimme ich zu.»

«Außerdem habe ich jetzt andere Probleme.»

Silvan schauderte. Noch mehr Probleme? Er wagte nicht nachzufragen.

«Whisky ist verschwunden. Den kennst du noch nicht. Das ist mein Neuzugang, ein junger Beagle.»

Er fragte sich, weshalb seine Tante sich ständig Rassehunde zulegte, wenn sie nachher schulterzuckend zuließ, dass diese sich fröhlich untereinander mischten. Bestimmt war der kleine Köter auf Liebestour.

«Wahrscheinlich ist er hinter einem hübschen Weibchen her, um diese Jahreszeit sind sie doch alle läufig», bemerkte Kim gerade.

«Wann hast du ihn denn zuletzt gesehen?»

«Gestern, als wir die Leiche fanden. Ich habe mir auf dem Spaziergang vorhin schon die Kehle wundgeschrien nach ihm. Er war schon ein paar Mal weg, aber noch nie so lange. Wir müssen ihn suchen, er ist erst ein Jahr alt. Wer weiß, was ihm zustoßen sein könnte.»

«Oh, nein!», protestierte er. «Also jetzt reicht's, Kim. Ich habe zu Hause alles fallen lassen, ja fallen lassen», wiederholte er, als er ihren ungläubigen Blick auffing. «Ich habe, gutwillig wie ich bin, deinen Stallknecht vertreten. Ich habe dir geholfen, deine Hundemeute zu füttern, aber jetzt ist Schluss. Ich bin hier, weil Sébastien geglaubt hat, du brauchst Hilfe. Aber die brauchst du höchstens im Stall und sonst setzt du deinen Dickschädel gegen alle Vernunft durch. Mir reicht's, ich fahre zurück nach Hause.»

Sie wollte aufbegehren, ließ dann die Schultern sinken und gab nach. «Also gut. – Nur bitte, hilf mir noch bei der Suche, vielleicht hat sich der Kleine irgendwo einschließen lassen.»

«Einverstanden.»

«Aber, Silvan, ich wäre wirklich froh, wenn du bis Montag früh hierbleiben könntest.»

Sie sprach es zwar nicht aus, eher hätte sie sich die Zunge abgebissen, aber sie musste sich allein mit Jacques nach dem Mord und dem Einbruch ziemlich verlassen fühlen, und darum stimmte er zu.

Er folgte ihr, mit dem vagen Gefühl, wieder einmal verloren zu haben. Kim bekam immer, was sie wollte. Ihm war nur nicht klar, wie sie es jedes Mal anstellte.

Zusammen schlenderten sie über den Hof und durch alle Wirtschaftsgebäude, wobei Kim immer wieder nach dem Hund rief. Allmählich versammelten sich Othello, Zappa und zwei, drei andere Hunde hinter ihnen und folgten ihnen interessiert.

Sie gingen durch die Ställe und hinüber zur Remise, in der Kims Autos untergebracht waren. Sie besaß deren vier, soweit Silvan wusste: Eine ältere Mercedes Limousine, einen MG Oldtimer einen Dacia Kombi zum Einkaufen und einen Kleinbus für Ausfahrten mit ihrem Hunderudel. Der Fuhrpark wurde betreut von Fernand, einem kleinen drahtigen Mann, der für alles Technische auf dem Gut zuständig war. Sie gingen von Auto zu Auto und öffneten alle Türen und Klappen, fanden aber keine Spur des vermissten Hundes.

Er schaute sich um. «Hast du den Mercedes verkauft?»

«Bist du verrückt?» Sie lächelte stolz. Die alte Limousine war ihr Renommierstück. «Natürlich nicht! Er ist drüben, in der neuen Garage. Du glaubst nicht, was mir die Gemeinde dafür an Bürokratie auferlegt hat.» Sie deutete zur Straßenseite. Dort war eine neue Einfahrt entstanden, die zu vier Autoboxen führte. Das ermöglichte ihr, künftig ihre Autos direkt in die Garage zu fahren. Die Boxen waren noch im Rohbau. Ein neuer Zaun und ein breites Tor sicherten die Einfahrt.

Sie gingen langsam hinüber. «Die Boxen sind noch nicht fertig», erläuterte Kim unnötigerweise. «Die elektrischen Tore kommen erst nächste Woche. Fernand hat aber den Mercedes in die Box gestellt, damit er mich am Montag früh nicht weckt, wenn er den Wagen in die Werkstatt bringt. Vielleicht steckt Whisky im Mercedes, er liebt die Leder-Polster.»

«Und wie kommt er in den Wagen?».

«Er schleicht sich hinein, wenn Fernand die Türen für die Innenreinigung öffnet. Aber der ist heute gar nicht da.» Sie runzelte die Stirn und blieb abrupt stehen. «Wieso ist eigentlich die Einfahrt offen?»

Er ging voraus und warf einen Blick in drei mit Farbeimern und Werkzeug vollgestellten Autoboxen und blieb vor der vierten stehen. «Wow!», sagte er über die Schulter hinweg. «Ich dachte, hier ist der Mercedes? Hast du den neu?» Er wandte sich nach ihr um und sah sie zum ersten Mal, seit er sie kannte, aus der Fassung und für mindestens eine halbe Minute sprachlos.

Sie lehnte kraftlos gegen die Garagenwand. «Das – das ist nicht mein Auto!»

Urplötzlich geriet sie in Rage. Wütend trat sie nach den Reifen des roten Geländewagens. Silvan hielt sie zurück. «Komm, komm. Was ist denn?»

«Diese Mistkerle!», fauchte sie. «Die haben meinen Mercedes gegen diese Benzinschleuder ausgetauscht.»

«Die?»

«Die Mörder. Und jetzt weiß ich auch, was sie in meiner Küche gesucht haben, und warum nichts anderes fehlt.»

«Die Autoschlüssel?»

«Genau.»

«Und wieso bist du so sicher, dass das deren Wagen ist?»

«Na, ich habe ihn gestern gesehen, als ich mit den Hunden unterwegs war.» Sie ging jetzt langsam um den Wagen herum. Dabei achtete sie sorgsam darauf, den Lack nicht zu berühren, was Silvan befriedigt zur Kenntnis nahm. Auch er passte auf, wohin er seine Finger legte.

«Moment!», sagte sie plötzlich und lief hinaus.

«Halt! Wo rennst du denn hin?» Er erhielt keine Antwort. Kopfschüttelnd trottete er ein paar Meter hinter ihr her und hielt inne, als er sie im Haus verschwinden sah.

Zu seiner Überraschung kam sie mit zwei Paar dünnen Polyvinyl-Handschuhen zurück. «Die hat der Tierarzt hiergelassen, als Alicia ihre Jungen bekam.» Sie warf ihm ein Paar zu. «Zieh sie an, wir wollen doch keine Fingerabdrücke hinterlassen.»

«He, Moment mal», protestierte Silvan. «Willst du

denn nicht die Polizei anrufen.»

«Jetzt schauen wir uns erst einmal diesen Wagen genau an. Dieser Schlaumeier wird mir nicht noch einmal unterstellen, dass ich vor lauter Jux eine falsche Spur gelegt habe.»

«Aber, dass du Spuren zerstörst, kann er dir schon vorwerfen.»

«Deswegen die Handschuhe.» Sie sah ihm zu, wie er die hauchdünnen Dinger skeptisch in seiner Hand wog. «Jetzt stell dich nicht so an!»

Er gehorchte, zog sich die Handschuhe über und öffnete die Tür auf der Fahrerseite. Kims Stimme hielt ihn warnend zurück, als er einsteigen wollte. «Fass bloß den Rückspiegel nicht an!»

«Den Rückspiegel?»

«Das habe ich kürzlich im Fernsehen gesehen. Wenn dies ein gestohlenes Fahrzeug ist, wie ich vermute, musste der Dieb den Rückspiegel nach seiner Größe einrichten. Das macht man automatisch und ohne nachzudenken. Vielleicht hat er vergessen, ihn abzureiben.»

«Heiliger Bimbam», murmelte Silvan und ließ sich in den Fahrersitz fallen. Zu seiner Überraschung verspürte er tatsächlich das Bedürfnis, den Rückspiegel zu richten. Er widerstand der Versuchung und richtete stattdessen den Blick auf das Armaturenbrett.

Auf der Beifahrerseite öffnete jetzt Kim die Tür. «Steckt der Schlüssel?»

Er schaute nach. «Nein.» Er bückte sich und warf

einen Blick unter das Steuerrad. Drähte baumelten dort ins Leere. «Sieht so aus, als hättest du recht. Der Wagen ist kurzgeschlossen worden.»

Kim kam zu ihm herüber, tastete mit kundigen Fingern nach der Verriegelung der Tankabdeckung und zog sich aus dem Wagen zurück. «Abgeschlossen», verkündete sie gleich darauf. «Sie konnten nicht nachtanken.»

«Sie brauchten ein neues Fahrzeug.»

«Ja, meinen Mercedes», brummte sie verdrossen. «Schau mal unter die Sitze und in den Laderaum!», befahl sie, während sie das Handschuhfach leerte. Sie wollte sich bereits aus dem Wagen zurückziehen, als ihr Blick an einem weißen Stückchen Papier hängen blieb, das zwischen Lehne und Beifahrersitz steckte. «Nanu, was ist das denn?», fragte sie überrascht und holte mit spitzen Fingern eine Visitenkarte hervor. «Ach? Das ist ja interessant!»

Sie breitete den Inhalt des Handschuhfachs auf der Motorhaube aus und vertiefte sich in die Lektüre der Wagenpapiere. «Der Wagen gehört einem Mann aus Bassecourt. Hast du was gefunden, Silvan?», rief sie, während sie die gefundenen Dokumente sortierte.

«Ja», brummte er. «Autoputz-Zeug.»

«Mach keine Witze.»

«Kein Witz. Da sind Putzwatte, Schwamm und Autowachs. Und zwei Zeitungen.»

Das weckte das Interesse seiner Tante. «Was für

Zeitungen? Von wann?»

«Eine niederländische Zeitung, ah nein, die ist belgisch. De Standaard ist vom letzten Samstag, und die Berner Zeitung vom Dienstag dieser Woche.»

Kim nickte nachdenklich. «Gib sie her!» Sie legte die Zeitungen zu den anderen Fundstücken auf der Werkbank. «Ich komm gleich wieder. Mach keine Dummheiten inzwischen!»

Sprachlos schaute er ihr nach, wie sie über den Hof ins Haus ging. Er beschloss, überhaupt nichts mehr zu tun. Stattdessen holte er sein T-Shirt aus dem Pferdestall und benutzte es als Frottiertuch, nachdem er seinen Kopf unter den Strahl des Viehbrunnens im Hof gestreckt hatte. Das tat ihm gut. Für Ende Mai war es verdammt heiß.

Aus einem geöffneten Fenster drangen Gesprächsfetzen an sein Ohr. Schließlich kam Kim mit einem triumphierenden Lächeln auf den Lippen wieder aus dem Haus. «Und?», fragte sie. «Hast du noch etwas gefunden?»

«Nein, zum Teufel!», stieß er gepeinigt hervor. «Und ich weiß auch nicht, was wir suchen. Und zudem möchte ich wissen, was dich verdammt noch mal so glücklich macht.»

«Oh das?» Sie lächelte wieder. «Monsieur Noel Bernard ist vierundsiebzig Jahre alt. Das ist der Besitzer des Land Rovers», fügte sie nach einem Blick auf sein konsterniertes Gesicht mitleidig hinzu. «Er ist in seinem

Leben noch niemals weiter als bis Luzern gekommen und verspürt auch keinerlei Wunsch danach. Eigentlich will er im Moment nur seinen Geländewagen zurück, der ihm am Montag gestohlen wurde. Er braucht ihn für die Arbeit.»

Silvan setzte sich in Bewegung. «Jetzt habe ich es satt! Entweder du hörst sofort auf mit deinen kryptischen Reden oder ich gehe nach Hause.» Er warf ihr einen finsteren Blick zu. «Aber vorher – zu deinem eigenen Schutz – rufe ich noch die Polizei.»

«Nein! Warte!» Rasch packte sie die Papiere in das Handschuhfach zurück, wo sie sie gefunden hatte, und eilte mit den Zeitungen in der Hand hinter ihrem Neffen her. «Schau, ich erkläre es dir. – Drinnen.»

Sie setzte sich an ihren Lieblingsplatz und bedeutete ihm, ihr zu folgen. «Diese Zeitungen gehören nicht dem Besitzer des Wagens. Ich meine, natürlich kann ein Bauer in Bassecourt ...»

«Wieso weißt du, dass er ein Bauer ist?»

«Ich habe ihn gefragt.»

«Ach so.»

«Natürlich ist es möglich, dass er die Berner Zeitung liest. Viel wahrscheinlicher liest er aber eine französisch-sprachige Zeitung, vor allem aber eine jurassische. Diese Bauern lehnen doch eisern alles ab, was aus Bern kommt. Monsieur Bernard war noch nie im Ausland. Was soll er mit einer belgischen Zeitung anfangen? Die Berner Zeitung ist vom Dienstag. Am Mittwoch habe ich den Fremden zum ersten Mal gesehen.»

«Also könnte in der Zeitung ein Hinweis auf die Täter oder das Opfer stehen.»

«Allmählich wirst du penetrant mit deiner Polizei!»

«Du hast gesagt, du wirst die Polizei anrufen.»

«Habe ich nicht.»

Er runzelte die Stirn. Wenn er genau darüber nachdachte, hatte sie wirklich nie ausdrücklich erwähnt, dass sie die Polizei rufen wollte. «Aber du hast es auch nicht abgelehnt.»

«Natürlich nicht.» Sie ignorierte seinen verzweifelten Blick, als ihm aufging, dass sie sich auch jetzt auf keine feste Zusage einließ, und hob die Visitenkarte hoch. Darauf war in Gold ein lächelndes Gebiss graviert und die Adresse: Dr Catherine Rambaud, chirurgien-dentiste, 12, rue Mimosa, 13127 Vitrolles.

«Die war auch im Auto», sagte sie. Und als er nicht reagierte: «Frankreich, Silvan! Frankreich.»

Er zuckte die Schultern. «Und? Er hat Zahnprobleme und geht in Frankreich billig zum Zahnarzt. Das tun viele.»

«Die Postkennzahl, die Dreizehn, das ist das Département Bouche du Rhone.» Sie schüttelte den Kopf über seine Begriffsstutzigkeit. «In Südfrankreich! Die Visitenkarte gehört auf keinen Fall dem alten Mann. Der war noch nie dort und will auch nicht hin.»

«Und wie hast du das aus ihm herausbekommen?»

«Ich habe mich als Telefonverkäuferin von Voyajura

vorgestellt.»

«Ich glaube es einfach nicht», murmelte Silvan und fasste sich an den Kopf. «Nur der Neugierde halber: Was hättest du getan, wenn er hätte buchen wollen.»

«Ach, das wäre ihm viel zu teuer gewesen», erklärte Kim wegwerfend.

«Du bist einfach unglaublich, weißt du das?»

«Vielen Dank», flötete sie und fuhr nachdenklich fort: «Das mit dem Süden Frankreichs passt übrigens auch.»

«Wozu?»

«Zum Mordopfer.» Sie holte einen Block und begann zu zeichnen. «Das habe ich schon Nussbaumer angeboten. Aber er zeigte kein Interesse.»

Mit schnellen Strichen zeichnete sie das Bild eines Mannes mit dunklen runden Augen, krausem Haar, Schnauzer und kurz geschnittenem Vollbart. Silvan beugte sich vor. «Ist er das?»

«Hm.» Nachdenklich fuhr sie sich mit dem Finger über die Nase. «Noch nicht ganz. Warte noch.» Sie warf einige weitere schnelle Striche auf das Papier und verrieb einige davon mit der Kuppe ihres rechten Daumens. Das Bild wurde zusehends plastischer.

«Er könnte Nordafrikaner sein.»

«Ja, so kam er mir auch vor.» Sie zeichnete noch eine kleine Narbe unterhalb des rechten Auges ein und verlängerte die Frisur an den Seiten. «Ich glaube, so hat er ausgesehen.»

«Dein berühmtes fotografisches Gedächtnis», meinte Silvan anerkennend. «Ich nehme an, das kommt ihm ziemlich nahe.»

«Na ja», gab sich Madame bescheiden. «Ich habe ihn nur dreimal kurz gesehen. Als er sein Casse-croûte aß: Oliven, Baguette und Ziegenkäse. Das ist eine typische Mahlzeit im Mittelmeerraum.»

«Wieso weißt du so genau, was er gegessen hat?»

«Weil ich die Reste weggeworfen habe», entgegnete sie angewidert. Sie stand auf und ging zur Tür. «Gehen wir!»

Silvan fühlte sich leicht schwindlig. Noch vor wenigen Stunden, im Schutze der letzten Nacht hatte er ein geruhsames, wenn auch nicht besonders nützliches Leben geführt. Jetzt war er plötzlich in einen Mord verwickelt und mit einer äußerst fordernden Tante gestraft, die von ihm Taten sehen wollte.

Er machte keine Anstalten aufzustehen. «Wohin?», ächzte er.

«Was denkst du denn? Wir gehen mein Auto suchen.»

«Ich dachte, wir suchen deinen Hund?»

Kim wurde blass, und nur fünfzig Jahre Übung in absoluter Selbstkontrolle hinderten sie daran aufzuschreien. «Mein kleiner Liebling!» Es tönte trotzdem ziemlich dramatisch, und Silvan kam auf die Füße. Aus schreckgeweiteten Augen starrte sie ihn an. «Er muss im Mercedes sein. Diese Mörder haben meinen Hund entführt. Wage es nicht, die Polizei schon wieder zu erwähnen!», fauchte sie, und Silvan, der eben das im Sinn gehabt hatte, schloss seinen Mund wieder. «Bis die kommen, ist die Bande schon längst über alle Berge.»

«Das ist sie doch jetzt schon», wandte er ein.

«Aber nicht spurlos! Sie mussten den Wagen auftanken. Und wir werden herausfinden wo.»

«Kim, ein Mercedes ist kein seltenes Auto. Die haben ein auffälliges Auto gegen ein weniger auffälliges getauscht.» Sie lächelte sonnig, und er begriff. «Spuck's aus», lachte er. «Was hast du drauf gemalt?»

«Na, was wohl? Mein chinesisches Sternzeichen natürlich.»

«Einen Drachen?», riet er.

Sie warf ihm einen strafenden Blick zu. «Einen Tiger. Einen weißen Tiger. Auf den beiden vorderen Türen.»

«Weiß? Ja, sieht man den überhaupt auf dem hellen Wagen?»

«Er ist ziemlich diskret. Aber selbstverständlich sieht man ihn.» Grinsend fügte sie hinzu: «Allerdings nicht in der Garage, schon gar nicht nachts, das Licht ist noch nicht installiert. Also komm, wir gehen ihn suchen.»

Silvan folgte ihr zurück in die Remise, bis er erkannte, wohin sie ihn führte. «Oh nein!», protestierte er. «Nicht den MG!»

«Aber die anderen Autos sind wirklich nicht sehr standesgemäß.»

«Das interessiert doch heutzutage niemanden mehr.»

«Mich interessiert es.»

«Nehmen wir den Kombi», schlug er stattdessen vor.

«Den brauche ich doch nur für Besorgungen.»

«Dann stell dir meinetwegen vor, dass wir einkaufen gehen.»

«Der MG ist doch in Ordnung.»

«Soll ich mich vielleicht zusammenfalten?»

«Mach nicht so ein Theater!» Sie öffnete die Tür an der Fahrerseite. «Steig ein!»

«Also schön», gab er nach. «Wenn du drauf bestehst. Ich nehme einfach den Vordersitz heraus und setz mich nach hinten.» Er tat, als ließe er seinen Worten Taten folgen.

«Stopp!», schrie sie. «Lass den Sitz in Ruhe, du Barbar. Meinetwegen, wir nehmen den Kombi.»

Ihr Plan war simpel: Der Mercedes musste bald aufgetankt werden. Also brauchten sie nur alle in Frage kommenden Tankstellen abklappern. Mit etwas Glück trafen sie auf jemanden, der die Limousine mit dem Tiger gesehen hatte, und bekamen einen Hinweis auf die Fluchtrichtung.

Der Ausführung ging allerdings eine kurze Diskussion voraus. «Kim, du solltest dringend deinen Krimi-Konsum drosseln. Das ist Arbeit für die Polizei.»

«Und? Hast du den Eindruck bekommen, dass sich unsere Polizei besonders anstrengt, mein Eigentum zu suchen?»

«So wie du dich im Moment aufführst, habe ich dafür sehr viel Verständnis. Und wo sollen wir überhaupt anfangen?»

«Nicht im Dorf. Da wären sie sofort aufgefallen.»

Silvan gab seinen Widerstand vorübergehend auf. «Richtung Tavannes?», schlug er vor. «Sicher wollten sie nach dem Mord die Gegend möglichst rasch verlassen. Das geht am schnellsten über die Transjurane. Es sei denn, sie wollten nach Norden über die Grenze.»

Bereits an der dritten Tankstelle hatten sie Glück. Ein Mitarbeiter erinnerte sich an den weißen Tiger. Und daran, dass der Wagen Richtung Biel weiter gefahren war. «Sie haben eine Schweizerkarte gekauft und einer hat sich geärgert, dass der Mercedes kein Navigationsgerät hat. Da fällt mir ein, er hat auch eine Autobahnvignette gekauft. Und der Mercedes hatte einen t-Badge an der Sonnenblende. Sie wissen schon, für die elektronische Bezahlung auf den französischen Autobahnen.»

Kim nutzte die Gelegenheit, um den Kombi auftanken zu lassen. Während ihr Neffe diesen Auftrag ausführte, saß sie mit düsterem Gesicht im Kombi und trommelte ungeduldig mit den Fingern gegen die Seitenscheibe.

«Und jetzt?», fragte Silvan, als er wieder in den Wagen stieg.

«Jetzt fahren wir nach Hause.»

«Schön. Und dann meldest du sofort den

Autodiebstahl. Du weißt, das musst du.»

«Mal sehen», wich Kim aus.

«Du machst dich strafbar, wenn du es nicht tust, und ich mit dir.»

Ihr Geduldsfaden riss. «Es reicht jetzt! Vielleicht hörst du mal auf zu jammern!», fauchte sie ihn an. «Nussbaumer wirft mir Beteiligung an einem Mord vor und wird alles tun, damit er mir etwas anhängen kann. Wahrscheinlich erinnerst du dich auch noch weshalb.» Er biss schweigend die Zähne zusammen. «Verglichen damit, ist die verspätete Meldung des Einbruchs und eines Autodiebstahls für mich eher ein Kavaliersdelikt.»

«Für ihn aber kaum.»

«Na, er wird in jedem Fall etwas zu meckern haben. Aber er soll mir mal beweisen, dass ich den Diebstahl nicht eben erst bemerkt habe. Ich habe schließlich genug Autos.»

Er bemerkte, dass sie in die falsche Richtung fuhr. Ehe er sie danach fragen konnte, fuhr sie schwungvoll auf einen Parkplatz.

«Das Restaurant wird dir gefallen.»

Er war baff. «Jetzt?»

«Hast du etwa keinen Hunger?»

«Doch. Aber ...»

«Na also, und ich habe jetzt keine Lust zu kochen.»

«Und der Hund?»

«An der Tankstelle ist kein Hund aufgefallen. Was sollten die Diebe auch mit ihm? Wahrscheinlich haben sie ihn rausgeworfen. Dann findet er allein nach Hause. Der Kleine ist leider ein versierter Streuner und kennt die Gegend gut. Warten wir mal ab, ob er noch kommt. Es ist jetzt erst zwei Uhr.»

Zwei Uhr? Silvan fühlte sich, als wäre er bereits seit Tagen wieder in den Fängen seiner Tante.

Während sie auf ihr Essen warteten, zählte Kim leise auf, was sie bisher über die Angelegenheit wussten. Da war dieser Tote, vermutlich südländischer Herkunft, der rote Land Rover, der einem Bauern in Bassecourt gestohlen worden war, die Karte des Bouche du Rhone, die Zeitungen und der t-Badge.

«Das ist doch schon eine ganze Menge», schloss sie.

Silvan machte die beunruhigende Feststellung, dass ihn die Sache mehr zu interessieren begann, als wahrscheinlich gut für ihn war.

«Einspruch!» Er ignorierte ihren schrägen Blick. «Eigentlich hast du nur zwei Fakten. Und von denen kannst du nicht einmal sicher sein, dass sie wirklich zusammengehören, nämlich die Leiche und das rote Fahrzeug. Alles andere ist UBL.»

«Was ist UBL?»

«Unsichere Beweislage.»

Kim verlor die Contenance. «Silvan, ich bitte dich, kehr jetzt um Gottes willen nicht den Anwalt hervor!»

«Schon gut. Werde jetzt nur nicht nervös.»

«Ich bin aber nervös», gestand sie unvermittelt. «Bleibst du übers Wochenende?»

«Rufst du gleich die Polizei an, wenn wir zu Hause sind?»

Er erhielt keine Antwort, weil die Bedienung jetzt zurückkam und zwei dampfende Teller vor sie hinstellte. Sofort schaltete Kim wieder um, wirkte entspannt. «Bringen Sie mir noch ein Glas Beaujolais.»

«Selbstverständlich, Madame. Monsieur?»

Silvan hatte plötzlich genug von diesem ständigen Wechselbad von Gefühlen und Stimmungen. Er brauchte jetzt etwas Ehrliches. Er bestellte ein Bier und ignorierte den ärgerlichen Blick seiner Tante, die Bier plebejisch fand, wie er wusste.

Die Bedienung verschwand, und er kam auf seine letzte Frage zurück. Schließlich war es nicht Kims Vorrecht, auf unangenehmen Themen zu beharren. «Und? Rufst du an?»

Ihre Schultern sanken kaum merklich herab. «Ja, versprochen. Bleibst du übers Wochenende?»

«Meinetwegen.» Er schnitt sein Steak an. Während er die Gabel zum Mund führte, sagte er: «Aber ich muss nochmals nach Hause. Bis zum Abend bin ich zurück.»

Erschreckt sah sie auf. «Ach nein, Silvan, warum denn?» Sie beobachtete, wie er mit Bier nachspülte. «Tut das nicht weh?»

«Was?», fragte er, die Gabel mit dem nächsten Bissen in der Luft.

«Na, das Bier zu dem wunderbaren Steak?»

«Nein, schmeckt ausgezeichnet», erwiderte er

59

mürrisch.

«Warum musst du nach Hause?»

«Ich hole mein Notebook. Dann kann ich meine Arbeit erledigen, während ich bei dir ausharre.»

Das Wort Arbeit klang süß in ihren Ohren, aber im Moment offenbar nicht süß genug. «Muss das sein? Du kannst meinen Computer benutzen.»

«Vielen Dank, aber alle meine Daten sind auf meiner Festplatte. Ich bin nicht lange weg.»

«Kannst du nicht diesen Dingsda, diesen Untermieter von dir bitten, dass er dein Notebook vorbeibringt?»

«Oh nein! Ganz bestimmt nicht!» Auf keinen Fall brachte er Sascha nach Le Rochet. Diese Klette!

«Bitte! Ich rufe Nussbaumer auch sofort an, wenn wir nach Hause kommen.»

«Habe ich dich erwischt!», triumphierte er. «Es war dir also gar nicht so ernst, nicht wahr?»

«Doch, war es!»

«Nein. Du bist eine hinterlistige Schlange, weißt du das?»

«Bitte Silvan!»

Sie hatte ihn noch nie um etwas gebeten. Befohlen, ja natürlich, angeordnet, na sicher. Aber gebeten? Niemals. «Du fürchtest dich ja wirklich.»

«Nein!», versetzte sie trotzig. «Ich amüsiere mich köstlich.»

Irgendwie gab das den Ausschlag.

Kapitel 3

Sie rief zu Hause tatsächlich sofort die Polizei an, was Silvan überraschte. Dann nahm sie ihn beim Arm und brachte ihn sanft zur Tür. «Und jetzt, mein Lieber, setzt du dich in dein Auto und machst eine Spazierfahrt.» Als sie seinen verständnislosen Blick sah, tätschelte sie sanft seinen Arm, als wäre er ein Idiot. Sie hatte ihre Furcht wieder unter Kontrolle und damit ihre Selbstsicherheit zurück. «Wir wollen die Sache doch nicht unnötig komplizieren, oder?»

Er begriff, was sie meinte. «Und wenn die Polizei Jacques nach mir fragt?»

«Warum sollten sie?»

Er zuckte die Schultern. «Vielleicht hat Nussbaumer gehört, dass ich in der Gegend bin. Oder er fragt ganz allgemein, ob Jacques jemanden gesehen hat.»

Sie lächelte selbstzufrieden. «Du weißt doch: Jacques sieht niemanden von der Herrschaft. Dazu ist er viel zu professionell.»

«Und wenn der alte Mann ausgerechnet dann mit meiner Hose auftaucht?»

«Deine Hose hängt sicher schon längst wieder in deinem Schrank. Wie seit Wochen.»

Sein Blick fiel auf die Spüle. «Die Tassen ...»

«Die wasche ich gleich ab.»

«Also gut», gab er nach. «Aber dann fahre ich jetzt nach Hause.»

61

«Nein!» Sie packte seinen Arm. «Nein, Silvan. Aber du kannst deinen Sascha Sowieso ...»

«Zenhäusern.»

«Wie auch immer. Bestell ihn her, er soll dein Notebook bringen! Ich ruf dich an, wenn die Polizisten weg sind. Und wenn du dem kleinen Streuner begegnest, bringst du ihn nach Hause, ja?»

Kommissär Nussbaumer war ein mittelgroßer vierschrötiger Mann um die Fünfzig, dessen Denkerstirn bis fast in den Nacken reichte. Als Deutschberner im französisch-sprachigen Berner Jura hatte er es nie leicht gehabt, und so gab er sich auch stets griesgrämig und verdrießlich.

Er hatte ganz unten angefangen und sich hochgearbeitet. In dreißig Berufsjahren als Polizist hatte er ein Gefühl für Ungereimtheiten entwickelt. Und hier reimte sich einfach nichts. Gar nichts. Kein bisschen. Das war auch nicht verwunderlich. In diese Geschichte war die Rochat verwickelt. Er wusste zwar noch nicht, wie und warum, aber er fand es bestimmt heraus, und wenn es das Letzte war, was er tat. Bei dem Gedanken entspannten sich seine Gesichtszüge, und er wirkte beinahe fröhlich.

Sie war ihm zu cool. Seiner Erfahrung nach war sie von Natur aus kein entspannter Typ. Ihre derzeitige Haltung war jedoch die einer Schachspielerin, eine Klasse besser als der Rest der Welt, und allen zwei Züge voraus. Nussbaumer mochte das nicht.

«Also, noch mal von vorne. Sie wollen mir also weismachen, Sie haben den Einbruch erst heute Nachmittag bemerkt?»

Zu seinem Ärger blieb sie gelassen. «Ganz genau. Ich hatte ...»

Sie unterbrach sich unwillig, als ein junger Polizist ins Wohnzimmer kam. Nussbaumer fragte: «Und?»

«Nichts, Chef. Keine Fingerabdrücke am Wagen. Er wird jetzt für den Transport vorbereitet.»

«Und sonst?»

«Nichts», berichtete der jüngere Mann. «Jetzt schauen wir das Haus an. Aber auch hier: Nur die eingeschlagene Scheibe der seitlichen Verandatür. Keine weiteren Schäden. Ein paar leicht verrückte Bilder, eine nicht ganz geschlossene Schublade. Mehr ist da nicht.»

«Weitermachen!» Nussbaumer wandte sich wieder an Madame. «Brannte Licht, als Sie nach Hause kamen?»

«Nein. Es war heller Tag.» Kim warf einen Blick auf ihre neue Einfahrt. Dort wurde gerade der rote Land Rover auf ein Abschleppfahrzeug geladen, nachdem die Spurensicherer mit ihm fertig waren. Jetzt liefen zu ihrem Missfallen Beamte in hellblauen Schutzanzügen durch ihr gepflegtes Heim und stäubten Türen und Möbel ein. Wenigstens trugen sie Plastiküberzieher über ihren Schuhen.

«Madame», grollte Nussbaumer gerade. «Die

63

Einbrecher sind vermutlich in der Nacht oder heute am frühen Morgen hier eingedrungen. Ich kann mir ehrlich gesagt nicht vorstellen, dass Sie den Einbruch nicht gleich bemerkt haben, als sie nach Hause kamen.»

Sie richtete einen verärgerten Blick auf ihn. «Ich hatte einen verdammt harten Tag hinter mir, wie Sie sich vielleicht erinnern, und Sie hatten daran Ihren guten Anteil. Gestern habe ich eine Leiche mit eingeschlagenem Gesicht gefunden. Wahrscheinlich hätte ich auch in meinem Bett nicht geschlafen, aber auf der Polizeiwache haben Sie mich gezielt daran gehindert, auch nur ein Auge zuzutun. Ich bin um acht Uhr heute Morgen nach Hause gekommen und habe zuerst meine armen Hunde ausgeführt, um die sich seit gestern Nachmittag keiner mehr gekümmert hat. Danach wollte ich nur noch schlafen. Als ich erwachte, habe ich mir eine Tasse Tee gekocht. Da habe ich in der Tat bemerkt, dass die Scheibe eingeschlagen war.»

«Und Sie haben nicht sofort angerufen?»

«Ich habe nicht an einen Einbruch gedacht.»

«Ach? Und das soll ich Ihnen glauben?»

«Es schien nichts zu fehlen.»

«Hat keiner von Ihren Leuten den Lärm gehört?»

«Stellen Sie sich vor, meine Leute haben neuzeitliche Arbeitsverträge», erwiderte sie spitz. «Sie haben am Wochenende frei.»

«Und dieser alte Hausdiener, Jacques ...?»

«Ich habe den alten Mann befragt», ließ sich der

junge Polizist vernehmen, der noch immer in der Salon-Tür stand. «Er ist über siebzig und so schwerhörig, dass er mich kaum verstanden hat. Er war die ganze fragliche Zeit in seiner Wohnung. Allerdings hätte er wohl auch nicht begriffen, was geschehen ist, wenn er etwas gehört hätte.»

Jacques war noch im Vollbesitz seiner geistigen Kräfte und für sein Alter hörte er ausgezeichnet. Aber was Angelegenheiten der Familie anging, war er ein getreuer Anhänger der drei berühmten burmesischen Affen: Er hörte nichts, sah nichts und vermutlich hätte er selbst unter Folter nichts gesagt.

Nussbaumer ersparte Kim einen eisigen Kommentar betreffend der Unverschämtheit des jungen Polizisten. Er wandte diesem seine volle Breitseite zu und grollte: «Wenn Sie in meinem Team bleiben wollen, gewöhnen Sie sich schnellstens ab, alle Personen über fünfzig als dement anzusehen! Haben Sie mich verstanden, Dupont?»

Dem jüngeren Mann sträubten sich bei seinem Ton die Haare, und er nahm reflexartig Haltung an. «Verstanden!»

Nussbaumer ließ ihn mit einem verkniffenen Nicken vom Haken und wandte sich wieder an Kim: «Na schön. Der gute alte Jacques hat nichts gehört und nichts gesehen, und Sie haben nicht verstanden, was Sie gesehen haben. Ist das so?»

Sie zuckte die Schultern. Wenn er unverschämt

65

werden wollte, sollte er doch. Bloß ein bisschen schneller musste es gehen. Sie schwieg, um keinen weiteren unnötigen Wortwechsel zu provozieren, und er fuhr fort:

«Sie haben also die kaputte Scheibe gesehen und sich nichts dabei gedacht. Und zu welchem Zeitpunkt haben Sie sich denn endlich etwas dabei gedacht?»

«Als ich das fremde Auto anstelle meines Mercedes fand.»

«Und wie haben Sie das Auto gefunden?»

«Ich suchte meinen Hund.»

«Und wann war das?»

«Nachdem ich die Pferde geputzt und den Stall gemistet hatte, fiel mir auf, dass Whisky nicht mehr da war. Ich dachte, er liegt auf dem Rücksitz des Mercedes, aber der Wagen war auch nicht mehr da.»

Der Kommissär verwarf die Hände. «Ich meinte die Uhrzeit.»

«Ich schätze, so zwischen zwölf und eins.»

Ein schlauer Zug trat in sein Gesicht. «Und dann haben Sie die Polizei alarmiert?», fragte er lauernd.

«Nein.»

«Sondern?»

«Ich habe mich hingesetzt», antwortete sie trocken.

«Ach?»

«Ja zum Teufel! Mir war klar geworden, wer die Scheibe eingeschlagen hat.»

«Wie das?»

Madame zeigte jetzt deutlich Nerven. «Wenn Sie heute Nacht bei meinem Verhör aufgepasst hätten, wüssten Sie jetzt, dass mir genau dieser Wagen gestern aufgefallen war.»

«Verstehe.»

«Ach, tatsächlich?»

Nussbaumer ignorierte diese Frechheit. Es gefiel ihm, dass die Rochat ihre Ruhe verloren hatte. «Und Sie haben alles kontrolliert? Es fehlt wirklich nichts?»

«Wie ich schon sagte, der Schlüssel zum Mercedes fehlt. Und mein Hund.»

Nussbaumer betete um Geduld. «Ich interessiere mich nicht für Hunde, Madame. Ich spreche von Schmuck, Geld, Silberbesteck, Aktien. Was reiche Leute halt so im Haus haben.»

«Reiche Leute haben gar nichts im Haus», versetzte sie kühl. «Wirklich reiche Leute haben ihre Reichtümer auf der Bank.»

«Sie haben also keinen Safe?»

«Doch, selbstverständlich.»

«Wo?» Sie schwieg. «Noch alles drin?»

«Ja.»

Er beugte sich vor. «Soll ich Ihnen etwas sagen? Ich glaube Ihnen kein Wort. Sie waren den ganzen Tag im Haus und dachten sich nichts dabei, dass eine Scheibe kaputt ist und ein paar Bilder schief hängen?»

Einer der hellblau kostümierten Möbelpuderer erschien in der Küche. «Fertig, Chef.»,

Nussbaumer nickte knapp und warf Kim einen scharfen Blick zu. «Falls Ihnen noch etwas einfällt, Madame, sollten Sie uns schleunigst benachrichtigen.»

Sie nickte artig. «Aber das ist doch selbstverständlich.»

Von der Küche aus beobachtete sie aus schmalen Augen den Abzug der Truppe. Dann wartete sie zur Sicherheit noch ein paar Minuten, ehe sie ihren Neffen aus der Verbannung zurückholte.

Wohnungen in der Stadt Bern, die seinen Ansprüchen genügten, waren rar. Sascha hatte die Zeitungen der letzten Tage und mehrere einschlägige Plattformen durchforstet, aber nichts in seiner Preisklasse gefunden. Er war ein Stadtmensch, aber es sah so aus, als müsse er seinem Geldbeutel Konzessionen machen und die Suche auf die Agglomeration ausweiten.

Er fand Reste eines mehrere Tage alten Kuchens in der Anrichte und schnitt sich eine Scheibe ab. Das Gebäck war schon ziemlich trocken. Er goss sich ein Glas Milch ein und feuchtete den Brei in seinem Mund mit einem kräftigen Schluck an, als sein Telefon summte.

«Ja?», nuschelte er mit vollem Mund.

«Sascha?»

Er schluckte rasch. «Ja. Bist du das, Silvan?»

«Ja. Was machst du gerade?»

Sascha fühlte sich angegriffen. «Ja was wohl? Ich suche eine Wohnung.»

«Vergiss das! Hast du Zeit? Kannst du zu mir kommen?»

«Äh, ja natürlich.» Sascha zog verblüfft die Brauen hoch. Er hatte gedacht, dass eher die Hölle zufröre, als dass ihn Silvan seiner Familie vorstellte. «Wie ... äh, ich meine, warum ...?»

«Ich kann hier nicht weg und brauche mein Notebook. Tust du mir den Gefallen?»

Sascha zögerte nur kurz. Die Sache war nicht ohne Reiz. «Ja, sicher, warum auch nicht. Das Notebook? Sonst noch etwas?»

«Das schwarze Etui mit den vier USB-Sticks, es liegt auf dem Schreibtisch.» Silvan gab ihm die Adresse und beschrieb ihm den Weg. «Nimm dir Zeit und wenn du Polizei auf dem Hof siehst, fahr einfach dran vorbei und ruf mich an.»

Sascha faltete die Zeitungen korrekt zusammen und legte sie auf den Altpapierstapel. Dann räumte er die Küche auf und wischte den Tisch ab. Im Gegensatz zum Besitzer der großen Stadtwohnung war er ein ordentlicher Mensch. Und auch wenn Silvan es niemals zugegeben hätte, war das einer der Gründe, weshalb er ihn so lange in seiner Wohnung geduldet hatte. Jemand musste schließlich gelegentlich einmal die Bude aufräumen.

Silvans familiärer Hintergrund hatte ihn schon lange heimlich fasziniert, und nun noch diese unerwartete Tante. Es galt also einen guten Eindruck zu machen.

Sascha stand eine gute Viertelstunde vor dem Kleiderschrank, ehe er die passende Kleidung für den Ausflug in die bessere Gesellschaft bereitlegte.

Er rasierte sich, frisierte sorgfältig seine blondgesträhnte Wuschelfrisur und zog sich um. Danach räumte er die getragenen Kleider in den Wäschekorb und strich sein Bett nochmals glatt, bevor er das Zimmer verließ. In Silvans Büro fand er das Notebook gepackt in der Tasche und zu seiner Überraschung das Etui mit den USB-Sticks am genannten Ort.

Bevor er die Wohnung verließ, warf er einen prüfenden Blick in jedes Zimmer. Es war wirklich ein Jammer, dass er eine neue Bleibe suchen musste. Er liebte die geräumige stilvolle Wohnung, wahrscheinlich mehr als Silvan, der den Designerstil seiner Ex-Frau verabscheute, aber bisher nicht den Mumm gehabt hatte, etwas daran zu ändern.

Er sollte sich Zeit lassen, hatte Silvan gesagt, darum wählte er einen Weg abseits der Autobahn. Er schaltete das Radio ein, lehnte sich bequem im Sitz zurück und lächelte breit, während er einen Gang höher schaltete. Heute musste er keine Wohnung mehr suchen. War das Leben nicht wunderbar?

Oben auf der Sommerweide beobachtete Silvan, wie der rote Geländewagen auf ein Abschleppfahrzeug geladen und weggefahren wurde, gefolgt von zwei Polizeiautos und Nussbaumers zivilem Fahrzeug. Kim rief kurz danach an, die Luft war rein.

Sie erwartete ihn bereits auf dem Hof. «Leider ist fast der ganze Nachmittag draufgegangen. Eigentlich wollte ich unsere Recherchen fortsetzen, aber es ist schon wieder Zeit für die Hunde.» Silvan wusste, sie meinte den obligaten Spaziergang vor dem Abendessen, und auch, dass von ihm erwartet wurde, daran teilzunehmen. «Möchtest du die Achtunddreißiger von Robert mitnehmen?»

«Was?» Erschreckt hob er die Brauen. «Selbstverständlich nicht.»

Sie überlegte kurz, ob sie ihm die Waffe aufzwingen konnte, entschied sich aber dagegen. Bei Silvan wusste man nie so genau, womöglich schoss er sich im Ernstfall in den eigenen Fuß.

«Wie du meinst», sagte sie munter und ging zur Scheune voraus, um ihre Hundeausrüstung zu holen.

«Was für Recherchen hat du vorhin gemeint?»

«Na, die Zeitungen und so weiter.»

Ihm stellten sich die Haare auf. «Hast du die etwa behalten?»

«Also, du stellst vielleicht Fragen.»

Silvan schloss die Augen und kniff sich verstohlen in den Oberschenkel. Das durfte alles nicht wahr sein. Er musste träumen.

«Schlaf nicht ein!»

Er öffnete versuchsweise ein Auge. «Und wo hast du sie versteckt?»

Sie lächelte sanft. «Na, wo wohl? Im Altpapierstapel natürlich. - Hast du deinen Freund erreicht?»

Der plötzliche Themenwechsel verwirrte ihn. «Meinen Freund? - Oh, du meinst Sascha. Er ist nicht mein Freund.»

Falls sie sich wunderte, ließ sie es nicht erkennen. «Und? Kommt er?»

«Mit absoluter Sicherheit», antwortete Silvan bitter.

Sie waren erst ein paar Minuten zurück vom Hundespaziergang, als Sascha mit seinem angejahrten, aber liebevoll gepflegten Alfa Romeo vorfuhr. Er stieg aus, bunt gekleidet wie ein Pfau, und stolzierte um den Wagen herum, um das Notebook zu holen. Es war ein Albtraum.

«Bist du übergeschnappt?», zischte ihm Silvan zu, als er die Haustür öffnete. «Ging es nicht etwas diskreter?»

Sascha war deutlich gekränkt. «Wieso? Ich habe mich extra für deine alte Tante fein gemacht.»

«Sie ist nicht alt», murmelte Silvan halblaut. «Gib mir ...», das Notebook und mach dich sofort wieder vom Acker, wollte er sagen, aber es war schon zu spät. Er hörte ein leises Geräusch aus der Halle und sah Saschas Augen aufleuchten. «Heiliger Strohsack, der Himmel steh mir bei!»

«Was hast du gesagt, Silvan?»

Kim stand bereits hinter ihm. Und natürlich hatte sie alles gehört. Silvan versuchte gar nicht erst, irgendetwas zu erklären, und ergab sich in sein Schicksal. «Darf

72

ich dir meinen Wohnungsgenossen, Sascha Zenhäusern, vorstellen?», fragte er lahm. «Sascha, das ist Madame Rochat, meine Tante, von der ich dir erzählt habe.»

Kim und Sascha starrten einander sekundenlang an und murmelten simultan ein schwaches «sehr erfreut».

Kim fasste sich zuerst. Mit einer Mischung aus Faszination und Abscheu betrachtete sie den schlanken jungen Mann mit der blonden Wuschelfrisur und den hellbraunen Hundeaugen, den Piercing-Ring durch seine linke Augenbraue, den übrigen Schmuck um Hals und Handgelenke und das kleine Tattoo auf seinem rechten Unterarm. «Ich will hoffen», meinte sie dann trocken und wies auf seine Augenbraue. «Sie haben nicht auch noch so ein Dings in der Zunge?»

Saschas Kiefer klappte etwas nach unten, aber er fing sich sofort wieder. «Nein, Madame.» Und er streckte ihr zu Silvans Entsetzen die Zunge heraus, um seine Worte zu untermauern. Dann sah er sich nochmals bewundernd um und seufzte. «Sie haben da aber ein schönes Anwesen.»

«Ja, nicht wahr, besonders im Frühjahr», antwortete sie höflich. «Bitte treten Sie ein.»

Sascha nahm das alte Haus mit allen Sinnen auf. «Wunderbar», schwärmte er. «Schon wie es riecht!» Er ließ seinen Blick herumwandern. «Diese Böden, einfach toll, und die Stuckaturen. Wie alt ist das Haus, Madame? Neunzehntes Jahrhundert?»

Kim taute merklich auf. «Das Herrenhaus, wo wir uns jetzt befinden, ist so um achtzehnhundertvierzig gebaut worden. Aber der Anbau ist noch viel älter, ebenso der Pachthof.»

Sascha lächelte. «Ich liebe Häuser mit Geschichte.»

«Ursprünglich waren die Rochats Bauern», erzählte Silvan. «Aber in der ersten Hälfte des neunzehnten Jahrhunderts ging einer der leer ausgehenden Söhne auf Wanderschaft und blieb in Belgien hängen.»

«Leer ausgehende Söhne?»

«Die Höfe im Jura waren selten groß genug, dass sie unter den Erben geteilt werden konnten. Also erbte der älteste Sohn den Hof. Die Begabten unter den jüngeren Söhnen wurden vielleicht Priester oder Lehrer, wenn sich die Familie das leisten konnte. Die anderen blieben als Knechte auf dem elterlichen Hof, wenn sie es nicht vorzogen, woanders ihren Lebensunterhalt zu verdienen.»

«Wie dein Vorfahr?», mutmaßte Sascha.

«Genau. Olivier Rochat wanderte wie gesagt nach Belgien aus und lernte dort die Herstellung von fester Schokolade. Er kehrte zurück, begann selber Schokolade zu produzieren und wurde dabei ziemlich wohlhabend. Die Firma existiert bis heute, mein Onkel Sébastien leitet sie. Die Produktion ist nicht besonders groß, unsere Pralinenspezialitäten sind nur ein Nischenprodukt.»

«Oh. Du meinst die Rocachoc-Pralinen?» Silvan und

Kim nickten. Sascha seufzte. «Die Dinger sind unirdisch gut, aber leider auch ziemlich teuer.»

«Rocachoc produziert nur kleine, aber feine Pralinen-Serien», erklärte ihm Silvan. «Deshalb der Preis.»

«Und so wurde aus dem Bauernhof ... - das?» Sascha machte eine allumfassende Armbewegung.

«Nein, der Hof ist verpachtet. Man baute in einiger Entfernung vom Hof neu, und die alte Scheune, die da schon stand, wurde einfach ins Ensemble eingebaut. Sie war nützlich, und Olivier war kein Geldverschwender.»

Etwas Schwarzes kam näher und nahm den Besucher in Augenschein. «Nimm mal!» Sascha drückte Silvan das Notebook in die Hand. «Na, wen haben wir denn da?», schmeichelte er, und Othellos Schwanz setzte sich enthusiastisch in Bewegung.

«Verräter!», zischte Silvan dem Hund zu und ging voraus ins Wohnzimmer, während Sascha noch mit Streicheln beschäftigt war.

«Silvan?», fragte Kim nachdenklich. «Bist du etwa schwul?»

Er fühlte sich mehr und mehr in die Ecke gedrängt. «Nein, Kim», beteuerte er. «Ganz bestimmt nicht.»

«Gut», sagte sie geschäftsmäßig. «Dann kriegt er ein eigenes Zimmer.»

«Zimmer?», fragte Silvan erschreckt. «Ja, willst du ihn hierbehalten?»

«Hierbehalten? Meine Güte, er ist doch kein Hund. Und ich kann ihn ja nicht um diese Zeit wieder zurückschicken.»

«Kannst du doch. Es ist ja noch hell, und er ist schon ein großer Junge», gab Silvan wutentbrannt zurück. Dieser kleine Parasit!

Das Subjekt ihrer Debatte war unterdessen an der offenen Tür stehen geblieben und blickte hinaus. «Na so was. Ist das etwa ein Kuvasz, Madame?», fragte er. «Das ist ja ein Riese.»

«Nun ja, ich nehme es an», antwortete Kim. «Zumindest hat da einmal ein Ungarischer Hirtenhund mitgemischt.»

«Was für ein toller Hund.» Zappa nahm den Tonfall wahr und reagierte darauf prompt. Bewunderung brachte man ihm selten genug entgegen.

«Du solltest ihn im Stall einquartieren», murmelte Silvan an Kims Adresse. «Dort ist er nicht im Weg, falls er nicht freiwillig auszieht, und außerdem fühlt er sich offenbar unter den Viechern wohl.»

Kim hatte jetzt genug. «Also wirklich, Silvan! Warum teilst du deine Wohnung mit Leuten, die du nicht leiden kannst? - Ich jedenfalls werde nicht unhöflich sein, verstanden!»

Sie warf einen Blick zur Tür. Dort befasste sich Sascha inzwischen mit drei Hunden - Nella war ebenfalls dazu gestoßen und überprüfte den neuen Gast. Kim kapitulierte. «Ich glaube, ich stelle Ihnen zuerst den Rest dieser Rasselbande vor. Silvan, macht inzwischen Tee für uns!» Sie sah ihren Neffen drohend an.

«Meinetwegen.» Silvan brachte zunächst einmal sein Notebook auf dem Sideboard in Sicherheit. Dann setzte er Wasser auf. In der Küche fand er ein frisches Bauernbrot, Butter, Käse und etwas Trockenfleisch. Als alles auf dem Tisch stand, stellte er zu seinem Ärger fest, dass er sich sogar Mühe gegeben hatte, den Tisch anständig zu decken. Na, hoffentlich dachte sich Sascha nichts dabei!

Er wartete noch eine Weile, aber die beiden kehrten nicht zurück, und schließlich ging er sie suchen. Er fand sie in ein angeregtes Gespräch vertieft bei den Autos.

«Ein Vierundsiebziger MG», sagte der junge Mann gerade entzückt, und Kim strahlte.

«Ein Dreiundsiebziger.» Sie musterte ihren Gast mit neuem Interesse. «Sie kennen sich aber aus.»

«Ein bisschen», gab sich Sascha bescheiden. Silvan hätte ihn am liebsten geschüttelt.

Sascha ging noch einmal um den kleinen Wagen herum. «Wirklich sehr schön, Madame. Darin würde ich fürs Leben gern einmal eine Runde drehen.»

«Ja, warum auch nicht. Vielleicht morgen?»

«Morgen? Oh, ich ... ähm ...» Sascha warf einen vorsichtigen Blick zu Silvan, der ihn drohend musterte.

«Kümmern Sie sich nicht um ihn», empfahl Kim. «Er ist bloß eifersüchtig.»

Das schlug dem Fass den Boden aus. «Eifersüchtig? Ich?», explodierte Silvan. «Ich glaube es nicht!»

Sie musterte ihn streng. «Hast du eine andere

Erklärung für deine übertriebene Reaktion?»

Er biss die Zähne zusammen. «Nein, habe ich nicht.»

«Du bist nicht sehr ergiebig», stellte sie trocken fest.

«Meinetwegen», sagte Silvan.

«Meinetwegen, was?»

«Meinetwegen kann er hierbleiben.»

Sie lachte, was ihn ärgerte. Sie nahm ihn einfach nicht ernst. Sascha dagegen betrachtete die lachende Tante fasziniert. Silvan konnte ihm das nicht verdenken.

«Wenn du mich absolut nicht hier haben willst», bot Sascha plötzlich an. «Dann fahre ich natürlich sofort zurück.»

«Nein, ist okay», gab Silvan nach. «Das Haus ist ja schließlich groß genug.»

«Ist der Tee fertig?», erkundigte sich Kim.

«Wahrscheinlich schon wieder kalt.»

«Dann gießen wir heißes Wasser nach», antwortete sie resolut. «Ich habe einen Bärenhunger. Wollen wir hinein gehen?»

Sie nahmen die einfache Mahlzeit zu sich. Silvan schwieg meistens, aber Kim und Sascha unterhielten sich angeregt über die Ereignisse der letzten vierundzwanzig Stunden. Als sie schließlich den Tisch wieder abräumten, waren alle auf dem gleichen Stand. Kim legte ihr ‹Beweismaterial› auf den Tisch.

Sascha griff als erstes nach Kims Zeichnung. «Sehr

begabt», konstatierte er. Dann betrachtete er das Porträt noch eingehender.

«Kennen Sie ihn?», fragte Kim, der sein Interesse auffiel.

«Ich ... ähm nein. Eigentlich nicht. Aber mir ist, als hätte ich ihn schon irgendwo gesehen.»

«Das kommt vor.» Sie legte das Bild zur Seite und wandte sich dem nächsten Programmpunkt zu. «Spricht jemand niederländisch?», fragte sie rhetorisch. «Nein? Dann eben die Berner Zeitung.»

Silvan seufzte. «Was hast du jetzt damit im Sinn?»

«Wir lesen sie durch. Vielleicht erfahren wir etwas Interessantes.»

Silvan blieb skeptisch. «Ja. Aber vielleicht gehören die Blätter nur jemandem, der sich für das Tagesgeschehen in zwei verschiedenen Ländern interessiert.»

«Das ist möglich», gab Kim zu. «Aber wir erfahren nun einmal nur etwas, wenn wir uns mit dem Inhalt befassen.» Sie nahm die Zeitung bündelweise auseinander und verteilte die Teile. Sie vertieften sich in die Nachrichten.

«Terroranschlag in Frankfurt vereitelt», zitierte Sascha. «Was meint ihr?»

Kim zuckte die Schultern. «Vielleicht. Gewalttätig genug waren sie ja.» Sie drehte eine Seite um und las sich wieder fest. «Wie wäre es damit? Diamanten im Wert von 1.2 Mio. Euro in Antwerpen geraubt? Das würde doch zu der belgischen Zeitung passen. Ach nein, sie haben bereits einen Tatverdächtigen.»

Silvan hatte zunehmend Mühe, das alles ernst zu nehmen. «Oder vielleicht dies: Chaos durch entlaufene Rinder auf der Autobahn?» Er deutete auf die Rückseite des Teiles, den sie in der Hand hielt.

«Sei nicht albern, Silvan», wies ihn seine Tante zurecht.

«Schon gut», murmelte er und las weiter.

Der Wirtschaftsbund (Schuldenkrise in Südeuropa, Attmore wehrt feindliche Übernahme ab) schien ihm wenig ergiebig. Er durchstöberte ihn daher ohne große Hoffnung.

Auch den Sportbund nahm sich Silvan ohne große Erwartungen vor. Nichts, logisch, was hatte er erwartet? Er legte die Zeitung wieder hin. Kim warf ihm einen ärgerlichen Blick zu, und er verteidigte sich: «Wenn wir nicht annehmen, dass der Knatsch in der FIFA oder Fußball-Transfer-Gerüchte etwas mit deinem Mord zu tun haben, werden wir im Sportteil wohl kaum fündig.»

«Was heißt denn hier mein Mord?», begann Kim aufsässig, wurde aber unterbrochen.

«Moment mal.» Sascha zog den Sportteil zu sich heran. «Ich glaube, ich weiß jetzt, wo ich den Mann schon einmal gesehen habe. Ich habe mich heute Morgen durch die Zeitungen der ganzen Woche gekämpft. - Wegen der Wohnungsinserate», fügte er an Silvans Adresse absichtlich hinzu, erntete jedoch keine Reaktion.

Er blätterte durch die Seiten und fand ein

dreispaltiges Foto einer Klubmannschaft mit einem Pokal. «Sehen Sie selbst, Madame.»

Kim schnappte nach Luft und griff nach ihrer Zeichnung, aber eigentlich war es nicht nötig. Da war der Fremde, der Dritte in der vorderen Reihe. «Ja», sagte sie schwach. «Das ist er, ohne jeden Zweifel.» Sie überflog die Bildlegende. «Er heißt Joseph Bensaoula.»

Das Telefon klingelte. Sie stand auf, um den Anruf entgegenzunehmen. Sascha beugte sich über den Artikel und las leise vor:

«Die Mannschaft des CS Montélimar gewann nach Aachen auch das internationale Turnier von Zürich, obwohl sie auf ihren Starspieler Joe Bensaoula verzichten mussten. Der Spieler soll Zürich vor dem ersten Spiel mit unbekanntem Ziel verlassen haben.» Er sah auf: «Aber wir drei wissen, wo der Spieler hingegangen ist, nicht wahr.»

Silvan antwortete nicht. Kim hatte ihr Gespräch beendet und kehrte mit allen Anzeichen von Erschütterung an den Tisch zurück. «Der Mercedes wurde heute Nachmittag bei der Zoo-Boutique in Le Landeron gesehen.»

«Prima», meinte Silvan. «Dann kannst du ja …»

«Mit meinem Hund!!»

«Oh.» Silvan war nicht sicher, was sie jetzt erwartete. «Na, immerhin haben sie ihn nicht auf der Autobahn ausgesetzt.»

«Und das werden sie auch nicht tun.» Ihre Augen

funkelten wütend. «Sie haben an der Tankstelle eine Autoschondecke eingebaut.»

«Wie rücksichtsvoll», sagte Silvan gedankenlos.

«Hast du sie noch alle?» Ihre Stimme überschlug sich beinahe. «Die wollen meinen kleinen Liebling behalten!»

Silvan sank zurück in seinem Stuhl. «Fuck!», murmelte er. Er sah Komplikationen auf sich zukommen. Riesige Komplikationen. Kim Rochat ließ sich nichts wegnehmen, und das schloss Autos und Hunde ein.

«Woher kam der Anruf?», erkundigte sich Sascha.

«Von einer Tankstelle neben der Zoo-Boutique.» Sie lächelte schwach. «Ich habe allen Mitarbeitern der Tankstellen, die wir heute besucht haben, Geld geboten. Einer von ihnen hat einen Bruder, der dort arbeitet.»

«Wie viel hast du denn geboten?», fragte Silvan neugierig.

«Tausend für jede brauchbare Spur.»

«Du bist verrückt!»

«Aber clever», fand Sascha bewundernd.

«Fragt sich. Ich meine, so ein Hund kostet so um die zweitausendfünfhundert Franken.»

Kim reagierte empört. «Das ist keine Frage des Geldes.»

«Das war mir klar, dass du das sagen würdest», bemerkte Silvan trocken.

Sascha beobachtete die beiden. Ihre Beziehung schien recht kompliziert zu sein. «Und was jetzt?»

«Ich hole ihn zurück», erklärte sie prompt.

«Ich bitte dich, bleib auf dem Boden der Tatsachen.» Silvans Tonfall hatte jetzt etwas Flehendes, doch Kim starrte ihren Neffen nur ungerührt an. «Du kannst nicht einfach einer Bande von Mördern etwas abnehmen. Zudem glaube ich mich zu erinnern, dass du für Nussbaumer verfügbar bleiben sollst. Und wie willst du die Leute überhaupt finden? Sie sind inzwischen sicher jenseits der Grenze, und Frankreich ist groß.»

«Ja. Schon gut.» Kim setzte sich hin und bekam ihre Emotionen in den Griff, doch ihre Stimme klang spröde und das war kein gutes Zeichen. «Habt ihr noch etwas herausgefunden, zu diesem, diesem ... wie hieß er noch gleich?»

Sascha sah nach. «Bensaoula. – Sieht so aus, als wäre er einfach von der Bildfläche verschwunden.»

Silvan las den Text noch einmal. «Hier steht: nach dem ersten Spiel. Das kann Freitag oder Samstag gewesen sein, ich sehe hier keinen Spielplan.»

«Jedenfalls habe ich ihn am Dienstag erstmals hier gesehen.» Da war sie sich ganz sicher.

«Wenn Sie genau wissen wollen, wann er abgesprungen ist, kann Silvan im Internet nachsehen», schlug Sascha vor.

«Oh. - Kannst du?»

«Ja, ich kann.» Er startete sein Notebook und loggte sich ein. «Wo fange ich an?»

«Probier's zuerst mit dem Tagesanzeiger», schlug

Sascha vor. «Das Turnier war in Zürich.»

Nach einer Viertelstunde wussten sie so viel: Joseph Bensaoula war am Samstag nicht zum ersten Spiel des Tages aufgetaucht, nachdem er schon am Eröffnungsspiel vom Freitag nicht teilgenommen hatte. Der Trainer der Franzosen hatte bei der Pressekonferenz einen wütenden Eindruck gemacht. Er hatte sich aber weiter nicht zum Verschwinden seines Stars oder dessen Ziel geäußert.

«Vielleicht war es ihm nicht bekannt», vermutete Sascha.

Kim nickte. «Aber wir kennen es. Am Dienstagnachmittag habe ich ihn zum ersten Mal gesehen. Die Frage ist, was zum Teufel er ausgerechnet hier bei uns gesucht hat.»

Silvan zeigte Eigeninitiative und suchte nach der Homepage des CS Montélimar. Der Club Sportive de Montélimar stellte sich als polysportiver Verein heraus. Er klickte auf *Handball* und fand Bilder, Autogrammadressen und Kurzbiografien aller Spieler der ersten Mannschaft.

Bensaoula war in einem ärmlichen Quartier von Marseille aufgewachsen und hatte seine Handballer Karriere dort begonnen. Aus persönlichen Gründen (wahrscheinlich wegen einer Frau, mutmaßte Kim) war er vor acht Jahren in die Schweiz gezogen. Erst vor zwei Jahren war er zum CS Montélimar gestoßen, wo er seither Stammspieler war. Bensaoula war mit einer

Schweizerin aus Moutier verheiratet («Ha!», sagte Kim) und Vater zweier Kinder.

Silvan sah seine Tante an. «Du musst die Polizei informieren!»

Sie schüttelte den Kopf. «Das muss ein Tick von dir sein. Was stellst du dir denn vor, sage ich Nussbaumer über die Herkunft der Zeitungen?»

«Vielleicht hättest du dir das vorher überlegen sollen», entgegnete er bitter.

«Die finden bestimmt auch so heraus, wer er war», beruhigte sie ihn. «Vielleicht hat er sich bei Verwandten seiner Frau aufgehalten, dann wird er vermutlich bald als vermisst gemeldet.»

Er hatte plötzlich genug, stieg aus dem Internet aus und wünschte sich, auf gleiche Art mit seiner Tante verfahren zu können. Er merkte plötzlich, wie müde er eigentlich war.

«Ich gehe zu Bett. - Wo bringst du Sascha unter?»

«Im Eichenzimmer.»

Also im Ostflügel. Weit weg. Müde stieg er die breite Treppe empor, hinter sich die leiser werdenden Stimmen von Kim und Sascha. Er blickte zurück und sah sie den Tisch abräumen und die Zeitungsteile sorgfältig stapeln. Da hatten sich die beiden Richtigen gefunden. Obwohl er müde war und von der ganzen Geschichte mehr als genug hatte, musste er kichern. Das seltsame Paar schien sich ja gut zu verstehen.

Wie Kim vorhergesagt hatte, hingen seine Hose und

sein weißes Hemd tatsächlich bereits im Schrank, seine Schuhe waren geputzt und sein Bett aufgedeckt, darauf ein frischer Pyjama. Jacques hatte seines Amtes gewaltet. Silvan putzte seine Zähne im angrenzenden Badezimmer und kroch in die Federn. In seinem Kopf drehte sich alles. Zuviel frische Luft, konstatierte er. Na ja, vielleicht auch der exzellente Rotwein, den sie zuletzt getrunken hatten. Kim mochte ein bisschen verrückt sein, aber von Wein hatte sie eine Ahnung. Mit diesem Gedanken schlief er ein.

Am Freitagabend besorgte Lafitte zunächst einen neuen Fluchtwagen. Zweiter Punkt auf der von Van Dam aufgestellten To-do-Liste war die Beseitigung der Leiche. Am sichersten war es, sie in Beton einzugießen. Das kam hier nicht in Frage, blieb die zweitbeste Option: eine See-Bestattung.

Die Vorbereitungen waren schnell getätigt, die Suche nach einem geeigneten Platz gestaltete sich in der ihnen unbekannten Gegend jedoch schwierig. Erst am späten Nachmittag fanden sie am Neuenburger See einen vielversprechenden Ort, einen winzigen Strand, mit Büschen und Schilf als Sichtschutz auf alle Seiten. Sogar ein kleines Ruderboot war unweit davon an einer Boje festgemacht, wie Lafitte zufrieden feststellte, und ein Parkplatz in unmittelbarer Nähe wurde eben frei. Einsam war der Strand allerdings nicht. Einige Familien mit Kindern brachen zwar gerade auf, aber mehrere

Gruppen von Jugendlichen planschten noch immer im Wasser, brieten ihre Würste auf kleinen Grills, tranken Bier und genossen die Sonne.

In der Schweiz schien es nur zwei Arten von Seeufern zu geben, bebaute und besetzte. Dieser kleine Strand war perfekt und nicht einfach zu finden gewesen. Van Dam beschloss daher, hier am See den passenden Moment abzuwarten. Sie machten es sich im Schatten eines Baumes gemütlich, picknickten, spielten mit dem kleinen Hund und benahmen sich wie die anderen Strandbesucher, während Joe im Kofferraum des Mercedes unbemerkt vor sich hin kochte.

Die Jugendlichen bewiesen Ausdauer und als endlich auch die letzten Grüppchen ziemlich angeheitert den Strand räumten, war es bereits zu spät, um noch etwas zu unternehmen. Im Schutz der Dunkelheit holten sie die Leiche aus dem Kofferraum und verbargen sie im Schilf. Dann öffneten sie alle Fenster des Mercedes, um den Leichengeruch loszuwerden, und machten es sich für die Nacht so gut es ging am Strand bequem.

Kurz nach halb fünf war es hell genug, dass sie das Boot liegen sahen, das Lafitte am Abend entdeckt hatte, aber noch dunkel genug, dass ihr Tun nicht auffiel. Das Boot war so klein, dass es mit der Leiche fast voll war. Van Dam blieb ohne Bedauern zurück und spielte mit dem Hund, während Lafitte hinausruderte. Es platschte, als er Joes Leichnam seinem nassen Grab übergab. Danach brachte er das Boot zurück, befestigte es wieder wie zuvor und stapfte durch das niedrige Wasser zurück zu Van Dam.

Er war bis zur Hüfte nass und fror im frischen Morgenwind. Dankbar beobachtete er, wie die Sonne über den Jurabergen aufging. Das Wasser war verdammt kalt gewesen. «Wie geht es weiter?», fragte er zähneklappernd und suchte in seiner Reisetasche nach einer trockenen Hose.

«Es ist jetzt kurz nach sechs. Wir fahren nach Neuchâtel, das sind nur ein paar Kilometer. Am Bahnhof bekommen wir sicher Frühstück. Aber erst räumen wir hier auf.»

Eines der Erfolgsgeheimnisse Manolo Bartolis bestand darin, dass er auf zuverlässiges Personal setzte, das seine Aufträge gewissenhaft und sorgfältig ausführte. Wo gehobelt wurde, fielen Späne, war seine Maxime. Und eine Leiche war in seinen Augen nichts Schlimmes, vorausgesetzt, sie tauchte nie wieder auf, und seine Leute konnten nicht mit ihr (und ihm) in Verbindung gebracht werden. In diesem Punkt war der Chef außerordentlich pingelig.

Die Männer achteten also sorgfältig darauf, keine Hinweise auf ihre Anwesenheit zurückzulassen. Sie sammelten Essensverpackungen, Getränkedosen und sogar ihre Zigarettenkippen ein und entsorgten sie im prall gefüllten Müllcontainer. Van Dam fand eine große leere Plastiktüte und deutete auf die Wolldecke, unter der Joe die letzte Nacht zugebracht hatte. «Pack das hier rein!»

Lafitte verzog das Gesicht, als er die Decke zu einem handlichen Paket zusammenrollte. Sie stank übel. Nur schnell ab in den Container damit! «Die Schilder auch?»

«Spinnst du? Doch nicht hier! Stopf sie meinetwegen zu Hause in die Tonne. Jetzt schieb sie am besten unter den Sitz!»

Lafitte betrachtete den Wagen, der seit einigen Stunden französische Kennzeichen trug, besorgt. «Die Schilder sind eine Sache, Willem. Aber ich wünschte wirklich, wir könnten das hier überdecken, vielleicht mit einem Kleber.»

«So große Kleber gibt es nicht.»

«Dumm, dass wir das in der Garage nicht gesehen haben. Soll ich vielleicht einen anderen Wagen suchen?»

«Willst du unbedingt auffliegen?»

«Nein.» Der dünne Mann zog unbehaglich die Schultern hoch. «Ich hoffe, Joe taucht nicht so schnell wieder auf.»

«Mit dem Gullydeckel an den Füßen? Sicher nicht», antwortete Van Dam, ebenso sorglos wie kaltschnäuzig. Er gab dem Hund eine Hand voll Trockenfutter und ließ ihn am See trinken, ehe er ihn wieder in den Wagen hob.

Lafitte betrachtete die Szene aus schmalen Augen. «Was wird jetzt mit ihm?», fragte er, einen dezenten Unterton von Verachtung in der Stimme.

Seit sie den Hund auf dem Rücksitz entdeckt hatten,

hegte er erhebliche Zweifel an Van Dams Intelligenz. Der Belgier hatte ihm nicht etwa befohlen, den blinden Passagier zurückzubringen. Er hatte auch nicht die Tür geöffnet und das Tier einfach hinausbefördert, was Lafitte ohne Zweifel getan hätte. Stattdessen hatte er den kleinen Köter auf seinen Schoss gehoben und ihm den Hals unter dem bunten Tuch gekrault.

«Geweldig», hatte er gemurmelt und ein paar Mal laut gelacht. Auf Lafittes Protest hatte er geantwortet: «Das verstehst du nicht, er ist unser bester Freund.» Und dann hatte er darauf bestanden, im Tierbedarfsladen eine Decke, Leine und Näpfe für den Hund zu kaufen.

Ein Gemeindefahrzeug fuhr zügig an ihnen vorbei, als sie den Badestrand verließen.

«Prima, der holt den Müllcontainer ab», meinte Lafitte zufrieden. «Jetzt noch Manolos Päckchen. Und dann ab nach Hause.»

«Nein, jetzt gehen wir erst einmal frühstücken und ein Picknick einkaufen», korrigierte Van Dam. «Und danach machen wir bis zum Abend einen schönen Ausflug in den Wald.»

Der kleinere Mann starrte ihn an. «Spinnst du? Wir dürfen doch nicht auffallen.»

«Eben. Kein Mensch beachtet Spaziergänger mit Hund. Mit dem Kleinen sind wir so gut wie unsichtbar.»

Am Abend versteckten sie Auto und Hund im Wald und gingen zu Fuß zum Restaurant. Lafitte humpelte. Er hatte sich auf der Wanderung Blasen gelaufen. Van Dam lachte ihn aus.

«Lach nicht! Für diese Wanderung schuldest du mir mindestens ein Nachtessen», fauchte Lafitte erbost.

Der Laden war gerammelt voll, offenbar hatte das Restaurant einen guten Ruf. Sie waren hungrig und es roch einladend. Während sie auf ihr Essen warteten, ging der Belgier zur Toilette und kam nach einigen Minuten unverrichteter Dinge zurück. Um nicht aufzufallen, hatte er nur eine Kabine untersucht. Nach der Vorspeise ging Lafitte los, um die zweite zu untersuchen, kam aber ebenfalls mit leeren Händen zurück.

Inzwischen war der Hauptgang serviert worden. Die beiden Männer blickten sich ratlos an, während sie ihre Steaks anschnitten.

Lafitte murmelte: «Entweder hat uns dieser Schweinehund angelogen, Willem, dann können wir uns gleich hier an den nächsten Baum hängen. Eins steht fest, bei Manolo dürfen wir uns nicht ohne das Zeug blicken lassen.»

Van Dams Augen folgten einer Dame, die gerade an ihnen vorbeiging. «Oder, ...»

«Oder er hat es auf der Damentoilette versteckt», sagte Lafitte aufgeregt und fast zu laut.

Van Dam ließ sein Besteck fallen und ging noch einmal hinaus. Vor den Toiletten lehnte er sich mit gelangweiltem Gesicht an die Wand und gab sich den Anschein, als warte er auf seine Dame. In Wahrheit versuchte er herauszufinden, wann die Luft rein war. Ein Mann in der Damentoilette erregte leicht mehr Aufsehen, als er gerade brauchen konnte.

Während er wartete, fiel sein Blick auf ein Hinweisschild an der Wand: Behindertentoilette im Sous-sol, der Pfeil wies auf den Personenlift um die Ecke. Dieser Schlaumeier, das am wenigsten aufgesuchte Örtchen im Lokal! Van Dam hatte keine Rollstühle im Restaurant gesehen, darum ging er unbefangen zum Aufzug und fuhr ins Untergeschoss. Er betrat die mit dem Rollstuhlsignet gekennzeichnete Toilette und schloss hinter sich ab. Der Spülkasten war leer, aber darüber, dicht unter der Decke, befand sich eine Lüftungsöffnung. Das Gitter ließ sich leicht entfernen, und dahinter lag das gesuchte Objekt.

Er nahm es heraus, setzte das Gitter wieder ein und betätigte die Spülung für den Fall, dass jemand vor der Tür stand. Aber niemand sah ihn, als er wieder nach oben fuhr.

Lafitte war mittlerweile fast durch mit seinem Steak. «Prima. Dann können wir sofort abhauen.»

«Nichts da. Wir essen fertig und bezahlen, wie alle anderen. Ich will nicht, dass man uns bei Zechprellerei erwischt.»

Es war spät, als sie endlich durch die frische Nachtluft zum Wagen gingen. Aber sie hatten das Päckchen und in sechs, sieben Stunden konnten sie zu Hause sein.

Van Dam entschloss sich, die kürzeste Route zu

nehmen. Dennoch war es nach Mitternacht, als sie endlich französischen Boden unter den Rädern hatten. Nun standen sie auf einem einsamen Parkplatz und Lafitte schraubte wieder einmal am Wagen herum. Er montierte andere Kennzeichen, dieses Mal niederländische. Als er den Kopf hob, blickte er direkt in die Augen des Hundes, der die Pfoten gegen das Fenster stemmte und ihn neugierig musterte.

«Und was passiert jetzt mit ihm?»

«Ich behalte ihn», sagte Van Dam. Er mochte Hunde lieber als Menschen. «Hat doch gut geklappt mit ihm. Und meine Kinder werden sich freuen.»

Lafitte kicherte. «Das war wirklich ein cooler Gedanke von dir. Menschen mit Hund sind grundsätzlich unverdächtig.» Ein neuer Gedanke kam ihm und seine Miene verdüsterte sich. «Aber riskant war es trotzdem. Was wenn er gesucht worden wäre?»

«Spricht etwas dagegen, dass ein niederländischer Mercedes-Besitzer auch einen Hund besitzt? Bentley gehört schon seit drei Jahren zur Familie und Beagles sehen sich alle ähnlich.»

«Bentley? Aber ja.» Lafitte verstaute das Werkzeug und schaute in den Nachthimmel. «Soll ich dir was sagen, Willem? Ich bin hundemüde. Können wir nicht irgendwo hier übernachten?»

«Meinetwegen. Ich hoffe, Manolos Auftraggeber kann sich noch einen Tag gedulden.» Van Dam gab nicht ungern nach. Es war ein langer Tag gewesen. «Nehmen wir die nächste Ausfahrt und suchen uns ein nettes Hotel. Ausgeschlafen wird morgen aber nicht!»

Kapitel 4

Vogelgezwitscher und das ferne Rauschen des Waldes drangen zum geöffneten Fenster herein. Silvan hielt die Augen geschlossen, atmete tief durch und genoss den Moment der Stille. Kein Wecker. Kein Telefon. Kein Verkehrslärm. Der Inbegriff von Sonntagmorgen zu Hause. Er streckte sich, drehte sich noch ein paarmal, döste noch ein bisschen. Irgendwann entschloss er sich zu einem Blick auf den Wecker: Sieben Uhr dreißig. Er glaubte, Kaffee zu riechen.

Ein bisschen Stretching und ein paar Kniebeugen brachten seinen Kreislauf in Schwung, dann Toilettengang, Duschen, Rasieren, alles bei leiser Musik, dieses Antistressprogramm hatte er sich nach dem gestrigen Tag verdient. In seinem Schrank fand er leichte Kleidung, genau richtig für einen sonnigen Tag zu Hause: Jeans, weißes Polohemd, weiße Socken, Turnschuhe.

Er ging in den Ostflügel hinüber und warf einen Blick ins Eichenzimmer. Es war leer. Das Fenster stand weit offen und der aus Silvans Beständen geliehene Pyjama lag quer über dem ungemachten Bett. Silvan grinste. Das versetzte Saschas Vorstellungen über das Leben reicher Leute vermutlich einen harten Schlag. Sonntags war jedermann selbst für sein Bett verantwortlich. Erst am Montag kam die Haushälterin wieder, zog das Bett frisch an und übernahm bis Freitagnachmittag die Verantwortung für die vielen Zimmer. Am Wochenende waren die Rochats Leute wie alle anderen auch. Nur der alte Jacques ließ es sich nicht nehmen, auch am Sonntagmorgen Kaffee und Croissants bereitzustellen.

Silvan schloss das Fenster und sah zu seiner Enttäuschung den Alfa Romeo auf dem Hof stehen. Sascha war demnach noch nicht abgereist. Manche Dinge musste man offenbar bis zum Ende durchstehen. Er ging hinunter, in der Erwartung, die beiden Hobbydetektive beim Frühstück anzutreffen, doch die Küche war leer.

Wahrscheinlich waren sie unterwegs. Die beiden hatten sich ja ausgezeichnet verstanden, und sein Hausgenosse hatte gewiss nicht widerstehen können, ein Rudel Hunde auszuführen. Na, da hatte es sich doch gelohnt, auf die Zähne zu beißen und den ungebetenen Logiergast zu akzeptieren.

Hinter ihm war Jacques eingetreten. Trotz seines Alters bewegte er sich noch immer geschmeidig und fast lautlos. Er war ein bisschen gebeugter geworden, seit Silvan ihn zum letzten Mal gesehen hatte, aber er wirkte keineswegs gebrechlich. Sein schöner Altmännerkopf mit dem gepflegten weißen Schnurrbart - Silvan wusste, dass er zu Kims Lieblingsmotiven gehörte - wirkte wach und tatkräftig wie immer.

«Guten Tag, Monsieur Silvan. Schön, dass Sie wieder einmal hier sind. Kaffee?»

«Ja bitte. Geht es Ihnen gut?»

«Wie immer. Man wird eben nicht jünger. Vielleicht ein bisschen viel Aufregung in letzter Zeit.» Eine diskrete Anspielung auf die Vorkommnisse der letzten vierundzwanzig Stunden, mehr erlaubte sich der alte Mann nicht. Er stellte eine Tasse auf den Tisch. «Ihr Kaffee, Monsieur Silvan. Croissants stehen auf der Anrichte.»

Damit waren seine morgendlichen Pflichten erfüllt, und er zog sich in seine kleine Wohnung zurück.

Die Croissants waren frisch und kross. Während aß und seinem Kaffee zusprach, warf Silvan einen beiläufigen Blick durchs Fenster. Aus dem Augenwinkel nahm er zwei Schatten auf dem Hof wahr und er erstarrte. Draußen spielten Radetzky und Tamina. Er sah genauer hin. Vor der Stalltür, neben der grauen Hofkatze erkannte er Seal, die ihre alten Knochen sonnte.

Ein rabenschwarzer Verdacht stieg in ihm auf und ihm wurde kalt. Er ging hinaus und zählte nach. Außer Othello und Whisky schienen alle da zu sein. Kaum vorstellbar, dass seine Tante mit den Hunden einzeln spazieren ging.

Sie war auch nicht im Stall, und es schien nicht so, als hätte jemand schon die Pferde versorgt. Kopfschüttelnd holte er Heu vom Heuboden und führte die Tiere an die Tränke. Dann öffnete er das Tor zur Koppel und ließ sie nach draußen.

Vor der Scheune lungerten jetzt alle Hunde herum und blickten ihm vorwurfsvoll entgegen. Offenbar hatte Kim die Hunde nicht einmal gefüttert. Das sah ihr gar nicht ähnlich. Seufzend machte er sich an die Arbeit. Wo war sein schöner Sonntagmorgen geblieben? Und wo zum Teufel waren Kim und Sascha?

Er fütterte die Hunde, er fütterte die Katzen und weil er gerade dabei war, fütterte er auch den Papagei, der ihm entgegen kreischte, als er das Haus wieder betrat. Weit konnte seine Tante nicht sein, sie verließ nie das Haus, ohne die Tiere zu versorgen. Sie hatte Sascha und den Labrador dabei. Vielleicht hatte jemand Whisky gefunden. Er hatte das Telefon nicht gehört, vielleicht aber der alte Hausdiener.

Silvan ging hinüber zu Jacques' kleinem Reich. Seit seiner Kindheit war er nicht mehr da gewesen. Noch immer was es dunkel, warm und gemütlich. Er klopfte und hörte ein heiseres «Herein.»

«Jacques!» Er fiel sofort mit der Tür ins Haus. «Haben Sie eine Ahnung, wo meine Tante ist?»

«Ich habe Madame heute Morgen noch nicht gesehen, Monsieur Silvan.»

Das war unvorstellbar! Silvan konnte sich keine Menschenseele vorstellen, die früher als Jacques aufstand. Schon gar nicht Kim, die wie er am Morgen einen leichten Hang zum Bummeln hatte. Er schüttelte verwirrt den Kopf.

Der alte Mann strich sich nachdenklich mit dem Zeigefinger über den Schnurrbart. «Madame hatte schon gefrühstückt, als ich herunterkam, ebenso der junge Herr.» Er runzelte die Stirn. «Sie tranken nur Kaffee, die Croissants kamen nämlich erst vor einer halben

Stunde.»

«Verstehe.» Das war gelogen. Die Sache wurde immer mysteriöser. Silvans Blick fiel auf eine altmodische karierte Reisetasche auf dem Tisch. Der alte Mann war offenbar im Begriff zu packen. «Wollen Sie verreisen, Jacques?»

«Ich besuche meine Schwester in Sion, ich habe sie lange nicht gesehen», antwortete der alte Herr und fügte erklärend hinzu: «Madame hat mir die Woche freigegeben.»

Es stellte sich heraus, dass Kim Jacques angewiesen hatte, mit Ausnahme des Gärtners die ganze Belegschaft in die Ferien zu schicken. Vielleicht wollte sie ja nur übermäßigem Tratsch im Dorf vorbeugen. Aber Silvan fragte sich, ob seine Tante vielleicht kein Personal brauchte, weil sie mit einer längeren Abwesenheit rechnete. Angesichts ihres plötzlichen Verschwindens war beunruhigend.

Der helle Peugeot zuckelte mit knapp einhundertzehn Stundenkilometern vor ihnen her. Es war nicht zum Aushalten. Kim gab ungeduldig Gas und ließ sich wieder zurückfallen. Sie warf einen Blick in den Seitenspiegel. Auf der Überholspur war viel Betrieb. Keine Chance. Oder doch, da war eine kleine Lücke.

«Mach schon!», zischte sie. Dann, als der dunkle Volvo knapp an ihr vorbeigezogen war, betätigte sie den Blinker und scherte unvermittelt aus. «Na, also.»

Sie trat aufs Gaspedal, fuhr an dem fahrenden Verkehrshindernis vorbei und kehrte knapp vor dem Peugeot auf die rechte Spur zurück. Der überholte Langweiler hupte verärgert.

Neben ihr erklang ein tiefer Atemzug. Sie warf einen kurzen Blick nach rechts. Sascha sass verkrampft in seinem Sitz, sah stur geradeaus und streichelte Othellos Schnauze, die ihm dieser auf die rechte Schulter gelegt hatte.

«Warum sehen Sie so unglücklich aus?»

«Bitte schauen Sie nach vorne. Wir fahren gerade in einen Tunnel!»

Kim hob die Brauen und wandte den Blick der Fahrbahn zu. «Das beantwortet nicht meine Frage.»

Er holte tief Atem. «Was tun wir hier, Madame?»

«Wir holen mein Baby zurück.»

«Es ist kein Baby, es ist ein Hund.»

«Und Sie klingen wie Silvan!», brummte sie. «Die sind mit meinem Hund hier lang gefahren.»

«Vor Stunden!», gab Sascha zu bedenken. «Falls überhaupt.»

Es war ein wunderschöner Morgen. Der helle Kalkstein auf beiden Seiten der Autobahn gleißte im Sonnenschein, und Sascha schloss geblendet die Augen, als sie den Tunnel wieder verließen.

Kim trat aufs Gas und machte sich daran, einen Milchtransporter zu überholen.

«Vielleicht haben sie ja irgendwo übernachtet»,

überlegte sie laut und fügte hilfsbereit hinzu: «Im Seitenfach muss noch eine Sonnenbrille stecken.»

«Sie schauen ja schon wieder in meine Richtung.»

«Schön!» Sie trat das Gaspedal durch, fegte ganz an dem Milchtransporter vorbei und weiter auf die Ausfahrt zum Rastplatz Aire du Pont de la Caille. Dabei trat sie heftig auf die Bremse, um die enge Kurve zum Rastplatz noch zu schaffen. Während sich Sascha noch von dem Manöver erholte, parkte sie schwungvoll ein.

Sie zog den Zündschlüssel ab und wandte sich entschlossen ihrem Beifahrer zu. «Also, heraus damit, was passt Ihnen nicht? Immerhin begleiten Sie mich freiwillig.»

«Ja, bis Genf», erwiderte Sascha. «Von einer französischen Autobahn war nicht die Rede. Für mich ist hier Endstation.»

«Aha», machte Kim. «Und wie kommen Sie zurück? Denn ich werde nicht umkehren, bis ich mein Eigentum wieder habe. Haben Sie also einen Vorschlag oder mosern Sie hier nur rum?»

«Eigentlich, Madame, warte ich auf Ihren Vorschlag. Was ist denn Ihr Plan? Frankreich ist riesig. Und wir haben keine Ahnung, wo sich Ihr Hund im Augenblick befindet.»

«Die Visitenkarte ...», begann Kim.

«Nur weil vielleicht einer der Diebe einen Zahnarzt im Südfrankreich hat, bedeutet das nicht unbedingt, dass er jetzt auch auf dem Weg dahin ist. Wenn Sie keine besseren Argumente haben, sollten wir jetzt umkehren. Vielleicht verpassen wir gerade das Happy End zu Hause.»

Ihr Blick wurde nachdenklich. «Okay», nickte sie und öffnete die Tür.

«Was...?»

«Na, steigen Sie schon aus - und Othello auch, es wird ihm guttun.»

Er ergab sich in sein Schicksal, stieg aus und nahm den Hund an die Leine. Othello schüttelte sich und begann interessiert die Steine zu beschnüffeln.

«Er muss mal raus. - Und ich auch.» Kim deutete auf den grasigen Hügel. «Gehen Sie inzwischen ein paar Schritte mit Othello. Von dort oben sehen Sie die Türme der Brücke Pont de la Caille.»

Sascha interessierte sich augenblicklich nicht besonders für touristische Sehenswürdigkeiten, aber er gehorchte. Tatsächlich konnte man die hellen Türme der historischen Brücke ausmachen. Er machte ein paar Fotos mit seinem Handy, während sich Othello erleichterte, und ließ es beinahe vor Schreck fallen, als es plötzlich in seiner Hand vibrierte. Ohne auf die Nummer zu achten, nahm er den Anruf an.

«Wo zum Geier bist du?», fragte ein wütender Silvan, ohne jede Einleitung. «Und ist meine Tante bei dir?»

«Guten Morgen. Und danke der Nachfrage, es geht mir bestens. - Noch!», fügte er spitz hinzu, ehe er Silvans Frage beantwortete. «Rastplatz Pont de la Caille.»

«Pont de la Caille?» Silvans Stimme stieg beängstigend an.

«Das ist in Frankreich.»

«Ich weiß, wo das ist», antwortete Silvan schroff. «Was zum Teufel tut ihr dort? Und wo ist meine Tante?»

«Sie geht gerade für ältere Damen.» Sascha ließ eine Pause folgen, um seinem Gesprächspartner Gelegenheit zu geben, sein Temperament zu zügeln. «Ich führe inzwischen Othello spazieren.»

«Wie kommt ihr dazu, einfach abzuhauen, ohne etwas zu sagen oder wenigstens einen Zettel zu hinterlassen?» Silvan war noch immer wütend, aber bereits ruhiger. Saschas Taktik schien aufzugehen. «Verdammt, mich hat fast der Schlag getroffen!»

«Sie wollte um keinen Preis länger warten. Und damit du es weißt, ich habe ihr eben mitgeteilt, dass ich mich hier verabschieden und umkehren werde.»

«Den Teufel wirst du tun, mein Lieber», sagte Silvan eisig. «Du bist meine einzige Verbindung zu meiner verrückten Tante. Entweder du überzeugst sie, diese Übung abzubrechen und auf dem schnellsten Weg nach Hause zu kommen, oder du bleibst bei ihr, bis ich euch gefunden habe.»

«Vergiss es! Deine Tante fährt wie eine Irre. Es war nett, sie ein Stück zu begleiten, aber jetzt reicht's, ich will nach Hause. Ich bin erst neunundzwanzig, das ist viel zu jung zum Sterben.»

«Ich mache mir wirklich Sorgen um Kim, um euch

beide.» Es folgte eine Pause, dann seufzte Silvan schwer. «Wenn du mir in dieser Sache hilfst, Sascha, dann ...»

«Darf ich noch ein bisschen in deiner Wohnung bleiben?», ergriff dieser seine Chance und beschloss, noch etwas Druck aufzusetzen. «Da kommt sie gerade», log er. «Willst du mit ihr sprechen?»

Silvans Reaktion entsprach seiner Erwartung. «Nein! Sag nichts von meinem Anruf. Ich melde mich wieder.»

«Halt! Kann ich also ...»

«Meinetwegen», gab Silvan nach. «Du kannst noch eine Weile bleiben.»

«Bis Ende Jahr?»

«Einverstanden. Versuch mal, euer Tempo etwas zu drosseln. Ich melde mich wieder.» Er trennte die Verbindung, ohne sich zu verabschieden. Er hatte es jetzt sehr eilig.

Sascha steckte das Handy weg und ging langsam zurück zum Wagen, wo Kim soeben wieder Platz genommen hatte. Er ließ den Hund auf den Rücksitz springen und setzte sich neben sie. Sie warf ihm einen scharfen Blick aus ihren dunklen Mandelaugen zu: «Sie wollen also umkehren?»

In Gedanken wog er zuerst ab, ob die schöne Altstadtwohnung das Risiko wert war. «Nein. Aber Sie müssen zugeben, irgendwie ist die Geschichte jetzt ein bisschen aus dem Ruder gelaufen.»

«Und das bedeutet?»

«Ich komme weiter mit Ihnen mit, hätte aber ein, zwei … ähm ….»

Ihr Blick wurde durchdringender, geradezu hypnotisch. «Bedingungen?»

«Sagen wir, Wünsche.»

«So? Welche denn?»

«Hören Sie auf mich zu siezen, ich fühle mich wie ein alter Mann.»

Nicht ganz nach Knigge, aber, na ja. Sie reichte ihm die Hand. «Einverstanden, ich bin dann wohl Kim. - Noch etwas?»

«Oh ja! Silvan ist vielleicht ein Chaot. Ich bin es nicht. Ich habe es gerne hübsch ordentlich und durchgeplant. Wir haben nämlich keine Ahnung, wo dein Auto jetzt ist. Es war Zufall, dass der Mann an der Tankstelle im Jura den Mercedes tatsächlich gesehen hat. Dass er sich so genau daran erinnert, ist beinahe ein Wunder. Ein weiteres sollten wir nicht erwarten.»

«Aber dank ihm wissen wir, dass die Diebe eine Schweizer Autobahnvignette gekauft haben. Also wollten sie auch auf Schweizer Autobahnen fahren. Er hat auch den t-Badge an der Sonnenblende des Mercedes gesehen.»

«Zum bargeldlosen Bezahlen der Autobahngebühren in Frankreich, ja ich weiß.»

«Und da ich keinen solchen t-Badge besitze, muss er den Dieben gehören. Et voilà! Sie sind in beiden Ländern unterwegs. Mindestens einer von ihnen wohnt im

Bouche du Rhône, er wird nicht quer durch Frankreich zum Zahnarzt reisen. Und auf genau der Route, die dies alles abdeckt, sind wir jetzt unterwegs.»

«Erstens finde ich das eine ziemlich kühne Schlussfolgerung.» Sascha teilte ihre Euphorie nicht im Mindesten. «Zweitens sind sie nicht zwingend direkt auf dem Weg nach Süden. Vielleicht fahren sie zuerst nach Paris? Nach Lyon? Oder nach Bordeaux? Das Land ist riesig, und wir haben keine Ahnung.»

«Ich soll also die Sache aufgeben und nach Hause fahren?», fragte Kim unwillig.

«Ich will damit nur sagen: Das ist nichts für Zivilisten wie uns. Gib deine Erkenntnisse an diesen Nussbaumer durch, der informiert die französische Polizei.»

«Nein! Dann erfährt er, wo wir stecken.»

Sascha schüttelte den Kopf. «Aber, du wirst doch nicht steckbrieflich gesucht.»

«Da wäre ich nicht so sicher», erwiderte sie bitter.

«Was habt ihr dem Typen eigentlich angetan, dass er euch so hasst?», fragte er neugierig.

«Das erzähle ich dir, falls überhaupt, ein anderes Mal», erwiderte sie. «Wie stellst du dir das nun vor?»

«Zum Beispiel so: Du informierst deinen Lieblingskommissar und gibst deine Handy-Nummer an. Dein Wagen wird gefunden, du bekommst eine telefonische Nachricht, wir fahren hin. Easy!»

«Gar nicht easy», erklärte Kim. «Ich habe kein Mobiltelefon und ich will auch keins!»

Sascha verdrehte diskret die Augen. «Dann geben wir halt meines an. Übrigens brauche ich noch ein Ladekabel.»

Sie reagierte panisch. «Du hast dein Mobile dabei? Kennt Silvan die Nummer?»

«Ja, natürlich. Er ...»

«Wirf es weg. Sofort!»

«Bestimmt nicht!» Er schaute sie entsetzt an. «In meinem Handy steckt mein ganzes Leben. Und außerdem mein Job.»

«Aber wenn Silvan ...», sein schuldbewusster Ausdruck verriet ihn. «Er hat schon angerufen! Hat er?»

«Ja, er hat angerufen. Er ist in großer Sorge.»

«Wirf das Handy weg!»

«Nein, das tue ich nicht. Und wenn du meinem Vorschlag partout nicht nachkommen willst, brauchen wir Silvan. Er kann im Internet recherchieren, während wir hier draußen weitersuchen.»

«Er wird nicht wollen, dass ich suche.»

«Nein, wird er nicht. Aber er ist zweihundert Kilometer weit weg.»

Kims Miene hellte sich sofort auf. «Richtig, und er muss zuerst die Tiere versorgen. Wie clever von mir. - Also ist das der Plan? Wir informieren die Polizei und suchen auf eigene Faust weiter, während uns Silvan mit Informationen versorgt?»

«Ungefähr die Hälfte davon habe ich mir so vorgestellt.»

Ihr Lächeln hatte etwas Provozierendes. «Kennst du denn die Nummer von meinem Freund Nussbaumer?»

«Nein, natürlich nicht. Ich ruf nachher Silvan an.»

Sie sank ein bisschen in sich zusammen. «Also gut. Machen wir es so. Ich hoffe nur, wir werden nicht gleich verhaftet.» Diese Hoffnung teilte er. «War's das, oder hast du sonst noch Wünsche?»

«Einen», nickte er grimmig. «Du fährst anständig, sonst fahre ich!»

«Mit meinem Auto? Auf gar keinen Fall!»

«Schön. Ich werde Silvan dann berichten, in welchem Knast du einsitzt, wenn sie dich als Straßenrowdy verhaftet haben.»

Sie startete den Motor, als er noch hinzufügte: «Übrigens habe ich allmählich wieder Hunger.»

Sie presste die Lippen zusammen. «Wir verlieren nur Zeit.»

«Und ich glaube, Othello könnte auch etwas vertragen.» Allmählich kannte er ihren schwachen Punkt.

Kim erklärte sich seufzend einverstanden, demnächst eine Frühstückspause einzulegen. Sie deutete auf ein Schild, das besagte, dass in zwanzig Kilometern ein Rastplatz mit Service-Station und Restaurant auf sie wartete.

Der Verkehr nahm jetzt etwas ab, und Sascha versuchte, Silvan anzurufen. Als die Mailbox sich nach einigen Freizeichen meldete, gab er zur Erleichterung von Kim auf. Vorübergehend. Allzu weit war Silvan bestimmt nicht von seinem Telefon entfernt.

Hinter ihm brummte Othello, bog sich stärker und knabberte an seiner Hüfte. Sascha beobachtete den Hund besorgt. «Hoffentlich hat er keine Flöhe.»

«Keine Angst», beruhigte sie ihn. «Keiner meiner Hunde hat Flöhe.»

Er ließ das mal so stehen. «Warum hältst du so viele Tiere?»

«Ein Kindheitstraum, den ich mir heute erfüllen kann.»

«Hattest du schon als Kind Hunde?»

Sie lachte. «Nein, ich bin in Shanghai aufgewachsen. Mein Vater war dort amerikanischer Handelsattaché. Wir lebten in der Stadt, in einem Penthouse.»

Das faszinierte ihn. «Wie lange hast du in China gelebt? Bist du dort geboren?»

«Nein. Geboren bin ich in San Diego. In Shanghai lebten wir, bis ich vierzehn war. Danach arbeitete mein Vater in Paris für eine internationale Handelsgesellschaft.» Sie schmunzelte. «Ich hielt Paris anfangs für ein Dorf. Da waren so wenige Menschen in den Straßen. Ich habe da übrigens studiert.»

Das erklärte das fast akzentfreie Französisch. «Welches Fach?»

«Klassischen Tanz und Schauspiel.»

Tatsächlich? Und was machte sie dann im ländlichen Schweizer Jura? Was für eine rätselhafte Frau. «Silvan hat gesagt, er habe nie verstanden, weshalb du zweimal einen Rochat geheiratet hast», platzte Sascha heraus und bereute die indiskrete Bemerkung sofort.

«So, hat er das gesagt?» Kim verbarg ein Lächeln und entschloss sich, die versteckte Frage zu beantworten. «Vielleicht, weil sie etwas wirklich Besonderes waren. Sie waren reich, ohne zu protzen. Bodenständig. Sie waren gescheit, humorvoll und kulturell interessiert. Die Rochat-Männer haben wirklich Klasse.»

Ihre Stimme erstarb und für einen Augenblick war sie weit weg. Nun ja, Silvan war noch jung.

Sascha wechselte eilig das Thema. «Ich hätte eigentlich erwartet, dass du Malerei studiert hast. Dein Porträt von diesem Bensaoula …»

«Ich hielt mich nicht für begabt genug.» Um weiteren Fragen auszuweichen, drehte sie den Spieß um: «Und was ist dein Traum?»

Ihr Interesse überraschte ihn. «Ich weiß nicht genau», erwiderte er zögernd. «Ich habe Architektur studiert, weil ich große, besondere Häuser bauen wollte. Aber ich habe schon bald gemerkt, dass mich das nicht befriedigt.»

«Du liebst alte Häuser mehr als neue», stellte Kim fest.

«Na ja, nicht alle alten Häuser, nur solche mit Charakter. Auf solche Häuser möchte ich mit Liebe eingehen und das Beste aus ihnen herausholen.»

«Das tönt doch gut.»

«Meine Eltern hatten für mich einen Fonds

angelegt», erzählte Sascha. «Als ich im dritten Studienjahr war, entdeckte ich ein interessantes altes Haus, das günstig zum Verkauf stand, weil es etwas verlottert war. Ich kaufte es mit meinem Kapital und renovierte es mit zwei Freunden. Nach einem Jahr verkaufte ich es mit hohem Gewinn.»

«Und, hast du das Beste herausgeholt?», fragte sie gespannt.

«Oh ja! Und mir wurde klar, dass ich mit meinen Händen arbeiten wollte. Mein alter Herr war nicht glücklich, aber das war mir egal. Ich machte eine Ausbildung zum Zimmermann und absolvierte mehrere Praktika in anderen Bauhandwerkerberufen.»

Er klang jetzt niedergeschlagen. Kim warf ihm einen raschen Seitenblick zu: «Und der Traum?»

«Immer noch der gleiche: Ich möchte alte Häuser ausbauen und verkaufen.»

«Und warum tust du es nicht?»

«Ich habe kein Geld mehr, um ein Haus zu kaufen.»

«Ich verstehe. - Dann biete doch deine Dienste den Eigentümern von solchen alten Häusern an.»

Er lächelte. «Dir zum Beispiel?»

«Vielleicht. – Ich will es aber nicht verkaufen.»

«Du hast ein sehr reizvolles Haus. Da hätte ich jede Menge Ideen. Schon nur das Treppenhaus und die Eingangshalle ...»

Kim lächelte verstohlen und hörte ihm zu, wie er sich in einen Rausch redete.

Schließlich bog sie in die Aire des Fontanelles ein und deutete auf den Picknick-Platz. «Ich hol uns was, nimm Othello und geh mit ihm da hoch.» Sie parkte großzügig über zwei Parkplätze ein und stieg aus.

Sascha blieb im Wagen und wählte erfolglos Silvans Nummer. Also nahm er auftragsgemäß den Hund an die Leine und ging mit ihm den künstlichen Hügel hoch. Othello übernahm die Führung und strebte ohne Verzug den Picknicktischen zu. Dort saß eine Familie mit einem weißen Großpudel, der es Othello offenbar angetan hatte. Dessen Besitzer zog bei Othellos Anblick seinen Hund zu sich heran. «Bleiben Sie bitte weg. Sie ist noch läufig.»

Othello würgte und zerrte weiter. «Du hast eine schmutzige Fantasie, alter Junge», murmelte Sascha unterdrückt, und die Eigentümer der Pudelhündin brachen in Gelächter aus.

«Wir glauben zwar nicht, dass sie noch einen Rüden an sich heranlässt, aber wir wollen mal lieber nichts riskieren.» Die Pudeldame war ganz ihrer Meinung, denn sie bellte Othello an und schnappte nach seiner Schnauze. Der zog sich verblüfft zurück. Es geschah nicht alle Tage, dass er zurückgewiesen wurde. Er probierte es erneut, und wieder kläffte die Hündin wütend in seine Richtung. «Ruhig, Tinkerbelle!», befahl die Besitzerin.

In diesem Moment tauchte Kim wieder auf und steuerte in seine Richtung. Auf seinen Wink suchte sie sich einen Tisch am anderen Ende des Picknickplatzes.

«Ein hübscher Name für ein hübsches Hundemädchen», sagte Sascha zu der kläffenden Pudeldame. «Komm, Othello!»

Er rechnete mit erheblichem Widerstand, doch Othello hatte Kim mit Frühstück entdeckt. Er ließ seine Sexfantasien fallen und schaltete um auf Hunger. Er zerrte Sascha quer über den Picknickplatz, setzte sich vor Kim hin und mimte ‚armer Hund kurz vor dem Verhungern‘.

«Ja, guuter Junge», säuselte seine Herrin, packte ein Thunfischsandwich aus der Folie, riss es in Stücke und hielt eines dem Hund vor die Schnauze. Sein Kopf schoss vor, und sie zog ihre Hand rasch zurück. «Autsch! Sei doch nicht so gierig! Sitz!»

«Warum schmeißt du ihm das Sandwich nicht einfach hin?», fragte Sascha milde.

«Eigentlich wahr.» Sie warf die Stücke auf den Boden. In fünf Sekunden war alles verschwunden. Dann packte sie ein Baguette aus. Saschas Magen tat einen erfreuten Satz und sank enttäuscht an seinen Platz zurück, als sie das Baguette ebenfalls dem Labrador zuwarf. Der fing die Brotstange auf und zog sich damit zufrieden unter den Tisch zurück.

«Kriege ich eigentlich auch etwas?», erkundigte sich Sascha.

Sie schob ihm einen Becher Kaffee und eine Tüte zu. «Hier. Kaffee und Croissants.»

Einige Minuten lang aßen sie schweigend. Schließlich spülte Kim den letzten Bissen ihres zweiten Croissants genussvoll mit einem Schluck Kaffee hinunter, reckte ihre verkrampften Schultern und stand auf. «Bring bitte das Tablett zurück, dann können wir weiterfahren.»

«Vorher rufen wir noch Silvan an.»

Sie richtete ihre dunklen Augen vorwurfsvoll auf ihn. «Ich hatte gehofft, du hättest den Teil vergessen.»

«Jacques, früher hat meine Tante doch alle ihre Kunstwerke fotografiert?»

«Das tut sie noch immer, Monsieur Silvan. Mittlerweile hat sie sogar eine Digitalkamera und ihre alten Fotos hat sie digitalisieren lassen.»

«Und wo finde ich die Sammlung?»

Der alte Mann wich seinem Blick aus und schwieg.

«Jacques, Ihre Diskretion in Ehren, aber meine Tante ist weg. Sie sucht ihren Hund und ihren Mercedes. Ich will ihr helfen, aber ich könnte an beiden vorbeigehen und würde weder den Hund noch das Auto erkennen.»

«Den Wagen wohl schon», sagte Jacques trocken und fragte dann besorgt: «Ist Madame in Gefahr?»

«Durchaus möglich», antwortete Silvan ernst.

«Und Sie folgen ihr nach?»

«Das habe ich vor.»

«Der PC steht im Büro.» Er bemerkte Silvans fragenden Blick. «Westflügel, der frühere Abstellraum beim

Atelier.»

Silvan bedankte sich und ging. Auf dem Hof begegnete er Albert Delley, dem Pächter, einem kräftigen Mittfünfziger, groß und breit wie ein Kleiderschrank. Die Arbeit unter freiem Himmel war ihm anzusehen. Sein rotes Gesicht verzog sich zu einem breiten Lächeln. «Silvan! Auch wieder einmal im Land?»

«Grüß dich, Albert. Was kann ich für dich tun?»

«Madame hat heute Morgen angerufen. Ich soll mich um die Tiere kümmern.» Er sah die Pferde und Esel auf der Koppel. «Aber offenbar bin ich zu spät.»

«Für jetzt, ja. Aber vielleicht heute Abend.»

«Ich nehme sie dann zu mir. Platz habe ich genug.»

«Danke Albert. Kannst du die Hunde auch mitnehmen?»

Der Bauer überlegte. «Unser Bosco versteht sich nicht gut mit dem Schwarzen.»

«Der Labrador ist nicht da. Sie hat ihn mitgenommen.»

«Dann hole ich die Hunde nachher ab. – Wann kommt Madame zurück?»

«Sobald ich sie erwische!», knurrte Silvan.

«Bei mir war die Polizei auch», redete der Pächter weiter. «Aber ich habe überhaupt nichts mitgekriegt. Unglaubliche Sache und das ausgerechnet in unserem Tal. Hat Nussbaumer deine Tante verhaftet?»

«Ich wünschte, das hätte er, dann müsste ich sie jetzt nicht suchen. Nein, sie ist diesen Gangstern nachgefahren, die haben ihr Auto und einen der Hunde. Whisky.»

«Verdammich!» Der Bauer war ehrlich erschrocken. «Weiß sie, was sie da riskiert?»

«Na, was denkst du?»

Delley, der Kim seit zwanzig Jahren kannte, rieb sich den Nacken. Plötzlich fiel ihm etwas ein, und er lachte kurz auf. «Du weißt, sie kann auf sich aufpassen. Diese Typen sollten sich besser in Acht nehmen.»

Silvan lachte nicht mit. «Sie ist nicht mehr dreißig, Albert. Und diese Gangster sind skrupellos. Meinst du, denen käme es auf einen weiteren Mord an, wenn sie ihnen zu nahe kommt?»

«Hast recht. Viel Glück!» Der Bauer wandte sich nach der Koppel, als ihn Silvan noch einmal rief.

«Albert, es wäre mir lieb, wenn du nicht erwähnen würdest, ...»

«Hab dich nicht gesehen», versprach Delley, der vor Jahren die Konfrontation zwischen Nussbaumer und den Rochats miterlebt hatte.

Den Abstellraum beim Atelier hatte Silvan als dunkle Rumpelkammer in Erinnerung. Kim hatte gründlich aufgeräumt, die Wände weiß gestrichen und für eine gute Beleuchtung gesorgt. In die Außenmauer hatte sie ein großzügiges Fenster brechen lassen. Mitten im Raum, mit Blick zum Fenster, stand ein großer Schreibtisch mit einem kompletten, ziemlich neuen Computerarbeitsplatz.

Der PC war schnell gestartet. Zum Glück war er nicht passwortgesichert und wider Erwarten sogar ziemlich gut strukturiert. Silvan fand fast sofort ein Verzeichnis ‚Arbeiten' mit Unterverzeichnissen, geordnet nach Jahren. Er fing bei den neuesten Dateien an und hatte Glück. Schon im vorletzten Jahrgang fand er einen Ordner ‚Mercedes'. Dieser enthielt eine Text- und mehrere Fotodateien.

Auf der ersten Aufnahme konnte Silvan nichts Außergewöhnliches an dem Wagen erkennen. Immerhin war das Kennzeichen lesbar, das war ja auch schon hilfreich. Er vergrößerte das Bild und erkannte ein Schemen auf der Fahrertür. Auch auf den folgenden Aufnahmen war das Bild kaum zu erkennen.

Er öffnete das nächste Bild und sein Kiefer klappte nach unten. Ganz deutlich war ein weißer Tiger auf der hellen Tür erkennbar. «Verdammt, bist du gut, Kim», murmelte er.

Das Bild füllte praktisch den ganzen lackierten Teil der Tür aus. Es zeigte die vordere Hälfte eines weißen Tigers, der sich streckte und gähnte. Die Krallen des Tieres, die sie sich in einen imaginären Boden gruben, waren deutlich erkennbar. Eine weitere Aufnahme zeigte die Beifahrertür, auf der im gleichen Maßstab der hintere Teil des Tigers mit einem langen Schwanz prangte.

Er lud die Dateien in seine Cloud, um auch unterwegs darauf zugreifen zu können. Dann öffnete er aus

117

reiner Neugier (und mit schlechtem Gewissen) auch die zugehörige Textdatei. «Tiger, Ton-in-Ton, Autolack und Talkum, Versuch» hatte Kim notiert und viele technische Notizen gemacht. Na, der Versuch war offensichtlich gelungen. Silvan fand noch zwei weitere Aufnahmen des Tigers, die er ebenfalls herunterlud.

Schon wollte er den PC ausschalten, als ihm ein weiteres Verzeichnis ins Auge fiel: ‚Tiere‘. Unter ‚Whisky‘ fand er Fotografien eines unternehmungslustigen Beagles. Auf einem der Bilder saß der Hund sehr vornehm da und zeigte seinen schönen rassetypischen Kopf mit der goldbraunen Maske, die über seine Ohren bis unter die Augen reichte. Nur seine Schnauze war schneeweiß mit der tiefschwarzen Nase als Kontrapunkt und auf der Stirn trug er eine kleine herzförmige Blesse. Seine Unterseite und seine Schwanzspitze waren ebenso blendend weiß und bildeten einen starken Kontrast zu der schwarzen Decke über seinem Rücken.

An seinem Hals baumelte an einem zusammengerollten roten Bauerntuch eine Miniaturflasche Scotch-Whisky, vermutlich ein Schlüsselanhänger. Silvan grinste. Typisch Kim. Bloß keine Hundemarke! Schließlich waren alle ihre Hunde gechipt. Auch diese Fotos lud er in die Cloud.

Er steckte den Stick ein und ging packen, wobei er sorgfältig darauf achtete, nichts zurückzulassen. Zwanzig Minuten später fuhr er die Auffahrt hinunter. Dort bremste er scharf, schlug sich auf die Stirn und kehrte um. Das Wichtigste hatte er vergessen.

In der Scheune fand er sofort, wonach er suchte, der Hunderaum war immer tadellos aufgeräumt. Für jeden Hund gab es einen Platz mit Haken und Namensschild, dort hingen Halsband, Leine und extragroße Tücher mit eingestickten Hundenamen. Davor auf dem Boden lag für jeden Hund eine dicke Hundedecke. An Seals Garderobe hing sogar ein Hundemäntelchen, obwohl Kim derlei Schnickschnack verabscheute. Aber der örtliche Veterinär hatte sie davon überzeugt, dass der Regenschutz für die rheumageplagte Hündin bei nassem Wetter ein Segen war.

Kim hatte Whiskys Halsband und Leine eingepackt. Eine Ersatzgarnitur hing an einem Haken, diese packte er ein und nach kurzer Überlegung auch Whiskys Decke. Dann fuhr er los. Er hatte vor, seiner Tante zunächst ein gutes Stück näher zu rücken, ehe er sich wieder bei seinem Geheimagenten meldete. Er lächelte schmal. Hundert gegen eins zu wetten, dass Sascha Kim nichts von ihrem Gespräch erzählt hatte.

Einige Kilometer vor der Einfahrt in die Transjurane, bemerkte er eine junge Frau, die in Fahrtrichtung die Straße entlangging. Ohne sich umzudrehen, hob sie den linken Daumen, als sie das Motorengeräusch hörte. Sie war ungefähr mittelgroß und schlank und über ihren Rücken hingen ein langer blonder Zopf und ein kleiner blauer Cityrucksack. Silvan nahm den Fuß vom Gas -

und zögerte.

Als der achtzehnjährige Silvan mit seinem eben erworbenen Führerschein stolz nach Hause gekommen war, hatte ihm seine Tante eine Schauergeschichte erzählt und ihm das Versprechen abgenommen, nie, niemals Anhalter mitzunehmen.

Er bewegte seinen rechten Fuß wieder nach unten. Inzwischen war er nahe genug, um zu konstatieren, dass das Mädchen einen ganz entzückenden … hm. Kim verlor die Schlacht.

Er hielt an und ließ das Fenster herunter. Die junge Frau trat an den Wagen und beugte sich hinein. Sie hatte einen breiten Mund, eine Stupsnase und große blaue Augen, die ihn entfernt an eine Hollywood-Schauspielerin erinnerte, deren Name ihm gerade nicht einfiel. Ihre Figur war von vorne so hübsch wie von hinten.

«Wohin?», erkundigte sie sich hoffnungsvoll.

Er öffnete den Mund zu einer Antwort, als in seinem Kopf die dramatische Stimme seiner Tante ertönte: «… und dann erstachen die Anhalterinnen den Fahrer von hinten, um ihn zu berauben.»

Eigentlich hatte Silvan «nach Genf» sagen wollen, stattdessen hörte er sich zu seinem Entsetzen fragen: «Haben Sie ein Messer?»

«Wie bitte?», fragte das Mädchen schockiert und zog ihren hübschen Kopf etwas zurück.

Lieber Himmel, hatte er das jetzt gerade wirklich gefragt? «Sorry! Mir ist gerade etwas durch den Kopf gegangen. Könnten wir noch einmal von vorne anfangen? Ich heiße Silvan, und ich fahre Richtung Genf.»

Sie blieb misstrauisch: «Und was genau ist dir durch den Kopf gegangen?»

Er lachte verlegen: «Meine Tante, bei der ich aufgewachsen bin, hat mich vor unbekannten Damen, die mit einem Messer auf dem Rücksitz Platz nehmen, gewarnt. Und daran habe ich eben gedacht.»

Sie taxierte ihn ihrerseits: Groß und schlank, soweit sie das an einer sitzenden Person beurteilen konnte, dunkle Haare und grüne Augen, hmm, durchaus attraktiv! Vielleicht ein bisschen beschränkt. Allerdings passte der Audi dann nicht so recht. «Ich könnte vorne Platz nehmen, wenn's recht ist?», schlug sie vor. «Und nein, ich habe kein Messer.»

«Spring rein!» Silvan beugte sich hinüber und öffnete die Tür für sie.

Sie nahm auf dem Beifahrersitz Platz, schnallte sich an und klemmte ihren Cityrucksack zwischen die Füße. «Danke fürs Mitnehmen. Ich heiße Carla.»

«Und wie weit willst du mitfahren?»

«Bis Lausanne, wenn es geht. Ich studiere da.»

«Ich fahre aber nicht nach Lausanne hinein.»

«Macht nichts. Wenn du mich am Rastplatz Bavois absetzt, finde ich schon hin.»

«Machst du oft Autostopp?»

Sie schüttelte den Kopf. «Nicht so oft. Normalerweise nehme ich den Zug, aber heute ist es ein bisschen speziell.»

«Das klingt, als wärst du auf der Flucht.»

«So was Ähnliches. Familienkrach.»

Mehr wollte sie dazu nicht sagen, und er fragte nicht weiter. Nach einer Weile fiel ihm auf, dass sie öfters in den Seitenspiegel blickte. «Wirst du verfolgt?»

«Na, überraschen würde es mich nicht, aber ich glaube, soweit würde mein Alter dann doch nicht gehen.» Mühsam unterdrückte Wut klang aus ihrer Stimme.

«Wie alt bist du eigentlich?», erkundigte sich Silvan vorsichtig. Noch mehr Ärger brauchte er jetzt wirklich nicht.

«Dreiundzwanzig.»

Er musterte ihr junges Gesicht von der Seite. «In wie viel Jahren?»

«Nächsten Dienstag. Willst du meinen Ausweis sehen?»

«Nein.» Er lächelte. «Was studierst du denn?»

«Psychologie. Und du, arbeitest du in Genf?»

«Nein, ich verfolge meine Tante.»

«Die mit den Anhalterinnen?»

«Haargenau.»

Lag da ein Hauch von Ärger in seiner Stimme? Carla warf ihm einen prüfenden Blick zu. «Die ist also jetzt in Genf?»

«Nein, irgendwo in Frankreich. Sie ist hinter ihrem Hund und ihrem Auto her.» Das klang selbst in seinen

Ohren so verrückt, dass er fühlte, wie sein Gesicht sich rötete.

Carla wandte sich ruckartig nach ihm um, musterte ihn, um herauszufinden, ob er sie bloß aufzog. Offenbar nicht. «Vielleicht fängst du besser am Anfang an. Und erzähl schön der Reihe nach, damit ich wenigstens ansatzweise verstehe, worüber du sprichst.»

«Wahrscheinlich denkst du, ich gehöre in die Klapse, aber ich versichere dir, so ist es nicht. Ich hoffe seit Stunden, dass ich demnächst aus einem Albtraum erwache, und das alles ist nie passiert.»

Sie musterte ihn mit großen Augen. «Klingt interessant. Schieß los, wir haben ja Zeit.» Er schwieg weiter, und sie grinste plötzlich entwaffnend. «Du kannst die Story ja anonymisieren.»

Nun ja, warum eigentlich nicht, wenigstens in groben Zügen. Aber als er einmal losgelegt hatte, konnte er gar nicht mehr aufhören. Carla hörte zu, ohne ihn zu unterbrechen. Nur als er erwähnte, wie ihn seine Tante weggeschickt hatte, als Nussbaumer noch einmal vorbeikam, fragte sie: «Bist du vorbestraft?»

«Natürlich nicht!»

Sie zuckte die Schultern. «Warum konntest du dann nicht einfach mit ihr auf den Polizisten warten?»

«Es ist so eine Art Familienkrieg. Und Kim wollte keine weiteren Komplikationen.»

«Ich verstehe. Erzähl weiter.»

Das tat er. Irgendwie wurde die Geschichte dadurch

weniger surreal und etwas fassbarer. Am Ende fand er seinen Humor wieder, der ihm in den letzten vierundzwanzig Stunden abhandengekommen war. «Tja, und jetzt bin ich hinter ihr her, um sie, meinen Kollegen und Ex-Exhausgenossen sowie einen schwarzen Labrador wieder einzufangen. Es wird allerdings nicht einfach werden, sie davon zu überzeugen, nach Hause zurückzukehren. Sie will ihr Eigentum wiederhaben. Kim etwas wegzunehmen ist keine gute Idee.»

Carla war voller Verständnis. «Das verstehe ich gut. Mein Vater hat einen Schäferhund. Ich wäre auch sauer, wenn jemand Artos entführen würde.»

«Das verstehe ich ja auch», ereiferte sich Silvan. «Aber wie zum Teufel will sie Whisky in Frankreich finden.»

Sie kicherte. «Whisky in Frankreich?»

Er grinste auch. «Ja, mit Hundenamen ist sie etwas eigen. Andere Beispiele gefällig?» Er zählte weitere Hundenamen auf und freute sich, sie zum Lachen zu bringen.

Schließlich wurde sie wieder ernst. «Habt ihr daran gedacht, Whisky übers Internet zu suchen?»

Ruckartig wandte er sich ihr zu und starrte sie an. «Verdammt! Da hätte ich auch selbst draufkommen können.»

Wortlos deutete sie nach vorne, und er konzentrierte sich wieder auf die Straße.

Sie bückte sich und nestelte an ihrem Rucksack

herum. Nach einigem Herumtasten zog sie ein Tablet hervor und startete es. «Glück gehabt», lächelte sie. «Der Akku ist noch halb voll. Facebook?»

Er schüttelte den Kopf.

«Twitter?»

«Nur beruflich.»

«Dann erstelle ich extra Accounts für die Suche.» Sie tippte eine Weile, wartete und tippte weiter. «Schade, dass wir keine Fotos posten können.»

Gut, dass er daran gedacht hatte. «Aber das können wir. Ich habe sie heute Morgen in die Cloud geladen. Ich halte mal kurz an und leite sie dir weiter.»

Kim fuhr den Wagen zum Shop, wo gerade ein Parkplatz freigeworden war. Sascha entsorgte den Abfall und bedeutete ihr, dass er noch die Toilette aufsuchen wollte. «Beeil dich ein bisschen», rief sie ihm zu.

Er ließ sich ablenken und stieß deshalb beinahe mit einem korpulenten Mann zusammen, der laut schimpfend aus dem Laden gestürmt kam. Ein Schild an seinem weißen Hemd wies ihn als Gérant, als Betriebsleiter des Shops aus.

Sascha betrat das Gebäude, ohne sich weiter um den Mann zu kümmern. Doch Kim, die gedankenvoll Othellos Schnauze durchs Autofenster streichelte, beobachtete aufmerksam, wie sich der Geschäftsführer einen Bettler vorknöpfte. Der unrasierte Mann mittleren Alters hatte sich direkt neben dem Ladeneingang niedergelassen, eine Mütze vor sich und ein Pappschild mit der Aufschrift ‚Vétéran de Guerre'.

«Ich habe es Ihnen schon zweimal gesagt: Kriegsveteran oder nicht, Sie dürfen hier nicht betteln! Packen Sie endlich Ihre Siebensachen und verschwinden Sie! Ich sage es nicht noch einmal, wenn Sie in zehn Minuten immer noch da sind, lasse ich Sie von der Polizei abholen!»

Der Angesprochene stand widerwillig auf. «Ich habe in Afrika gekämpft und im Irak! Ist das jetzt der Dank des Vaterlandes? - Ja, ich gehe schon», fügte er rasch hinzu, als der Gérant zu einer weiteren unfreundlichen Rede ansetzte.

Der Veteran packte seinen Beutel und sein Schild zusammen. Er klaubte die erbettelten Münzen aus dem Hut und zählte sie mehrmals. Offenbar reichten sie nicht weit, denn er blieb unschlüssig stehen und warf einen sehnsüchtigen Blick in die Cafeteria.

«Entschuldigen Sie», sprach ihn Kim höflich an. «Wie lange sitzen Sie denn schon hier?»

Der Mann musterte sie ausgiebig, ehe er antwortete. «Seit heute Morgen um sieben Uhr. Ich bin hier gestrandet und jetzt habe ich Hunger, also bettle ich.» Es war eine Erklärung, keine Entschuldigung. «Der Gérant mault schon die ganze Zeit herum. Na, dann will ich mal sehen, ob ich vielleicht jetzt eine Fahrgelegenheit finde.» Er musterte sie hoffnungsvoll und wandte sich zum Gehen, als sie keine Reaktion zeigte..

«Darf ich Ihnen ein Frühstück spendieren?», rief Kim hinter ihm her.

Er hielt sofort an. «Sehr gerne, Madame. Ich kann es mir nicht leisten, Ihr freundliches Angebot abzulehnen. Sie sind sehr großzügig.»

Sie registrierte seine höfliche Ausdrucksweise. Der Mann hatte wahrscheinlich schon bessere Tage gesehen. «Mein Name ist Kim Rochat.»

«Oscar», antwortete er abwartend.

Sie hielt ihm zwei Fotografien hin. «Bitte schauen Sie sich die Bilder an, Monsieur Oscar. Haben Sie dieses Auto vielleicht heute Morgen schon gesehen?»

«Nur Oscar, ohne Monsieur.» Er warf einen Blick auf die Bilder und meinte belustigt: «Ja, habe ich in der Tat.»

«Und was ist daran so komisch?»

Er grinste. «Das war vielleicht ein Zirkus. Dem kleinen Hund ist offenbar im Auto ein Unglück passiert.» Kim zuckte zusammen. «Tja, und während der eine Typ fluchte, weil er die Schweinerei wegputzen musste, ist der Hund ausgebüxt und der andere Mann brauchte mehr als eine halbe Stunde, um ihn wieder einzufangen. Ganz großes Kino!»

«Und dann?», fragte sie atemlos.

«Der Dicke hat im Shop ein Deodorant gekauft und damit ausgiebig den Wagen eingesprüht. Der halbe Parkplatz roch nach Rasiersalon.» Oscar lachte erneut.

Kim unterbrach das Gespräch für eine Anweisung an

Sascha, der eben zurückgekommen war und den Fremden missbilligend betrachtete: «Geh, besorg dem Mann bitte einen Kaffee und zwei Croissants.»

«Ein Sandwich wäre mir lieber. Hält länger vor», sagte Oscar. Kim nickte. Sascha warf dem Mann einen abfälligen Blick zu, drehte sich auf dem Absatz um und ging davon.

Kim wandte ihre Aufmerksamkeit wieder dem Fremden zu. «Dann sind die beiden Männer mit dem Hund also noch gar nicht lange weg?»

«Sie sind vor etwa einer Stunde weggefahren. Nach der Aufregung brauchten sie wohl erst mal Frühstück.»

Vor einer Stunde! Kim suchte nach Halt und schloss die Augen. Ihr Frühstück hatte bestimmt auch eine halbe Stunde in Anspruch genommen. Sie hatten diese Mörder und Hunde-Kidnapper demnach um höchstens ein paar Minuten verfehlt.

Der Mann betrachtete sie jetzt mit größerer Aufmerksamkeit: «Warum interessieren Sie sich dafür? Sind Sie von der Polizei?»

«Nein, mir gehören das Auto und auch der Hund, und ich will beides wiederhaben.»

«Ich könnte Ihnen ja sagen, wohin die Reise geht.» Der Blick des Mannes wurde berechnend. «Wenn Sie auch etwas für mich tun.»

«Und das wäre?», fragte sie prompt.

«Das ist auch mein Ziel. Nehmen Sie mich mit.»

Kim erstarrte. Sie nahm nie, nie, nie Anhalter mit,

auch nicht gepflegtere als diesen hier. Die Vorstellung, auf dem Rücksitz einen Fremden mitzunehmen, erfüllte sie mit Todesangst.

Sascha hatte den Schluss des Gesprächs mit angehört und war entrüstet. «Du wirst doch nicht etwa dieses ungepflegte Subjekt in deinem kostbaren Auto mitnehmen?» Er sprach deutsch, um von dem Fremden nicht verstanden zu werden.

Er übergab Oscar einen Becher Kaffee und zwei Sandwiches. Dabei achtete er sorgfältig darauf, ihn nicht zu berühren. Der Franzose bedankte sich höflich und begann sofort zu essen. Er hatte nicht die Absicht, seinen Vorschlag zu wiederholen.

Kim kämpfte mit sich, aber nur kurz. Der Mercedes hatte Vorrang, ganz zu schweigen von ihrem armen Hund. «Na gut. Einverstanden.»

Sascha verwarf wortlos die Hände und schüttelte den Kopf, ob so viel Unverstand.

«Also, Oscar», fragte Kim. «Heraus damit! Wo wollen diese Kerle hin?»

«Nach Marseille.»

«Marseille? Oh nein!», rief sie verstört. Schlechte Neuigkeiten. In dieser Riesenstadt konnten sie Whisky niemals finden.

«Der Dicke sagte, er werde sich im Angesicht von Notre Dame de la Garde wie ein Seemann bei der Heimkehr fühlen.»

Sascha runzelte die Stirn. «Notre Dame de la Garde?»

«Die Kathedrale der Seeleute, das erste, was sie von Marseille sehen, wenn sie vom Meer kommen», erklärte Oscar, ohne den Blick von Kim zu nehmen.

«Dann ist das aber keine Ortsangabe, sondern vielleicht nur die Beschreibung einer Emotion», wandte Sascha ein.

Kim nickte bedrückt, er hatte nicht unrecht. «Weiter», sagte sie in Oscars Richtung.

«Schnauzbart meinte, der Dicke solle doch den Hund hier irgendwo anbinden, er könne ihn sowieso nicht mit ins Riesenrad nehmen, wo der doch schon kotze und scheiße beim Autofahren auf der Autobahn. Aber der Dicke hat offenbar den Narren an dem Hund gefressen. Ist ja auch ein süßes Vieh.»

Kims Augen sprühten Feuer.

«Was meinte er denn mit ‹Riesenrad›?», erkundigte sich Sascha. «Gibt es denn eines in Marseille?»

Sie erinnerte sich plötzlich. «Da war einmal Riesenrad, am alten Hafen!»

«Ja, am Vieux-Port, da ist es noch immer.» Oscar strahlte sie an.

Kim verfiel in Aktionismus. «Dann los, alle Mann einsteigen. Sie auch, Oscar, wenn Sie mitfahren wollen. Ihren Rucksack können Sie hinten reinwerfen.»

Der Veteran sah an sich hinab. «Ich würde zuvor gerne rasch duschen, Madame. Geht ganz schnell.» Er wandte sich auf der Stelle um und ging mit großen Schritten davon.

Sascha war außer sich. Er konnte sich kaum beherrschen, bis Oscar verschwunden war. «Silvan hat ganz recht», rief er wütend. «Du bist vollkommen übergeschnappt. Dieser ungewaschene ...»

«Deswegen geht er jetzt duschen.»

«Dann hoffe ich nur, er hat noch ein paar Ersatzklamotten dabei», rief er verbittert. «Hast du eine klitzekleine Vorstellung davon, was Silvan dazu sagen wird?»

Nach ihrem Gesichtsausdruck zu schließen, hatte sie die durchaus. Er ging zur linken Seite des Wagens und öffnete die Fahrertür.

«Was soll denn das werden?», fragte Kim alarmiert.

«Ich fahre», erklärte ihr Sascha gelassen. «Du sitzt hinten.»

«Kommt ja gar nicht in Frage!»

«Doch, das ist mein voller Ernst. Ich bin einsfünfundachtzig groß und du vielleicht, na, einsfünfundfünfzig? Was glaubst du, wer besser auf den Rücksitz passt?» Sie öffnete den Mund, um zu protestieren, als er seinen Trumpf ausspielte. «Oder willst du etwa diesen Oscar im Rücken haben?» Er sah die Antwort in ihren Augen. «Eben!»

«Also gut», gab sie nach und plötzlich fiel ihm ein, wie er ihr den Rest geben konnte.

«Ich werde sowieso deinen Wagen fahren, und zwar bald.»

Sie runzelte die Stirn. «Wie kommst du denn auf diese absurde Idee?»

131

«Du rechnest doch damit, dass du deinen Mercedes findest? Wie willst du zwei Autos allein nach Hause bringen?»

Da war etwas dran. Kim gab nach und setzte sich nach hinten. Othello nahm das zufrieden zur Kenntnis, rollte sich ein, parkte den Kopf auf ihrem Schoss und schloss die Augen.

Als Oscar wieder auftauchte, fühlte sich der Geschäftsleiter genötigt, sich nochmals mit dem Mann anzulegen, und es entspann sich eine kurze, heftige Debatte. Gleich darauf verließ Oscar mit ausdruckslosem Gesicht das Gebäude. Er trug jetzt saubere Jeans, ein helles Hemd und darüber eine graue Softshelljacke. Sein Haar war feucht, aber gekämmt, und er war frisch rasiert.

Er warf seinen Rucksack in den Kofferraum, stieg auf der Beifahrerseite ein und bedankte sich höflich.

Sascha startete den Motor und stellte ihn fast sofort wieder ab. Ihm war eine Idee gekommen. Er wandte sich zur Rückbank um. «Hast du deinen Block dabei, Kim?»

«Immer. Warum?»

«Oscar hat die beiden Männer gesehen. Wenn er sie dir beschreibt, kannst du Zeichnungen von ihnen erstellen.»

«Na hör mal. Ich bin doch keine Polizeizeichnerin.»

«Bensaoula hast du aber sensationell getroffen.»

«Das hält uns auf», wandte sie ein.

«Aber es ist besser, wir erkennen die beiden, wenn wir sie sehen.» Er zog demonstrativ den Zündschlüssel ab und sah Kim fest an. «Es ist auch so gefährlich genug.»

Sie gab nach. Othello brummte leise, als sie seinen Kopf wegschob und den Block aus ihrer Tasche zog. «Oscar, können Sie mir die beiden Männer beschreiben?»

«Ich versuche es. Mit welchem soll ich anfangen?»

«Vielleicht mit dem Chef?»

Oscar schloss die Augen und dachte nach. «Er war ungefähr eins achtzig und kräftig gebaut. Mittleres Alter. Er trug einen grauen Anzug, offenes schwarzes Hemd.»

«Sein Gesicht, Oscar. Beschreiben Sie ihn mir!»

«Sein Kopf war kantig, mit starkem Kiefer. Rote Gesichtshaut, helle Augen, hellblondes schütteres Haar, zur Seite gekämmt.»

Sie begann zu zeichnen. «Die Augen: Form? Farbe?»

«Blau, groß, leicht hervortretend. Der andere hatte dunkle Augen.»

«Stopp. Bleiben wir bei dem Ersten», forderte Kim.

Es dauerte eine Weile, das Porträt eines Mannes zu zeichnen, den sie noch nie gesehen hatte. Oscar versuchte, sich an so viele Details wie möglich zu erinnern. Dann und wann diskutierten er und Kim Änderungen, die sie anschließend umsetzte.

Schließlich reichte sie ihm zwei Zeichnungen nach

vorne. Er betrachtete sie ein paar Sekunden lang und meinte dann: «Etonnant, Madame! Absolut erstaunlich.»

Silvan fuhr zügig über die Autobahn zwischen den endlosen Weinbergen der Region La Côte. Von Zeit zu Zeit erhaschte er einen Blick auf den Genfer See, den Lac Léman, ehe dieser wieder hinter Bäumen und Hügeln verschwand. Den sonnigen Tag trübten nur ein paar hellgraue Wölkchen, die sich über dem Genfer Becken und den Jurahöhen tummelten. Sie sahen nicht bedrohlich aus, sondern nahmen nur dem endlosen blauen Maihimmel etwas von seiner Eintönigkeit. Nach den vorhergesagten Gewittern sah es jedenfalls noch nicht aus.

Es war jetzt später Vormittag und bereits brannte die Sonne sommerlich heiß herab. Silvan stellte die Klimaanlage höher, um die Temperatur im Wagen erträglich zu halten. Erneut schweifte sein Blick über die spiegelglatte Wasserfläche, ehe er den Blick kurz auf seine Beifahrerin richtete.

Nach einer unterhaltsamen Fahrt hätte er sie auch mit Freuden vor ihrer WG in Lausanne abgesetzt. Dann hätte er sie nicht nach ihrer Adresse fragen müssen. Carla bestand jedoch darauf, ihn noch bis Genf zu begleiten. «Ich muss doch wissen, ob sich irgendwer über das Internet meldet. Du hast mich ganz schön neugierig gemacht.»

Jetzt hielt sie den Kopf gesenkt und ihre Augen waren geschlossen. Das Vertrauen, das sie ihm entgegenbrachte, rührte Silvan. Dennoch, er machte sich eine gedankliche Notiz, musste er mit ihr ein ernstes Wort darüber reden. Er hustete leise, doch Carla reagierte nicht.

So konnte er in aller Ruhe weiter seinen Gedanken nachhängen. Er gestand sich ein, keine Ahnung zu haben, wie er seine Tante aufhalten sollte. Sie war sturer als ihre Esel, wenn sie sich etwas in den Kopf gesetzt hatte. Und sie hatte eine Begabung, alles so hinzudrehen, wie sie es wollte. Er kannte sich da aus, aber Sascha? Genauso gut hätte man ein Kätzchen einer Wölfin vorwerfen können, dachte er und ein Mundwinkel zog sich leise amüsiert Richtung Ohr. Dabei war Sascha so begeistert gewesen von dieser neu aufgetauchten reichen Tante. Gewiss war seine Euphorie schnell in sich zusammengefallen. Silvan kicherte leise und schadenfroh.

Kim! Sie hatte früh gelernt, auf sich selbst zu vertrauen. Er vermutete, dass jemand so Kleines wie seine Tante wohl immer andere Leute dazu bringen musste, ihr die schwere Arbeit abzunehmen. Obwohl, wenn er es genau überlegte, sie scheute die Arbeit nicht. Genau genommen arbeitete sie wie ein Pferd. Es war weniger die Arbeit als allerlei Unannehmlichkeiten, die sie von sich fernhielt. Und da war sie äußerst fantasievoll. Das Schlimmste war, dass sie einen dazu bringen konnte, Gott weiß was zu veranstalten, lange bevor man herausfand, was tatsächlich dahintersteckte.

Einmal hatte sie ihn zu einem platten Reifen gerufen, irgendwo in der Pampa zwischen Bern und Biel. Bis zum heutigen Tag war er davon überzeugt, dass sie die Luft selbst abgelassen hatte, auch wenn sie dies dezidiert bestritt. Das Ende vom Lied war gewesen: «Wenn du schon da bist, kannst du mir ja helfen, diesen wunderbaren Bauernschrank in Münchenbuchsee abzuholen.»

Hatte es geholfen, ihr zu sagen, dass er am Abend eigene Pläne hatte? Selbstverständlich nicht. Sie hatte ihn den Rest des Tages den alten Schrank in seine Einzelteile zerlegen lassen, amüsiert beobachtet von der Großmutter des Besitzers, der selber auch keinen Finger rührte. Erst ganz zum Schluss hatte ihm die alte Frau den Trick verraten, wie der Schrank ganz einfach auseinanderzunehmen gewesen wäre.

Es gab Tage, da hätte er Kim an die Wand nageln mögen. Allerdings, da war er ehrlich mit sich selber, keiner durfte ihr zu nahe treten. Das konnte er nicht ertragen. Zu seinem Ärger war Kim sich über seine Gefühle völlig im Klaren und hatte keine Skrupel, diese für ihre Zwecke auszunutzen.

Sie war skrupellos, aber nicht egoistisch. Sie konnte ihn in den Wahnsinn treiben, war aber auch bereit, jederzeit für ihn in die Bresche zu springen. Sie hatten einander nicht ausgesucht. Das Schicksal hatte sie miteinander verbandelt, und jetzt standen sie füreinander

136

ein.

Nun, sie war keine Klette. Sie führte ihr eigenes Leben und hielt sich aus seinem in der Regel heraus, wofür er dankbar war. Kim rief selten an. Tat sie es doch, konnte er ein unangenehmes Bauchgefühl nie ganz unterdrücken. Sie hatte immer ihre Gründe, und kaputte Autos und Nachverhandlungen mit dem Steueramt waren dabei noch die harmloseren.

Auf seiner rechten Seite grüßte Savoyen mit seinen mächtigen Bergen, und Silvan wusste, ohne sich umzusehen, dass hinter ihm die Aussicht auf die Waadtländer und Walliser Alpen bei diesem Wetter ebenfalls spektakulär war. Noch waren die Gipfel verschneit und brachten ihm eine Ahnung von Kühle. Vom See war jetzt nichts zu sehen. Stattdessen erstreckte sich neben der Autobahn ein Hopfenfeld über mehrere hundert Meter. Auf der Terrasse eines Landgasthofs genossen sonntäglich gekleidete Menschen die Maisonne und die Aussicht. Ein Bier, dachte er sehnsüchtig, das wäre jetzt schön, und er wünschte sich, ebenfalls nur zu seinem Vergnügen unterwegs zu sein.

Sein Hemd klebte trotz Klimaanlage an seinem Rücken, als er endlich in den Schatten des Bahnhofparkhauses in Genf einfuhr. Als er den Motor abstellte, erwachte Carla. Peinlich berührt, weil sie eingeschlafen war, murmelte sie. «Sorry. Wo sind wir?»

«Bahnhof Genève. - Ich dachte, ich lass dich hier aussteigen, du musst ja nach Lausanne zurückfahren.» Er legte die Hand auf ihren Rücken und zog sanft an ihrem Zopf. «Aber bitte, schlaf nie wieder beim Autostoppen ein, okay?»

Das machte sie verlegen. «Entschuldige.»

«Hey», sagte er eindringlich. «Ich meine es ernst. Das hätte sehr gefährlich sein können.»

«Ich hatte kein Messer.» Sie blinzelte schelmisch, aber er lächelte nicht.

«Ich rede von der Gefahr für die Anhalterin. Also, versprich es mir!»

«Okay.» Damit war alles gesagt und Zeit für den Abschied. Kims Vorsprung vergrößerte sich mit jeder Minute. Doch bevor Silvan dazu kam, sich nach ihrer Telefonnummer zu erkundigen, meinte sie: «Ich glaube, ich könnte jetzt einen Espresso vertragen. Was ist mit dir?»

Es erstaunte ihn selbst, wie bereitwillig er zustimmte. Und warum auch nicht? Vor ihm lagen noch viele Stunden Fahrt, irgendwann musste er etwas zu sich nehmen, warum also nicht hier und mit diesem hübschen Mädchen. Allerdings dachte er eher an ein kühles Bier als an einen Espresso.

Der Coffeeshop im Bahnhof bot zum Glück auch alkoholfreie Biere und Sandwiches an. Sie trafen ihre Wahl und setzten sich an einen Zweiertisch.

Kauend konsultierte Carla ihr Tablet, doch niemand hatte sich gemeldet. Sie zog Block und Stift aus ihrem Rucksack und schrieb die Account-Namen und Passwörter auf, als ein knarzendes Geräusch ertönte.

«Twitter», verkündete sie, las und lächelte breit. «Der Mercedes wurde gesichtet auf der Aire des Fontanelles»,

Silvan gab sich unbeeindruckt. «Das wusste ich schon. Sascha hat es mir gesagt.»

Carla, die inzwischen wusste, wer das war, lächelte weise. «Klar. Aber jetzt wissen wir, dass es mit dem Internet klappt.»

«Stimmt.» Er trank sein Glas leer und stieß diskret auf. «Ich werde also tunlichst alle zwei Stunden anhalten und mich schlaumachen, ob sich jemand gemeldet hat.»

Er entschuldigte sich und ging sein Bier loswerden. Als er zurückkam, saß sie immer noch über ihr Tablet gebeugt. Sie blickte mit einem seltsamen Ausdruck in den Augen auf. «Schaust du rasch zu meinem Zeug?»

«Beeil dich aber, ich muss weiter.»

Sie verschwand und tauchte nach einigen Minuten mit leicht gerötetem Gesicht und nassem Zopf wieder auf. Sie hatte, wie es schien, den Kopf unter einen Wasserhahn gehalten, Silvan bedauerte, dass er nicht auch auf diese Idee gekommen war.

Sie trat zu ihm an den Tisch. «Wir können.» Er starrte sie an. «Mach den Mund zu, es zieht!»

«Hast du diese Woche keine Vorlesung?»

Sie zuckte die Schultern. «Doch, aber keine Prüfungen. Ich habe meiner WG-Kollegin Bescheid gegeben, damit sie mich nicht vermisst.»

«Und du willst wirklich weiter mitfahren?»

«Ich muss doch deine Tante kennenlernen.»

«Das wirst du bereuen», prophezeite Silvan düster. «Sie ist ein wandelnder Albtraum. Völlig unbelehrbar, und sie reißt jedem in kürzester Zeit den letzten Nerv heraus.»

Carla musterte ihn intensiv. «Warum habe ich dann das Gefühl, dass du ihr sehr zugetan bist?»

«Weil es, verflucht noch einmal, so ist.»

«Dann will ich sie um nichts in der Welt verpassen. Wenn sie es schafft, dich so zu nerven, ist sie bestimmt eine tolle Frau. Los! Fahren wir ein bisschen am Limit und ohne Pause, dann holen wir sie bestimmt bald ein.»

«Was hast du da?» Er deutete auf den Plastikbeutel, der an ihrer Hand baumelte.

Sie hob das Teil hoch. «Ein Auto-Kabel für mein Tablet.»

Er musterte sie eindringlich. «Du bist dir deiner Sache sehr sicher, hm?»

«Aber ja.» Ihre Augen blitzten unternehmungslustig. «Können wir?»

Ihre gute Laune steckte an. Übermütig grinsend hielt er ihr die Hand hin und ließ sich auf die Füße ziehen. «Na dann, auf geht's! Lass uns fahren.»

Kapitel 5

Das mahnende Räuspern vom Rücksitz wurde immer drängender. Kim wollte wieder zurück ans Steuer. Sascha schätzte seine Überlebenschancen höher ein, solange er selbst chauffierte. Er ignorierte ihre Signale hartnäckig und begann stattdessen ein Gespräch mit dem schweigsamen Fremden auf dem Beifahrersitz.. «Was treibt Sie in den Süden, Oscar?»

Der schwieg so lange, dass Sascha schon keine Antwort mehr erwartete. Wahrscheinlich redete ein ehemaliger Soldat der französischen Armee nicht mit Schwulen, dachte er verdrossen.

«Ich bin hinter meinem Sohn her», erklärte Oscar schließlich düster.

Die Wortwahl machte Kim aufmerksam. «Sie sind hinter ihm her? Das klingt dramatisch. Wie soll ich das verstehen?»

«Wie ich gesagt habe.» Oscar schien seine Offenheit bereits zu bereuen. «Er hat in Paris sehr hohe Schulden bei den falschen Leuten gemacht, dann hat er sich abgesetzt.»

«Nach Marseille?»

«Seine Mutter lebt dort. Er ist immer zu ihr geflüchtet, wenn es schwierig wurde. Deshalb denke ich, dass er auch jetzt dort ist.»

Sascha warf ihm einen erstaunten Blick zu. «Sie wissen es gar nicht sicher? Warum rufen Sie sie nicht erst

141

an, statt aufs Geratewohl hinzufahren?»

«Damit er sich vom Acker macht, ehe ich hinkomme?» Oscar schnaubte verächtlich.

Kim lehnte sich vor. «Und warum fahren Sie per Anhalter? Sie bekommen doch als ehemaliger Soldat bestimmt eine Rente und könnten bequem mit dem TGV in ein paar Stunden hinfahren.»

«Madame, im Moment besitze ich nichts mehr, keinen lausigen Cent. Ich habe Rémy meine Ersparnisse gegeben, weil er glaubhaft versicherte, dass es um sein Leben ging. Aber das genügte meinem Sprössling nicht. Er ist abgehauen und hat alles mitgenommen, was ich besaß, sogar meine Brieftasche. Mein Ausweis, meine Bankkarten, mein letztes Bargeld, alles ist weg.»

«Oh je», murmelte Kim mitfühlend.

Sascha hatte ein schlechtes Gewissen. «Tut mir leid, ich hielt Sie für einen Penner.»

Oscar musterte den dandyhaften Mann. «Wegen meiner Kleidung? Denken Sie etwa, ich gehe in meinem Sonntagsanzug auf Achse?»

«Nein, natürlich nicht. - Und jetzt fahren Sie Ihrem Sohn nach, um Ihr Eigentum zurückzuholen?»

«Ja, und um ihm eine Abreibung zu erteilen!», antwortete Oscar wütend. «Er wird danach sein Leben lang nichts mehr klauen, garantiert!»

Seine Wut überforderte Kim. Dagegen half ihre übliche Taktik, Ablenkung. «Können wir vielleicht eine Rauchpause einlegen?», fragte sie treuherzig.

Sascha traute seinen Ohren nicht. «Du rauchst? Davon habe ich noch nichts bemerkt. Und ich dachte, wir hätten es eilig?»

Aber Oscar sagte erleichtert. «Das wäre sehr nett, Madame.»

Sascha knirschte mit den Zähnen und drückte stärker aufs Gaspedal.

Das Wetter verschlechterte sich immer mehr. Es begann zunächst leicht, dann stärker zu regnen. Als sie wieder ein Auto überholten, beugte sich Kim plötzlich zwischen die Vordersitze und wies nach vorne. «Da!», rief sie mit aufgeregt zitternder Stimme. «Da vorne! Das ist doch mein Wagen!»

Sascha sah den Mercedes auch, der weniger als hundert Meter vor ihnen fuhr und nun langsamer wurde, weil eine Mautstelle vor ihnen lag, und schüttelte den Kopf. «Das kann nicht sein, Kim. Das ist ein Holländer.»

Kim war nur kurz verunsichert. «Dann haben sie falsche Nummernschilder montiert. – Schnell! Schnell!», zeterte sie. «Vielleicht erwischen wir sie noch vor der Mautstelle.»

Kurz vor der Schranke schob sich ein anderer Wagen rücksichtslos vor sie. Sascha musste hart bremsen. Eine Gasse weiter rechts sahen sie den Mercedes zügig durch das Tor für *t*-Badge-Besitzer verschwinden. Auf der Fahrertür war der weiße Tiger deutlich zu sehen. Kim schrie vor Wut und Enttäuschung.

«Hör auf damit!», befahl Sascha scharf. «Das macht

es auch nicht besser. Es dauert nur ein paar Sekunden. Die Gangster werden sich nicht in Luft auflösen, und wir wissen, wo sie wahrscheinlich hinwollen. Gleich sind wir wieder an ihnen dran.»

Doch das Pärchen vor ihnen hatte offenbar Mühe mit der Bezahlung der Maut, und es dauerte zwei schier endlose Minuten, bis sich der Schlagbaum hob und sie an die Reihe kamen.

«Gib Gas!», forderte Kim, als Sascha wieder anfuhr. Am liebsten hätte sie in die Kopfstütze des Beifahrersitzes gebissen. Sie waren so nahe dran gewesen, so nahe. «Wir müssen sie wieder einholen.»

«Ist ja gut.» Sascha gab Gas und warf Oscar einen entschuldigenden Blick zu, den dieser ausdruckslos quittierte. Vermutlich hatte der Franzose inzwischen das Gefühl, in der Irrenanstalt gelandet zu sein, einer Irrenanstalt auf Ausflug.

Die beiden Gangster hatten keine Ahnung, dass sie verfolgt wurden. Ihr aktuelles Problem war gänzlich anderer Art. Lafitte saß am Steuer, als von der Rückbank würgende Geräusche und keuchende Atemstöße ertönten.

«Oh nein, nicht schon wieder!», Lafitte schluckte. «Willem, noch einmal putze ich den Wagen nicht!» Er wagte es nicht, nach hinten zu sehen, schon die Würgegeräusche des Hundes verursachten ihm Brechreiz. Wie oft übergab sich dieses blöde Vieh denn noch? Und warum zum Teufel schleppte ihn der Dicke mit? Was für eine bescheuerte Idee. Hunde gab es schließlich wie Sand am Meer, es musste doch nicht dieser widerliche Köter sein.

Van Dam warf indessen einen mitleidigen Blick über die Schulter auf den Hund, der verzweifelt versuchte, den gelben Schleimfaden loszuwerden, der ihm aus dem Maul hing. «Armer Kerl. - He, was hast du ihm heute Morgen eigentlich zu fressen gegeben?»

«Eine Dose Hundefutter. Und was mir der Koch so gegeben hat.» Ein feuchtes Zischen erklang von der Rückbank. und ein widerlicher Gestank breitete sich aus. «Nun furzt er auch noch. Ogottogottogott!!» Der kleine Mann hielt sich mit einer Hand die Nase zu und atmete vorsichtig durch den Mund.

Van Dam drehte das Fenster herunter, um für Frischluft zu sorgen. Feiner Regen drängte herein, das Wetter war umgeschlagen. Er beeilte sich, das Fenster wieder zu schließen.

«Lass uns bitte von der Autobahn abfahren, damit er wenigstens draußen scheißen kann», flehte Lafitte. «Der Wagen stinkt auch so schon fürchterlich genug.»

Der Belgier atmete vorsichtig durch den Mund und gab nach. «Schon gut. Beim nächsten Rastplatz fährst du ab.»

«Scheißwetter.» Lafitte starrte in den trostlosen Tag hinaus.

Eine Polizeisirene ertönte hinter ihnen, und das

unliebsame Geräusch holte rasch zu ihnen auf.

Van Dam schielte auf das Tachometer. «Bist du Idiot etwa zu schnell gefahren?»

«Nein, bin ich nicht», verteidigte sich Lafitte und zwang sich, seine hundertfünfundzwanzig Stundenkilometer beizubehalten. Im Rückspiegel sah er, wie sich ein Polizeiauto auf der Überholspur schnell näherte. Dieser blöde auffällige Mercedes! Bestimmt wurde er inzwischen international gesucht. Er wischte sich den Schweiß von der Stirn. Das erwies sich als Fehler, und er hielt sich sofort wieder die Nase zu.

«Nur die Ruhe, Mathieu. Und mach bloß keine Dummheiten, falls sie uns anhalten.»

Doch dann blieben die Sirenen hinter ihnen zurück. Es hatte nicht ihnen gegolten.

«Uff», machte Lafitte. Hinter ihm übergab sich der Hund erneut.

Hundertdreissig Stundenkilometer betrug die auf französischen Autobahnen erlaubte Höchstgeschwindigkeit, doch das genügte der Zuchtmeisterin auf der Rückbank nicht. «Los! Schneller!», kommandierte sie. «Ich glaube, da vorne sind sie wieder.»

Sascha zuckte die Schultern und trat aufs Gas. Der Tacho kletterte auf hundertvierzig, dann auf hundertfünfundvierzig. Als sich ihnen von hinten ein Polizeiwagen mit blinkendem Blaulicht und Sirenengeheul näherte, war er nicht im mindesten überrascht. «Kim! Ich fürchte, das gilt uns.»

Sie schaute durchs Heckfenster und sagte etwas in einer fremden Sprache, die Sascha für Mandarin hielt. Nach einer Schmeichelei klang es nicht.

Das Polizeiauto überholte den Logan, ein Polizist lehnte aus dem Seitenfenster und winkte sie mit der Kelle nach draußen. Sascha lenkte den Wagen auf den Seitenstreifen und fluchte: «So ein Scheißdreck!»

«Sei still!» Kims Stimme klang so scharf, dass er sich unwillkürlich nach ihr umdrehte. «Willst du wohl nach vorne schauen, bis wir stehen!»

«Ja, schon gut.» Er bremste ab und kam hinter dem Polizeiauto zum Stehen. Zwei Polizisten stiegen aus und kamen links und rechts auf sie zu.

Oscar setzte sich bequem hin und legte beide Hände gut sichtbar auf die Oberschenkel. «Bleiben Sie beide ruhig», riet er. «Es dauert sonst nur länger.»

Kim hatte etwas anderes im Sinn. Sascha spürte ihre Hand auf der Schulter. «Ja, was?»

«Du sagst kein Wort!», befahl sie. «Und wenn doch, dann auf Deutsch. Ich mache das.»

Das Fenster verdunkelte sich, als einer der Polizisten neben Sascha trat und ihm bedeutete, die Scheibe herunterzulassen. Der Polizist bückte sich und ließ seinen Blick über die Insassen wandern. Dann wandte er sich mit strenger Stimme an Sascha: «Monsieur, Sie waren zu schnell unterwegs! Bitte Führerschein und Fahrzeugpapiere.»

Sascha zuckte weisungsgemäß die Schultern und versuchte, ratlos auszusehen. Der Polizist wiederholte seine Worte auf Englisch mit einem bonbonzuckrigen französischen Akzent. Während Sascha noch überlegte, ob sich ihre Anweisung auch auf englische Antworten bezog, spürte er, wie sich Kim auf dem Rücksitz in Position brachte.

«Monsieur, s'il vous plaît!», rief sie. «Bitte Monsieur, mein Neffe versteht kein Französisch und auch kein Englisch.»

Der Polizist musterte den Fahrer und fragte sich, ob der Mann wenigstens Lesen und Schreiben konnte. Wahrscheinlich nicht. Sascha erwiderte seinen Blick ausdauernd und zuckte die Schultern.

«Welche Sprache spricht er denn?», fragte der Polizist Kim.

«Deutsch. Schweizerdeutsch.»

Der zweite Polizist war prüfend um den ganzen Wagen herumgegangen und stand jetzt auf der Beifahrerseite, die Daumen hinter dem Gürtel. «Und Sie, Monsieur?»

«Ich bin nur ein Gast», antwortete Oscar gleichgültig und hoffte, dass er nicht nach seinen Papieren gefragt wurde. «Aber ja, ich spreche französisch.»

Der erste Polizist wandte sich wieder an Kim. «Sagen Sie Ihrem Neffen, dass er seinen Führerschein herzeigt und die Wagenpapiere.»

Sie übersetzte das und Sascha gehorchte. «Hast du

die Wagenpapiere im Handschuhfach?», fragte er, während er seine Brieftasche hervorzog.

«Natürlich», antwortete sie und bat Oscar, ihr die kleine Dokumentenmappe aus dem Handschuhfach zu reichen.

Sie suchte den Fahrzeugausweis und übergab ihn dem Polizisten, der plötzlich sehr höflich wurde. «Ihr Fahrzeug, Madame?»

«Ja, Monsieur.» Und plötzlich legte sie los. «Immer wieder muss ich meinem Neffen sagen, dass er sich an die Geschwindigkeit halten soll, ich fasse es nicht, es nützt alles nichts. Aber er wollte ja unbedingt selber fahren. Immer diese jungen Leute. Geben Sie ihm ruhig eine Busse, Monsieur, verdient hat er sie allemal.» Sie schnippte ihre Finger gegen Saschas Hinterkopf und schrie ihn plötzlich auf Deutsch an: «Habe ich es dir nicht immer und immer wieder gesagt?»

«Ja», gab der sich zerknirscht und rieb sich die Stelle.

«Beruhigen Sie sich, Madame», mahnte der Polizist, während sich sein Kollege auf der anderen Seite ein Grinsen verkniff.

Kim sah ihre Chance. «Wissen Sie was, Monsieur?» Sie öffnete den Sicherheitsgurt und machte Anstalten auszusteigen. «Ich werde meinen Neffen jetzt ablösen, da er ja offenbar nicht lernfähig ist.» Sie stieß Sascha auffordernd in den Rücken.

«Nein, Madame, Sie bleiben sitzen!»

«Aber ...»

Oscar warf dem anderen Polizisten einen bezeichnenden Blick zu und sagte dezent: «So geht das seit Grenoble.»

Der Polizist grinste jetzt offen und gab dem Kollegen einen Wink. Der nickte. «Madame, sagen Sie ihrem Neffen, er soll seinen Fuß zügeln!»

«Ja, soll er denn keine Buße bekommen?», fragte Kim schockiert.

«Ich glaube, Madame, Ihr Neffe ist bereits genug gestraft. Fahren Sie weiter, Monsieur, und beachten Sie bitte die Höchstgeschwindigkeit. Übersetzen Sie ihm das bitte, Madame, und schnallen Sie sich wieder an.»

«Selbstverständlich.» Ihr Gurt rastete wieder ein.

«Hast du die Nummer?», fragte der Polizist seinen Kollegen, während Kim mit ihrer Übersetzung zugange war.

«Ja, habe ich. Willst du einen Rapport schreiben?»

«Nein. Armer Junge.»

«Ja, was für ein Drachen», stimmte sein Kollege zu. Sie grüßten und gingen zurück zu ihrem Wagen. Kurze Zeit darauf waren sie verschwunden.

Kim schaute den Polizisten mit schmalen Augen nach und tippte Sascha auf die Schulter. «Los! Gib Gas!»

Der fuhr betont langsam an. «Lass mich eines klarstellen», knurrte er. «Wenn du mich noch einmal schlägst, steige ich aus und lasse dich sitzen. Frankreich ist ein zivilisiertes Land, irgendwo fährt hier sicher ein Zug, und wenn nicht, reise ich per Anhalter zurück.»

«Entschuldige», sagte sie. «Ich dachte, ich trage besser etwas dicker auf.»

Oscar lachte. «Tolle Vorstellung, Madame.»

«Man kann sich doch immer verlassen auf das Mitgefühl der Männer. Für einen unterdrückten Mann.» Sie grinste auch. «Na, Sie haben das Ihre auch beigetragen. Ihr wart beide sehr gut.»

«Dann habe ich jetzt eine Zigarettenpause verdient?», fragte Oscar und wies auf das Schild, das einen Rastplatz ankündete.

Ohne auf ihre Antwort zu warten, fuhr Sascha von der Autobahn ab.

Sie scheuchte die beiden Männer aus dem Auto, kaum dass es stand. «In meinem Auto wird nicht geraucht!», gebot sie streng. «Fünf Minuten. Allerhöchstens!»

Oscar bot ihnen höflich Zigaretten an. Nur Kim griff zu.

Während Oscar den Rauch tief und genussvoll inhalierte, zog Kim leicht an ihrer Zigarette und hustete. Sascha wandte sich ab und grinste. Wenn diese Frau rauchte, fraß er einen Besen.

Er machte ein paar Rumpfbeugen und trabte einige Meter hin und her, amüsiert beobachtet von seinen Mitfahrern.

Wind war aufgekommen, kühl und so kräftig, dass sich die Zedern auf dem Platz unten den Böen bogen.

Oscar trat seine Zigarette aus und warf einen

prüfenden Blick in die Runde. «Schlechtwetter», stellte er fest. Er wies nach Süden, wo sich schwarze Wolken türmten.

Sascha folgte seinem Blick. «Großartig. Es kommt genau auf uns zu.»

Oscar nickte. «Wir sollten fahren, vielleicht zwingt uns die Gewitterfront nochmals zu einer Pause. Wir haben die zweithöchste Wetter-Warnstufe, Vigilance Orange. Ziemlich übel», fügte er erklärend hinzu, als er Saschas fragenden Blick sah.

«Okay, dann los.» Sascha wandte sich dem Wagen zu, nur um festzustellen, dass Kim die zehn Sekunden Ablenkung genutzt hatte, um auf dem Fahrersitz Platz zu nehmen. Und er brauchte kein Prophet zu sein, um zu wissen, wo sein Platz ab jetzt war.

Prompt winkte ihn Kim nach hinten. Er nickte säuerlich und holte den Hund aus dem Wagen. Sie starrte ihn erstaunt an. «Was soll das denn?»

Er führte Othello zum Heck und hieß ihn hineinspringen. Der Labrador gehorchte, rollte sich auf der Ladefläche zusammen und warf ihm zwischen den Pfoten einen beleidigten Blick zu. «Braver Junge», lobte Sascha.

«He», rief Kim nach hinten. «Das mag er gar nicht.»

«Und ich mag es nicht, wenn er mich vollsabbert», erklärte Sascha bestimmt, während er hinter Oscar Platz nahm und sich anschnallte. Die Hundedecke faltete er sauber zusammen und legte sie nach hinten.

Die Polizisten waren jetzt vor ihnen, daher wagte es Kim, schnell zu fahren. Die Autodiebe hatten nur einen bescheidenen Vorsprung, und sie wollte an ihnen dranbleiben. Irgendwann würden die Gangster den Mercedes stehen lassen, und dann kam ihr Moment.

Sascha schloss derweil die Augen und versuchte zu schlafen. Das schonte seine Nerven. Allmählich wuchs in ihm ein tiefes Verständnis für Silvan.

Ihr Weg führte sie direkt in das Schlechtwettergebiet, das ihnen mit hoher Geschwindigkeit entgegenkam. Schwer fielen die ersten großen Regentropfen auf die Windschutzscheibe, und dann goss es eine gute halbe Stunde lang wie aus Kübeln.

Die Sicht war jetzt miserabel. Die vor ihnen fahrenden Autos wirbelten schmutziges Regenwasser auf, und die schlammige Schicht auf der Frontscheibe war von den Scheibenwischern kaum zu bewältigen. Mehr als siebzig Stundenkilometer ließen die Verhältnisse nicht mehr zu. Notgedrungen nahm Kim, wie die meisten Co-Autofahrer, den Fuß vom Gas. Ihr einziger Trost war, dass es den Dieben auch nicht anders erging.

Dann hörte der Regen auf, fast so abrupt, wie er begonnen hatte, und nach ein paar Kilometern wurde die Sicht wieder besser. Sie fuhr konzentriert und schnell und im Auto war es sehr ruhig.

Im Mercedes herrschte inzwischen aus mehreren Gründen dicke Luft. Lafitte war wütend. «Das war knapp. Ich hätte doch besser einen anderen Wagen beschaffen sollen.»

«Was willst du denn? Das galt uns doch gar nicht.»

«Ich sag's dir noch einmal, Willem: Dieser Schlitten ist zu auffällig. Da helfen auch die gefälschten Kennzeichen nicht.»

«Wir sind hier in Frankreich. Und es ist ein Mercedes wie jeder andere.»

«Mit verdammt auffälligen Türen», erwiderte Lafitte aufsässig.

«Stell dich nicht so an. Die Polizei ist doch an uns vorbeigefahren, ohne uns zu beachten.»

«Ja stimmt. Vielleicht wird der Wagen noch gar nicht vermisst. Da hingen jede Menge Autoschlüssel. Da ist der Rastplatz.»

Der Belgier blickte mit gerunzelter Stirn hinüber auf die Anzeigen des Mercedes. «Zum Glück mit Servicestation, diese Karre säuft wie ein Loch.»

Sie fuhren von der Autobahn ab und Van Dam erteilte Anweisungen. «Fahr gleich zur Tankstelle. Und während ich den Wagen auftanke, führst du den Hund spazieren. Vielleicht findest du irgendwo einen Wasserschlauch, damit du ihn abspritzen kannst. Er müffelt wirklich.»

«Müffelt?»

«Na schön, er stinkt. Sieh zu, dass du ihn sauber kriegst.»

Sein Schwager zog ein mürrisches Gesicht. «Und

warum darfst du tanken, während ich dein stinkendes Vieh waschen muss?»

«Na, was glaubst du?», fragte Van Dam grollend. «Ich denke, die Rollen sind verteilt. Ich bin hier der Boss. Hast du damit etwa Probleme?»

Lafitte betrachtete die mächtigen Fäuste und ließ langsam die Luft entweichen. «Nein, alles klar, Chef.» Er bremste neben einer Tanksäule, stellte den Motor ab und sagte wehleidig: «Na, fein, und ausgerechnet jetzt beginnt es wieder zu regnen.»

«Nun fang bloß nicht an zu heulen. – Und jetzt raus mit dir, ich will hier keine Wurzeln schlagen.»

Während Van Dam den Mercedes betankte und dabei die Anzeige der Tanksäule argwöhnisch beobachtete, hob Lafitte den Hund aus dem Auto. Das arme Tier konnte sich kaum mehr auf den Beinen halten. Lafitte musterte ihn mit erbarmungslosen Augen und zerrte ihn hinter sich her. Er fand einen Wasserschlauch an der Seite des Gebäudes und spritzte den Hund ab, der teilnahmslos am Boden hockte und keine Gegenwehr leistete. Van Dam, der inzwischen fertig getankt hatte, kam zu ihm und warf ihm ein großes Frottiertuch zu, das er im Kofferraum gefunden hatte. Kim hatte immer Tücher für die Hunde im Auto. «Hier, Mathieu, trockne ihn ab.»

«Okay, Boss», sagte der kleine Mann unterwürfig, während seine Augen tückisch glommen. Er begann den Hund abzureiben.

«Ich geh dann mal rein, Mathieu. Willst du auch Kaffee?»

«Ja, bitte. Und etwas Schokolade wäre nicht schlecht. Ich habe Hunger.»

«Meinetwegen», sagte der Belgier und wandte sich ab. «Bring den Hund wieder ins Auto. Ich fahre den Rest selber.»

Als er mit zwei dampfenden Bechern Kaffee zurückkam, saß Lafitte bereits wieder im Wagen. Van Dam warf einen Blick auf den Rücksitz, ehe er einstieg. Lafitte hatte den kranken Hund mit dem großen Tuch zugedeckt. Gute Idee, vielleicht konnte das arme Tier etwas schlafen. Als er den Wagen langsam anfuhr, fiel ihm ein, dass er die Schokolade vergessen hatte. Sein Schwager zuckte die Schultern, er hatte nichts anderes erwartet.

Der Regen ließ jetzt etwas nach, doch nun machten dem Fahrer mächtige Böen zu schaffen. Van Dam hatte Mühe, den Wagen in der nassen Spur zu halten. Er fuhr konzentriert und in gemäßigtem Tempo.

Auch sein Beifahrer schien keine Lust auf ein Gespräch zu haben. Er fummelte an dem alten Autoradio herum und suchte einen vernünftigen Sender.

Nach Süden hin wurde das Wetter wieder etwas besser, die Straße trocknete ab und der Wind ließ nach. An den Hängen des Rhonetales hingen dicht und schwer die Nebelschwaden und weiter im Süden türmten sich neue Gewitterwolken. Van Dam griff nach seinem

Kaffeebecher und trank den letzten Schluck. «Bentley scheint es wieder besser zu gehen», stellte er fest .

Als er keine Antwort bekam, spähte er zu seinem Beifahrer hinüber. Der war mit geschlossenen Augen und offenem Mund seitlich zusammengesackt. Er schlief und begann soeben leise zu schnarchen. Der Dicke zuckte die Schultern und fuhr schweigend weiter.

Sie hatten Montélimar hinter sich gelassen, der Verkehr wurde wieder stärker, ebenso eine gewisse Tendenz zur Rücksichtslosigkeit. Van Dam war in Gedanken und sah deshalb das Unheil nicht kommen.

Nach einem riskanten Überholmanöver setzte ein junger Rowdy seinen Sportwagen unvermittelt direkt vor den Mercedes. Nur mit einer geistesgegenwärtigen Vollbremsung verhinderte der Belgier, dass er den jungen Idioten samt seinem tollen Schlitten auflud.

Sein dösender Beifahrer flog nach vorn und schlug mit dem Kopf gegen die Frontscheibe. Sein Gurt war nicht richtig eingeklinkt gewesen und Airbags hatte die alte Kiste nicht. Van Dam hupte wütend und sandte dem Spinner eine Schimpftirade in seiner Muttersprache hinterher. Sein Partner trug ein Sortiment deftiger französischer Schimpfwörter bei.

Dann war die Situation bereinigt, der junge Idiot trat aufs Gas und gewann Abstand. Der Belgier atmete tief durch und entspannte sich wieder. Der Hund hatte keinen Laut von sich gegeben. Van Dam griff nach hinten, um sich zu vergewissern, dass das Tier noch lebte. Dann warf er einen drohenden Blick auf seinen Beifahrer. Der hielt sich noch immer den Kopf und bemerkte den aufziehenden Sturm nicht.

Van Dam setzte den Blinker und überfuhr nun selbst zwei Spuren, um die nächste Abfahrt noch zu erwischen. Nach der Mautstelle fuhr er schweigend weiter, einen Kreisel, noch einen, dann in eine Industriestraße und hielt an. «Wo ist der Hund, Mathieu?»

Obwohl die Stimme des großen Mannes ruhig klang, bekam Lafitte eine Gänsehaut. «Ich habe ihn dort gelassen, Willem. War besser so, glaub mir. Er war sowieso schon fast tot, hat sich kaum noch gerührt.»

Van Dam stieg aus, ging mit langen Schritten um den Mercedes herum, holte seinen Beifahrer aus dem Wagen und schmierte ihm links und rechts eine. «Bist du völlig irre?», schrie er. «Wie kommst du dazu, meinen Hund zurückzulassen?»

«Er war nicht dein Hund», begehrte Lafitte auf. «Du hast ihn geklaut. Er war todkrank und hat uns das Auto vollgekotzt und vollgeschissen. Ich hatte es satt, das Auto und deinen blöden Köter zu putzen. Ich weiß sowieso nicht, was du an dem Vieh gefunden hast.»

«Das geht dich einen Scheißdreck an», röhrte jetzt der Dicke und packte seinen Partner am Hals. «Was hast du Idiot mit ihm gemacht?»

Lafitte riss sich los. Sein Kopf brummte immer noch vom Aufprall auf die Windschutzscheibe und von den Ohrfeigen. «Ich habe ihn bei der Tankstelle angebunden. Vielleicht ist er schon krepiert. Oder jemand hat ihn mitgenommen. Lass mich gefälligst in Ruhe.»

«Verdammte Scheiße!», brüllte Van Dam und trat wütend gegen die Reifen des Mercedes. «Steig ein, du Volltrottel, und zwar dalli! Wir fahren zurück. Und wehe dir, wenn der Hund nicht mehr da ist!»

Kapitel 6

Silvan befand sich in einer merkwürdigen Gemüts-
verfassung. Trotz seiner Angst und seinem Ärger über
Kim, fühlte er einen tiefen Frieden, während die allmählich sanfter werdende französische Landschaft an ihm
vorüberhuschte. Seine rechte Hand ruhte entspannt auf
seinem Oberschenkel, mit zwei Fingern der Linken hielt
er das Lenkrad.

Sie waren gut vorangekommen. Außer einem kurzen
Halt – das Bier war keine so gute Idee gewesen - hatten
sie die Fahrt nie unterbrochen.

Er warf einen Blick nach rechts und schmunzelte.
Soeben öffnete seine Beifahrerin wieder die Augen. Sie
rieb sich über das rosig angehauchte Gesicht und blinzelte gegen die Nachmittagssonne.

«Vielleicht solltest du öfters mal in der Nacht schlafen», schlug Silvan lächelnd vor.

«Ja, vermutlich.» Verschlafen rieb sie sich die Augen
und reckte sich, soweit es der Sicherheitsgurt zuließ.
Dann musterte sie die veränderte Umgebung. «Wo sind
wir überhaupt?»

«Bei Valence.»

«So lange habe ich geschlafen?»

«Oh ja, das hast du.»

«Hat sich mein Tablet inzwischen gemeldet?»

«Nein.» Seine Euphorie verflog. «Glaubst du überhaupt, dass sich noch jemand meldet? Die Leute, von

denen wir Hilfe erwarten, sitzen am Steuer ihres Autos. Die werden kaum in ihr Tablet schauen.»

Sie streckte sich erneut ausgiebig. «Nein, werden sie nicht.» Sie lachte. «Aber ihre jugendlichen Beifahrer.»

«??»

«Medienpsychologie. Junge Menschen leben heutzutage in einer vernetzten digitalen Welt. Sind sie nicht verbunden, fühlen sie sich vom Leben abgeschnitten. Sie können gar nicht anders, als sich immer wieder einzuloggen.»

«Mag sein.» Er konnte seine Skepsis nicht verbergen. «Aber ich habe darüber nachgedacht. Es wäre ein Riesenzufall, wenn jemand aufgrund deines Aufrufs unseren Hund finden würde.»

Carla zuckte die Schultern. «Es gibt Philosophen, die halten das ganze Leben für eine pausenlose Aneinanderreihung von Zufällen.» Sie bückte sich nach ihrem Tablet. Das Gerät schien im Rucksack festzustecken, denn sie fauchte ungeduldig: «Na los, komm schon!»

Das schien ein potenter Zauberspruch zu sein, der mit dem bereits bekannten Knarzen beantwortet wurde. «Oh!» Carla beugte sich über das Gerät und las die eingegangene Meldung. «Du glaubst nicht an Zufälle? Lustig. Wir haben nämlich möglicherweise gerade den Hund gefunden.»

«Wirklich? Wo? Und das Auto?», fragte Silvan aufgeregt.

«Wird nicht erwähnt.» Sie überflog die Meldung. «Es

sieht so aus, als hätten die Diebe den Hund ausgesetzt. Miese Ratten!» Sie begann frenetisch zu tippen.

Silvan stöhnte. Damit war Kims schlimmste Befürchtung eingetroffen. «Wo ist der Hund? Und ist es wirklich Whisky?»

«Scheint so. Er wurde von einer Familie aus Paris gefunden, sie haben ein Bild gepostet.»

«Zeig mal!»

«Vergiss es! Du fährst jetzt. Wir schauen selbst nach, es ist nicht weit. Ich schreib der Familie, dass wir in ein paar Minuten da sind.»

«In ein paar Minuten? Wo sind die denn?»

«Die nächste Aire de Service. Wir sind gerade an der Hinweistafel vorbeigefahren, zehn Kilometer.»

«Okay.» Er klang sehr unbehaglich.

«Was ist?»

«Was machen wir, wenn die Gangster noch dort sind?»

«Wie ich schon sagte, der Wagen wird gar nicht erwähnt. Der Hund wurde neben dem Shop angebunden aufgefunden. - Was für ein Glück, dass wir deinen Pipihalt eingeschoben haben, sonst wären wir vielleicht schon daran vorbei.»

Silvan überlegte, ob er vielleicht doch die Waffe hätte mitnehmen sollen. Blödsinn, wies er sich selbst zurecht. Er konnte doch keine Schießerei anfangen. Nicht jetzt, nicht hier in Frankreich und überhaupt. «Ich fahre auf jeden Fall zuerst einmal rund um den

Parkplatz. Wenn der Mercedes noch dort steht, rufe ich die Polizei, egal, was meine Tante davon hält.»

«Gute Idee. – Und jetzt, mach nicht so ein Gesicht.» Er hörte ihrer Stimme an, dass sie lächelte. «Whisky wird sich freuen, dich zu sehen.»

«Whisky kennt mich nicht.»

«Er – kennt dich nicht?», fragte sie schwach.

«Nein. Er ist ein Jahr alt, und ich war zwei Jahre nicht zu Hause.»

«Du warst zwei Jahre nicht zu Hause? - Silvan Rochat, ich glaube wir müssen uns wirklich einmal unterhalten.»

«Worüber?»

«Ich dachte, du magst deine Tante?»

«Tu ich ja. Ich ertrage sie bloß nicht. Jedenfalls nicht seit meiner Scheidung.»

«Seit deiner Scheidung? Was weiß ich sonst noch nicht von dir?»

Er schmunzelte: «Eine ganze Menge, wir kennen uns schließlich erst seit ein paar Stunden.»

«Wirklich? Es kommt mir viel länger vor.» Das Gefühl hatte Silvan auch. «Du warst also verheiratet?»

«Jep, das kommt im Allgemeinen vor der Scheidung.»

«Wie lange?»

«Drei Jahre», antwortete er. Seine Ehe war das Letzte, was er mit Carla diskutieren wollte. Leider schien sie aber genau auf dieses Thema abzufahren.

«Warum seid ihr geschieden?»

«Bist du immer so neugierig?», fragte er amüsiert.

«Nein», erwiderte sie ernsthaft. «Nur bei Leuten, die mich interessieren.»

Das gefiel ihm. «Ich interessiere dich also?»

«Unbedingt», erklärte sie entschieden. «Erzähl mir alles von dir!»

«Meinetwegen, du neugierige Seele, aber nicht jetzt. Wir sind gleich da. Pack dein Tablet weg.»

Er bog zur Raststätte ein und drehte eine langsame Runde über den Parkplatz. Außer einem neueren E-Klasse Cabriolet war kein weißer Mercedes zu sehen, weder mit noch ohne Tiger auf den Türen. Erleichtert fuhr er weiter zum Shop und parkte ein.

Carla hielt ihn zurück, als er aussteigen wollte. «Hey, warte! Wenn Whisky dich nicht kennt, wie willst du beweisen, dass er dein Hund ist?»

«Ist er ja genau genommen nicht. Ich habe Fotos von ihm, das genügt hoffentlich.» Er stieg aus und sah sich um. «Dort drüben.»

Neben dem Shop wartete eine Familie, Vater, Mutter, Sohn im Kindergarten- oder frühen Schulalter, Teenie-Tochter mit langen blonden Haaren neben einem schmutzigen Bündel, das auf den ersten Blick kaum als Hund erkennbar war. Das Tier lag auf der Seite, atmete schwach und leckte sich pausenlos die Lefzen. Neben ihm stand unbeachtet eine Schale Wasser. Ein Windstoß fuhr soeben über die Familie, die Mutter zog fröstelnd ihre dünne Jacke enger und der Junge hatte sich die Kapuze seines Pullovers übergezogen.

«Caroline Blanc», stellte sich das Mädchen vor und erwiderte scheu Carlas Händedruck. Es schien den Wind nicht zu bemerken. «Wir haben ihm Wasser gegeben.»

Silvan begrüßte die Eltern und bedankte sich für ihre Aufmerksamkeit und für die Geduld, mit der sie auf ihn gewartet hatten.

«Keine Ursache. Die kleine Pause hat uns gutgetan, und meine Tochter kann sowieso kein armes Tier sich selbst überlassen.» Die Miene des Vaters schwankte zwischen Stolz und Verzweiflung.

«Caro will Tierärztin werden», warf der kleine Bruder ein.

«Aha.» Silvan strich dem Jungen lächelnd über den Kopf, während er sich noch einmal nach Kims Mercedes umsah.

Monsieur Blanc war seinem Blick gefolgt. «Wir haben uns auch schon nach dem Wagen umgeschaut. Er ist nicht hier.»

«Seien Sie froh», erklärte Silvan düster und erleichtert. «Diese Männer sind sehr gefährlich.» Er bückte sich und sagte sanft: «Hallo Whisky.»

Der Hund stellte das linke Ohr auf, rührte sich aber sonst nicht. Silvan streckte die Hand aus, erzielte aber erneut keine Reaktion.

Caroline beobachtete ihn misstrauisch. «Sind Sie

sicher, dass das Ihr Hund ist?»

«Er ist der Hund meiner Tante», stellte Silvan richtig. Er zückte sein iPhone und hielt es dem Mädchen hin. «Hier sind noch mehr Fotos. Und auf jedem trägt er die Whisky-Flasche, siehst du? Ja, ich bin sicher, dass er es ist. – Carla, holst du bitte Whiskys Sachen aus dem Auto?»

Sie legte Whiskys Decke neben den Hund. Dessen Nase arbeitete heftig, dann stand er zitternd auf, ließ sich auf seine Decke fallen und wedelte einmal schwach.

«Hallo, mein Freund», sagte Silvan noch einmal. «Willkommen zu Hause.» Der Hund machte sich so klein wie möglich. Er schien nie wieder aufstehen zu wollen. Carla rieb sein nasses Fell sanft mit dem Tuch ab und sah Caroline an.

Die lächelte plötzlich. «Auf jeden Fall scheint es der Hund zu sein, dem diese Decke gehört, nicht wahr?»

Die paar Schritte hatten den Hund offensichtlich sehr angestrengt. Zitternd und mit geschlossenen Augen lag er da. Carla legte das Tuch über ihn, um ihn zu wärmen. In ihren Augen glomm stummer Zorn.

Silvan wandte sich wieder den Blancs zu. «Wir sind Ihnen sehr zu Dank verpflichtet. Meine Tante wird sich bestimmt gerne erkenntlich zeigen. Wenn Sie mir Ihre Adresse geben wollen, wird sie sich bei Ihnen melden.»

Caroline öffnete den Mund, aber ihr Vater hielt sie zurück. «Das ist nicht nötig», erklärte er höflich, aber bestimmt. «Und vergeben Sie mir, aber meine Tochter wird unsere Adresse nicht einem völlig Fremden anvertrauen.»

«Das verstehe ich selbstverständlich», erklärte Silvan zögernd. «Aber ...»

«Warte!» Carla wühlte in ihrem scheinbar unermesslich tiefen Rucksack, bis sie ihr Portemonnaie fand. Sie kramte darin herum und reichte Caroline fünf Zwanzigeuroscheine.

Sie zögerte und sah ihren Vater an, der den Kopf schüttelte. «Danke, das ist nicht nötig», meinte Caroline bedauernd. «Und von einer Belohnung war keine Rede.»

«Nimm es ruhig.» Silvan lächelte. «Kauf dir was Schönes. Wir sind dir wirklich zu großem Dank verpflichtet.»

«Papa? Maman?» Caroline sah bittend ihre Eltern an. Auf den Wochenmärkten des Südens konnte sie sich dafür ein paar hübsche Sachen kaufen.

Die Blicke der Eltern trafen sich. Schließlich nickte der Vater, und Caroline nahm das Geld strahlend in Empfang.

«Ist das ein magischer Rucksack oder hast du immer ein Bündel Euroscheine dabei?», fragte Silvan, als sie wieder allein waren.

«Nein, die habe ich in Genf besorgt. Ich schicke dir die Rechnung.»

«Nicht nötig, meine Brieftasche ist im Wagen.»

«Schon gut, es eilt nicht. Armer kleiner Kerl!» Sie

167

bückte sich und streichelte den Hund erneut. Der verkroch sich noch tiefer in die Decke.

«Schon gut, du darfst da drinbleiben.» Silvan packte den Hund gut ein und hob ihn hoch.

Carla musterte Whisky besorgt. «Es geht ihm sehr schlecht, Silvan, er muss zum Tierarzt. Vielleicht weiß jemand vom Personal, wo wir hier einen finden.»

Eine Kassiererin im Shop gab ihnen eine Wegbeschreibung zum nächsten Tierarzt. Es war nicht weit. «Pauvre!», sagte sie mitleidig. «Armer kleiner Kerl.»

«Halt ihn mal.» Silvan reichte das nasse Bündel an Carla weiter, die dabei etwas in die Knie ging. «Ich muss telefonieren. Vielleicht gibt Kim diese unsinnige Jagd auf, wenn sie erfährt, dass wenigstens Whisky wieder da ist.»

Er gab Sascha eine kurze Zusammenfassung der Ereignisse durch und fragte dann wenig hoffnungsvoll: «Sollen wir hier irgendwo auf euch warten? Wir können dann zusammen zurückfahren.»

«Das geht jetzt nicht», antwortete Sascha matt.

«Warum nicht?»

«Sie will ihren Mercedes nicht aus den Augen verlieren.»

«Hält sie das für eine ihrer brillanteren Ideen?», fragte Silvan gespielt milde, während sich sein schon ziemlich geprüfter Herzmuskel unter einem neuen Adrenalinstoß zusammenzog.

«Wir hatten ihn schon beinahe», sagte Sascha

entschuldigend.

«Hör zu, es ist mir verdammt egal, wie nahe ihr dem Mercedes schon wart. Gib mir sofort Kim!»

«Das geht jetzt nicht, sie fährt, und das schneller als mir lieb ist.»

Silvan hörte Kims Stimme im Hintergrund. «Mit wem spricht sie da eigentlich?»

«Mit Oscar.»

«Wer ist Oscar?»

«Wir haben ihn an einer Tankstelle mitgenommen. Er ist …»

Silvans Stimme schwoll gefährlich an, ebenso wie die Adern an seinen Schläfen. «Ihr habt WAS? – Seid ihr bescheuert? – Ich ziehe meine Frage zurück. Ihr seid definitiv total bekloppt! Seit wann nimmt Kim Anhalter mit?»

«Oscar ist ein Zeuge», erklärte Sascha lahm.

«Geht's noch? Ihr seid doch nicht die Polizei. Und dieser Typ ist kein Zeuge, sondern ein hoffentlich harmloser Zeitgenosse, der bloß auf Kims Kosten reisen will.»

«Hör mal, wir wollen die Ganoven ja nicht festnehmen. Kim hat die Zweitschlüssel dabei. Sie will nur sicherstellen, dass ihr Wagen nicht in irgendeinem Kanal landet. Sobald sich eine Gelegenheit bietet, will sie ihn sich zurückholen. – Nicht meine Idee!», setzte er defensiv hinzu.

«Ihr wisst ja gar nicht, wo die hinwollen.»

«Doch, das wissen wir wohl. Ihr Ziel ist das Riesenrad am alten Hafen von Marseille. Das hat Oscar gehört.»

«Schon wieder Oscar! Ihr spinnt doch! Falls ihr es vergessen habt: Das sind Mörder!» Ein Blick in die Runde zeigte Silvan, dass ihm die volle Aufmerksamkeit aller Anwesenden gehörte. Er wandte sich ab, um den neugierigen Blicken zu entgehen.

«Na, ich weiß das doch», versetzte Sascha jetzt ärgerlich. «Aber ich habe ja hier nichts zu melden.»

Silvan stellte sich Sascha vor, wie er einen vorwurfsvollen Blick auf Kim richtete, der seine Wirkung selbstverständlich völlig verfehlte. Er nahm sich etwas zurück.

«Sie lässt sich wohl nicht davon abbringen, oder?», fragte er deprimiert.

«Du sagst es, Bruder.»

Silvan seufzte. «Gut, wir kommen auch dahin. Marseille, Vieux Port, beim Riesenrad. Ihr macht dort keinen Blödsinn und wartet auf mich! Verstanden? Ja?»

«Ja, soweit es in meiner, notabene, sehr beschränkten Macht steht.»

«Noch besser wäre es, du könntest sie überreden, das ganze blöde Unternehmen abzubrechen.»

«Träum weiter! Aber ich kann's ja noch mal versuchen. Tschüss!» Sascha unterbrach die Verbindung. Silvan fluchte leise.

«Hast du deine Tante erreicht?», fragte Carla.

«Nur Sascha, sie fährt gerade.»

«Und?»

«Du hast es ja gehört. Ich habe ihm vorgeschlagen, sie von ihrer verrückten Idee abzubringen.» Silvan kochte immer noch. Warum musste ausgerechnet er mit einer komplett durchgeknallten Tante gestraft sein?

«Und wie stehen die Chancen?»

«Falls Sascha es überhaupt versucht, was ich bezweifle, achtundneunzig zu zwei. Dagegen. Eigentlich gehört Kim ins Irrenhaus. Wir sollen uns am Vieux Port in Marseille treffen.»

Sie nahm es gelassen. «Schön, fahren wir eben nach Marseille. Ich wollte schon immer einmal den alten Hafen sehen.» Sie reichte ihm das schwere nasse Bündel Hund zurück. «Geh mit Whisky schon vor, ich hole noch ein paar Sachen für unterwegs.»

Es dauerte nicht lange. Silvan spähte in die Plastiktüte hinein, die sie ihm entgegenhielt. Sie enthielt eine Flasche stilles Mineralwasser, ein Paket Plastikteller, eine Dose Hundefutter und etwas Schokolade. «Für Whisky», erklärte sie. «Außer der Schokolade natürlich.»

«Denkst du immer an alles?»

«Nun, ich versuche es auf jeden Fall.» Sie verstaute die Tüte im Kofferraum und stieg ein. «Ich bin ein sehr praktisch veranlagter Mensch.»

«Ja, das sehe ich.» Er schloss die Tür hinter ihr und

stieg selber ein. «Also, los. Fahren wir zum Tierarzt.»

Die Praxis von Doktor Pascot war dank der Beschreibung der Kassiererin wirklich leicht zu finden. Sie hatten Glück, er wurde noch bei einem kranken Pferd erwartet und wollte die Praxis eben schließen.

«Schon ohne große Untersuchung kann ich Ihnen sagen, dass dem Hund speiübel ist. Was hat er gefressen?»

«Das wissen wir nicht.» Silvan erklärte kurz die Situation.

«Ich verstehe.» Doktor Pascot ließ mit keinem Wort erkennen, was er von der Geschichte hielt. Er bereitete eine Infusion vor und zog eine Spritze auf. «Wenn Sie ihn bitte halten würden.»

Der Tierarzt hob die Haut über den Schultern des Hundes und steckte die Infusionsnadel. «Ich spritze ihm jetzt ein Mittel gegen Erbrechen und Durchfall und ersetze mit der Infusion den Wasserverlust. Danach wird er sich schnell erholen.»

Carla nahm seinen Platz neben Whisky ein, weil ein Anruf einging. Es war Sascha, der im Auftrag von Kim wissen wollte, wie es ihrem Hund ging. Sie führten ein kurzes Gespräch, das schließlich abrupt abbracht.

«Sascha? Sascha!» Frustriert starrte Silvan auf sein stummes Telefon. «Verdammt, die Verbindung ist unterbrochen!»

Whisky lag inzwischen ganz still auf dem Tisch und atmete ruhig und gelöst. Der Tierarzt deckte ihn wieder mit dem Tuch zu. «Es geht ihm schon besser. Sein Magen war sowieso schon leer und die Spritze gegen die Übelkeit wirkt rasch. Sobald die Infusion durchgelaufen ist, können Sie ihn wieder mitnehmen. Ich habe der Infusion noch ein leichtes Beruhigungsmittel zugegeben, damit er entspannt bleibt. Wahrscheinlich wird er dann einige Stunden schlafen. Danach sollte er eine Kleinigkeit fressen. Ich gebe Ihnen Antibiotika für fünf Tage und eine Büchse Spezialnahrung mit. Davon darf er heute maximal die Hälfte fressen. Den Rest geben Sie ihm morgen. Danach sollte er wieder ganz der Alte sein.»

Eine halbe Stunde später verließen sie um fünfundsiebzig Euro erleichtert die Veterinärpraxis. Als sie wenige Minuten später wieder auf der Autobahn Richtung Marseille unterwegs waren, lag der Whisky im Tiefschlaf zusammengerollt auf dem Rücksitz.

Kim empfing eine nonverbale Botschaft, begleitet von einem tiefen Seufzer. Sie brauchte nicht nach dem Grund zu fragen. «Ist er sehr sauer?»

Sascha dachte an die schöne große Stadtwohnung. Sein Verbleib dort hing stark davon ab, dass Silvan zufrieden war - so zufrieden wie nur möglich. «Was denkst du denn?», fragte er unglücklich. Im Moment war er so gut wie obdachlos.

«Er beruhigt sich schon wieder, das tut er immer. Vertrau mir.» Kim lächelte ihm über die Schulter

173

beruhigend zu, was ihn zu einem empörten Aufschrei veranlasste.

«Schau nach vorne!»

Das kleine Intermezzo kostete sie eine wichtige Erkenntnis: Auf der Gegenfahrbahn raste in diesem Moment ihr Mercedes an ihnen vorbei, zurück nach Norden.

Silvan fühlte sich in Gegenwart seiner jungen Beifahrerin immer wohler. Er mochte ihr Lächeln, das in ihren Augen begann und sich über ihr hübsches Gesicht ausbreitete. Während er fuhr, konnte er das zwar nicht sehen, aber er hörte es ihrer Stimme an.

Carla quetschte ihn gnadenlos aus, und er ließ es sich gerne gefallen. Zum ersten Mal seit zwei Jahren sprach er offen über sein Leben, seine Vergangenheit und sogar über seine Ehe. Es schmerzte nicht einmal mehr, über Nicole zu reden. und die empfohlene Psychotherapie konnte sich sein Freund Rolf sonst wohin stecken.

Whisky schlief auf der Rückbank tief und fest. Seit sie losgefahren waren, hatte er sich nicht mehr gerührt.

Von dem schönen Maitag war inzwischen nichts mehr zu sehen. Obwohl erst Nachmittag, war es fast dunkel, und es regnete stärker. Carla erzählte eben von ihrem Studentenleben, da streckte Silvan die Hand aus, und sie unterbrach sich mitten im Satz.

«… ist es zu Überschwemmungen gekommen, die rechte Fahrspur ist nicht befahrbar», meldete die

Radiostimme gleichmütig.

«Wo?», fragte Carla.

«Das habe ich nicht mitbekommen.» Wieder hob er die Hand, und sie lauschten weiter.

«Außerdem auf der A7, Fahrtrichtung Süden, zwischen Bollène und Orange Nord, nach Unfall mit einem Reisebus und mehreren Personenwagen zwölf Kilometer Stau. Fahren Sie vorsichtig und kommen Sie gut an Ihr Ziel.»

«Bollène?», fragte sie. «Müssen wir da durch?»

«Mist! Wir sind gerade eben an der Ausfahrt vorbeigefahren.»

Drei Kilometer später leuchteten die ersten Warnblinker und schon steckten sie fest. Silvan legte den ersten Gang ein, fuhr ein paar Meter und bremste wieder. Er streckte seinen Rücken durch und strich sich durch die Haare. «Nicht mein Tag», brummte er. «Normalerweise würde ich jetzt schimpfen und mit meinem Schicksal hadern.»

Wieder dieses Lächeln. «Und was ist heute anders?»

«Ich will unbedingt hören, wie diese verrückte Partynacht ausging.»

«Willst du nicht.»

«Doch, will ich. Ich schwöre.» Er hob theatralisch drei Finger.

Carla lachte und griff nach seiner Hand. Er hielt ihre Finger fest und beugte sich zu ihr, um sie sanft zu küssen. Sie schob ihn immer noch lachend von sich weg.

«Da, es geht weiter.»

Er sah nach vorn. «Nur ein paar Meter. Dann komm ich auf den Kuss zurück.»

«Keine leeren Drohungen!»

«Die jungen Leute haben aber gar nicht kriminell ausgesehen.» Die Kassiererin war entsetzt und fassungslos, als sie hörte, dass der arme kleine Bentley seinem Besitzer aus dem Auto gestohlen worden war. «Nun ja, es waren Ausländer, da weiß man ja nie.»

Van Dam verzichtete darauf, die Dame darauf aufmerksam zu machen, dass er auch zu dieser suspekten Menschengruppe gehörte, und zuckte die Schultern. «Madame, es gibt so viele schlechte Menschen auf der Welt.»

«Aber der kleine Hund war so krank. Die junge Frau fragte nach einem Tierarzt.»

«Ja, der arme Bentley leidet an einer Magenverstimmung. Er hat im Garten meines Cousins Oleander genascht.» Er deutete auf seinen Kumpan, der schweigend danebenstand. «Der Hund ist noch jung, immer will er alles Mögliche fressen. Wir wollten ihn gerade zum Tierarzt bringen. Als wir dort ankamen, war der Kleine nicht mehr im Auto.»

«Wie schrecklich. Es tut mir so leid, Messieurs.»

«Das konnten Sie doch nicht ahnen, Madame», erwiderte der Belgier glatt. «Konnten Sie denn diesen Leuten helfen mit einem Tierarzt?»

176

«Oh ja», antwortete die Frau aufgeregt. «Ich habe sie zu Dr. Pascot geschickt, dem Tierarzt, der meine Katze betreut. Er ist so ein guter Tierarzt, immer freundlich mit den Tieren. Meine Katze geht sogar gerne hin, stellen Sie sich das vor. Als sie einmal ...»

«Madame, bitte», unterbrach Van Dam ihren Redefluss. «Wo finden wir den Tierarzt?»

«Oh, natürlich, entschuldigen Sie. Nächste Ausfahrt, nach der Mautstelle geradeaus, die erste Ausfahrt am 2. Kreisel, das grüne Haus auf der linken Seite.»

«Vielen Dank, Madame, dann werden wir uns beim Tierarzt erkundigen. Vielleicht sind sie ja noch dort, wo es dem armen Bentley doch so schlecht ging.»

«Ich wünsche Ihnen Glück bei der Suche, Messieurs. Einen schönen Tag noch.»

Die beiden waren schon fast draußen, als die Frau ihnen noch nachrief: «Da fällt mir noch etwas ein. Sie wollten zum Alten Hafen in Marseille.»

Van Dam drehte sich abrupt um. «Wie bitte?»

«Der junge Mann hat in einer Sprache telefoniert, die ich nicht verstand, Deutsch oder Holländisch, oder vielleicht Schwedisch, aber er hat ganz deutlich mehrmals Marseille und den Vieux Port erwähnt. Mit der jungen Dame hat er französisch gesprochen, sie haben ebenfalls erwähnt, dass sie dahin wollen.»

Die beiden Gangster brauchten ein paar Sekunden, um das zu verdauen. Dann fragte Van Dam: «Haben Sie vielleicht das Auto der jungen Leute gesehen?»

«Eine blaue Limousine, deutsch», überlegte sie. «Vielleicht ein Audi oder BMW.» Das Kennzeichen hatte sie nicht gesehen.

«Schon gut. Danke, Madame, Sie haben uns sehr geholfen.»

Wieder im Auto sagte Lafitte: «Hältst du das für einen Zufall?»

«Was denn sonst?»

«Wir sind auf dem Weg dorthin, und die Leute, die deinen Hund mitgenommen haben, fahren ausgerechnet nach Marseille an den Vieux Port?»

«Na und? Da fahren viele Leute hin.»

«Vielleicht sind sie uns gefolgt?» Der kleine Mann suchte die Gegend misstrauisch mit den Augen ab. Niemand schien sich für sie zu interessieren, kein Auto folgte ihnen.

«Nun fang nicht noch an zu spinnen, wie sollte das denn gehen?»

«Keine Ahnung, aber mir gefällt das nicht.»

«Mir gefällt auch vieles nicht.» Van Dam hatte genug von dem Thema. Er fuhr los und suchte den Weg zurück zur Autobahn.

«Irgendwie ist heute nicht unser Tag», lamentierte Lafitte.

«Daran bist du nicht unschuldig. Hättest du den Hund nicht zurückgelassen, dann wären wir jetzt schon beinahe am Ziel.»

«Dann los, tritt auf die Tube, damit wir hinkommen.»

«Nein, erst schauen wir beim Tierarzt vorbei. Vielleicht sind sie noch dort, wenn es Bentley wirklich so schlecht gegangen ist, wie du behauptest.»

«Und was willst du tun, wenn sie noch dort sind?»

Der Dicke lachte. «Wir werden uns artig bedanken. War doch nett, dass sie unseren Hund zum Tierarzt gebracht haben.»

«Und wenn sie fragen, weshalb wir ihn zurückgelassen haben?»

«Dann sage ich die Wahrheit, dass ich dachte, dass du ihn ins Auto gebracht hast.»

«Ach so! Und ich dachte, dass *du* ihn ...?», begriff Lafitte, hatte aber einen Einwand: «Und wenn es die Besitzer sind?»

«Jetzt hör schon auf damit!» Van Dam wurde allmählich ärgerlich. «Das ist unmöglich.»

Die Tierarztpraxis war leicht zu finden. Aber auf ihr Klingeln öffnete niemand. Die Praxis war geschlossen, das Haus verwaist.

«Ich schalte mal den Verkehrsfunk ein. Dann wissen wir wenigstens, was abgeht», sagte Lafitte, als sie wieder auf der Autobahn gegen Süden fuhren.

«Sieh an, du hast ja auch gute Ideen», versetzte Van Dam bissig. Sein Partner zog es vor, nicht auf diese Bosheit zu antworten. Wenige Minuten später las der Moderator des Senders geschäftsmäßig die Verkehrsmeldungen zur vollen Stunde vor.

«Unfall zwischen Bollène und Orange Nord?», fragte

der Belgier. «Wann sind wir da?»

«Zwanzig Minuten, normalerweise. Und hast du gehört? Überschwemmung bei Salon de Provence. Das steht uns auch noch bevor.»

Van Dam nahm den Fuß vom Gas, als wenige Kilometer vor der Ausfahrt Orange Nord die Warnblinker der vor ihnen fahrenden Fahrzeuge aufleuchteten. Der Verkehr bewegte sich nur noch schleppend bis zur Unfallstelle, wo es überall blau und gelb blinkte von Ambulanzen, Polizei- und Abschlepp-Fahrzeugen. Polizisten leiteten den Verkehr an einem quer stehenden Reisebus vorbei über den Seitenstreifen. Gleich darauf hatten sie wieder freie Fahrt.

«Glück gehabt», brummte Van Dam. «Das hätte leicht länger dauern können.»

«Ja. Ich glaube, die haben die Unfallstelle eben erst geräumt.»

Wie zur Bestätigung kam die Meldung im Radio, dass der Verkehr bei Orange von der Polizei nun einspurig über den Seitenstreifen geleitet werde. Der Sprecher bat um Geduld und vorsichtige Fahrweise.

Ihre Freude war kurz, wenig später standen sie erneut im Stau. Die Autos auf den beiden Fahrspuren bewegten sich parallel aneinander vorbei, einmal war die linke Kolonne schneller, dann wieder die rechte.

Auf einmal deutete Lafitte nach vorne und rief aufgeregt: «Da, eine blaue Limousine.»

«Wo?»

«Dort, auf der linken Spur. Jetzt fährt er gerade wieder vor.»

«Reg dich ab, Mathieu, es gibt viele blaue Limousinen auf Erden. Das können sie gar nicht sein.»

«Können sie wohl, Willem. Wir wissen weder, wie lange sie beim Tierarzt waren, noch wie lange sie im Stau standen. Und wir sind erstaunlich gut durchgekommen.»

Van Dams Blick wurde nachdenklich. Lafitte hatte nicht ganz unrecht. Trotzdem war es höchst unwahrscheinlich.

Als sich die rechte Kolonne vorwärts schob, während die linke stillstand, spähte er trotzdem gespannt nach vorne. Sie kamen bis auf fünf Fahrzeuge an den blauen Audi heran, dann stockte die rechte Kolonne und die linke bewegte sich wieder. Der Belgier brummte frustriert.

Auch Silvan war es allmählich leid, in einer fast stehenden Kolonne zu stecken. Eben bewegte sich die linke Kolonne wieder ein paar Meter. Er schaffte es, in den zweiten Gang zu schalten, freute sich ein paar Sekunden lang und sah dann bereits wieder Bremslichter vor sich aufleuchten. Allmählich begannen sein Rücken und seine Beine zu schmerzen.

Carla holte ihr Tablet hervor und begann zu tippen.

«Was tust du?», fragte er und rieb sich über die müden Augen.

«Mal sehen, ob ich etwas über die Staulänge heraus-finde.» Sie murmelte etwas von «A7, Salon» und «Ah, ja.»

«Ich hoffe, du hast gute Nachrichten.» Draußen strömte immer noch der Regen nieder.

«Ich glaube ja», sagte Carla. «Die Überschwemmung ist direkt nach der Ausfahrt Salon Nord. Gemäß dem Navi sind wir gleich dort. Wenn wir das überschwemmte Stück passiert haben, löst sich der Stau auf.»

Das klang erfreulich. Aber was auf dem Navigations-gerät nach «gleich dort» aussah, erwies sich als zähe Sa-che, denn die zwei Kolonnen mussten sich noch auf eine verringern.

Während er langsam weiterrollte, sagte sie plötzlich: «Ich habe noch eine gute Nachricht für dich.»

«Lass hören.»

«Ich habe das Regenradar vor mir. Wir haben das Schlechtwettergebiet bald hinter uns. In Marseille ist das Wetter trocken und kaum bewölkt.»

«Das ist die zweitbeste Nachricht des Tages.»

«Nur die Zweitbeste? Was ist dann die beste Nach-richt des Tages?»

«Eine, die leider nicht eintreffen wird», erklärte er düster. «Nämlich, dass Sascha anruft, um mir mitzutei-len, dass Kim aufgibt, und wir alle nach Hause fahren können.»

Sein iPhone meldete sich. Carla lachte: «Vielleicht

geschieht das ja genau jetzt.»

Er presste den Knopf der Freisprechanlage und brummte: «Sag, wovon träumst du eigentlich nachts? U-Boot Berner Bär 123322 hier, wir hören.» Er fing Carlas amüsierten Blick auf und grinste. «Hallo Sascha, was gibt's? Nein, deine Träume interessieren mich nicht im Geringsten.» Aus dem Augenwinkel sah er, wie sie sich vor unterdrücktem Lachen krümmte. «Ihr seid da? Okay. Wo habt ihr den Wagen abgestellt? Wo ist das? Opéra? Okay, mal schauen, ob das Navi das Parkhaus findet. Wir stecken bei Salon de Provence im Stau. Ja, bis später, und seid bloß vorsichtig. Tschüss!»

Silvan beschleunigte erneut. «Hey Navigator, gib mal Marseille, Opéra ein. Dort soll es in der Nähe des Alten Hafens ein Parkhaus geben.»

«Du musst dich nicht zu sehr in deine Rolle als U-Boot Kapitän hineinsteigern», empfahl besagte Navigatorin grinsend und tat, was er verlangt hatte.

Fünfzig Meter voraus fädelte die rechte Kolonne in die linke ein, sie hatten das Hindernis erreicht.

Der ganze rechte Fahrstreifen stand unter Wasser. Es zischte und spritzte, als sie die überschwemmte Stelle passierten. Dann waren sie an der überfluteten Strecke vorbei. Bald darauf hörte es auf zu regnen, und Silvan las das Schild PEAGE de Lançon-Provence.

Carla hielt ihm die Kreditkarte hin, er stupfte sie in den Automaten und die Schranke öffnete sich vor ihnen. Er trat das Gaspedal durch und der Audi schoss vorwärts, Richtung Süden.

Hinter ihnen fluchte Lafitte frustriert. Als sie endlich den überschwemmten Straßenabschnitt passiert hatten, war von dem blauen Audi nichts mehr zu sehen.

Kapitel 7

Oscar brachte seine Schützlinge bis dorthin, wo die Canebière in den Alten Hafen mündete, und verabschiedete sich. Er wirkte leicht abwesend. Sein Kopf war bereits bei dem unerfreulichen Gespräch, das ihm mit seinem Sohn und seiner Ex-Frau bevorstand.

Zuvor hatten sie die Parkhäuser bei der Börse und beim Bahnhof Marseille St-Charles abgesucht, ebenso das Vinci Parking und das Opéra Parking, wo jetzt der Logan abgestellt war. Oscar hatte gehofft, den Mercedes irgendwo zu finden. Die Petits Suisses hätten dann einfach einsteigen und nach Hause fahren können. Doch ihre Suche war vergebens gewesen. Es beunruhigte Oscar, dass die beiden nun allein in Marseille nach ihrem gestohlenen Auto suchten.

Die Petits Suisses, wie er sie insgeheim nannte, gingen zügig in Richtung Riesenrad. Der schwule Junge, der den schwarzen Hund führte, wandte sich um und winkte ihm noch einmal zu. Oscar hob höflich die Hand und setzte den vertrauten Weg fort. Rémys Mutter bewohnte noch immer ihre frühere gemeinsame Wohnung an der Rue Grignan.

Er verdrängte die Gedanken an seine neuen Bekannten und klingelte am Haus Nummer 35 bei Valentin. Aus irgendeinem unerfindlichen Grund hatte Monique seinen Namen bei der Scheidung behalten. Vielleicht hatte ihr Mädchenname Garcia ihr nicht gefallen. Keine

Ahnung. Ihm war es egal. Er wollte schon ein zweites Mal klingeln, als der Türöffner summte. Er drückte gegen die massive hölzerne Tür und ging am Lift vorbei, die Treppe hoch in den zweiten Stock.

Monique war noch immer eine hübsche Frau, trotz ihrer fünfzig Jahre. Die Haare blond gefärbt, natürlich, aber die Figur war noch in Ordnung und ihr Gesicht wirkte faltenlos jugendlich. Botox, vielleicht.

«Was willst du hier, Oscar?» Ihre Stimme war tief und ein bisschen rauchig. Einst war er nach dieser Stimme verrückt gewesen.

«Du weißt genau, was ich will, Monique. Wo ist er?» Er schob sicherheitshalber den Fuß in die Tür, ehe sie sie schließen konnte, was sie soeben – zu spät – versuchte.

«Er ist nicht hier.» Sie erkannte ihren Fehler und änderte ihre Taktik. «Meinetwegen, komm herein».

Er betrat die gepflegte Wohnung und sah sich um. An der Garderobe hing eine ultramodische Männerjacke, wahrscheinlich Rémys, darunter standen Clogs in Männergröße. Oscar ging auf die nächstliegende Tür zu und öffnete sie.

«Hey!», protestierte Monique. «Raus aus meinem Schlafzimmer!»

Das tat er, nachdem er trotz ihres Protests einen Blick in ihren Kleiderschrank geworfen hatte. Nur Frauenkleider, sie lebte offenbar allein. «Wo ist er, Monique?»

186

Er öffnete die nächste Tür. Das Bad war leer und er machte weiter, schaute in das nächste Zimmer.

Monique kochte. «Ich sagte doch, er ist nicht hier.»

«Das habe ich verstanden. Ich will von dir wissen, wo er ist.»

«Er ist ausgegangen.»

«Wo ist er hin?»

«Er ist erwachsen, Oscar, ich weiß es nicht.»

Oscar öffnete zwei weitere Türen, fand aber niemanden. «Wann kommt er wieder?»

«Keine Ahnung.»

«Dann warte ich.» Er ging in den eleganten Salon und machte es sich auf dem Sofa bequem. «Du könntest mir inzwischen einen Kaffee und etwas zu essen anbieten.»

«Kommt nicht in Frage. Ich will, dass du sofort meine Wohnung wieder verlässt.»

«Nein, ich bleibe hier. Verdammt Monique, er hat mir alles geklaut, was ich besaß. Ich habe kein Geld, kein Auto, keine Kreditkarten, nichts mehr. Ich kann nirgendwo hingehen. Ich bleibe hier, bis er kommt.»

Sie wollte aufbegehren, doch dann zuckte sie die Schultern und wandte sich ab. «Schön, dann bleib. Du kriegst deinen Kaffee. Ich habe auch noch etwas Tarte Tatin, willst du?»

Er nickte stumm. Als sie in der Küche verschwand, ging er ihr vorsichtig nach. Aber sie machte keinen Versuch zu telefonieren, obwohl ihr Telefon auf der Anrichte lag. Sie machte nur Kaffee und schaufelte ein

Stück Kuchen auf einen Teller.

Etwas stimmte hier nicht, aber Oscar war hungrig und müde, und so sagte er erst einmal nichts.

Schließlich schob er Teller und Tasse von sich. «Das war gut, danke.»

Monique nickte stumm und machte Anstalten, das Geschirr wegzuräumen. Eine starke Hand um ihren Unterarm hinderte sie daran. Sie sah auf. «Lass mich los, Oscar!»

«Komm zur Sache, Monique! Wir wissen beide, dass er heute nicht wiederkommt. Wo ist er?»

«Ich werde dir gar nichts sagen», zischte sie. «Verschwinde, Oscar! Lass uns in Ruhe!»

«Rémy hat mich nicht in Ruhe gelassen», stellte Oscar richtig. «Du kannst doch nicht erwarten, dass ich ihn meine Rente und meine Ersparnisse einfach verprassen lasse.»

«Du wirst ihm wehtun.»

«Na, besser ich als andere.»

Sie erschrak. «Was?»

«Hat er das nicht erzählt?» Er lächelte hart. «Das wundert mich nicht. Wusstest du, dass er ein Spieler ist?» Sie wandte den Blick ab. «Ich nehme das mal als Ja. Er hat sich in Paris mit dem Falschen angelegt. Er schuldet einem zwielichtigen Buchmacher mit Verbindungen zur Mafia einen Haufen Geld. Wenn dessen Leute ihn erwischen, geht es ihm richtig schlecht.»

Monique war ein Bild des Schreckens. Sie saß

aufrecht mit weit aufgerissenen Augen da und hielt sich die Hand vor den Mund. «Mein armer Liebling!»

«Ich habe versucht, deinem armen Liebling zu helfen und ihm gegeben, was ich entbehren konnte. Es war ihm nicht genug. Wenn er wenigstens diesen Alberto damit bezahlt hätte, aber er musste ja mit der Kohle abhauen.»

«Wieso weißt du das alles?»

«Alberto hat mir einen seiner Vasallen auf den Hals geschickt.»

«Und der hat dir das alles erzählt und ist dann einfach wieder gegangen?» Monique glaubte ihm kein Wort.

«Nein. Er hat mir alles erzählt und ist wieder gegangen, nachdem ich ihm die Nase und ein paar Finger gebrochen hatte», stellte Oscar klar. «Ich habe ihm gesagt, falls sie ihn finden, sollen sie mir Bescheid geben, damit ich ihm selber das Genick brechen kann.»

«Oscar!»

«Wo ist er, Monique? Das ist kein Spaß! Wenn sie ihn vor mir finden, ergeht es ihm richtig schlecht.»

«Wirst du ihm helfen?»

«Ja. Nachdem ich ihm eine gescheuert habe.»

Schließlich sah er ein, dass er sich mäßigen musste, wollte er von Monique Rémys Aufenthaltsort erfahren. Und endlich rückte sie mit der Information heraus.

«Was tut er?» Oscar schrie beinahe. Er stand auf und ging zur Tür.

«Warte! Was hast du vor?»

«Ich helfe ihm, Monique, ein letztes Mal.»

«Danke.» Sie hatte tatsächlich Tränen in den Augen.

«Unter einer Bedingung: Du rufst ihn nicht an! Hast du verstanden? Wenn er verschwindet, bevor ich ihn gefunden habe, war alles umsonst. Dann kriegen ihn wahrscheinlich seine Wettgläubiger.»

Sie nickte zögernd. «Okay.»

«Gib mir dein Handy.»

«Nein, ich sagte okay.»

Er musterte sie einige Sekunden lang. In der Regel hielt Monique ihre Versprechen. «Also gut», gab er nach und ging.

Er war schon halb die Treppe hinunter, als ihm Monique nachrief: «Hey, wie willst du dahin kommen? Ich dachte, du hast kein Geld? Warte mal kurz.»

Als er das Haus verließ, war er gesättigt, aber immer noch müde. Er dachte darüber nach, wie er mit den achtzig Euro, die Monique entbehren konnte, möglichst weit kam. Sparsamkeit war angesagt, und er fasste einen Entschluss, von dem er vermutete, dass er ihn bald bereuen würde.

Oscar schlug den Weg zum Alten Hafen ein und beeilte sich dabei. Er wollte die Petits Suisses nicht verpassen.

Silvan und Carla betraten den Alten Hafen von Südosten her. Das Fährboot von der Ile d'If war gerade vor

Anker gegangen und spuckte jetzt eine Menge Menschen aus, die eifrig miteinander plauderten. An ein Durchkommen war im Moment nicht zu denken, und so blieben sie einfach stehen und ließen die Szenerie auf sich einwirken.

Die Sonne stand schon leicht westlich über dem rechteckigen Hafenbecken, in dem mehr als dreitausend Boote und Jachten vertäut lagen. Zum Meer hin schützten behäbige Mauern und Türme den Hafen. Vom Hügel über der Stadt grüßte die Notre Dame de la Garde.

Vor ihnen lag der große Platz mit dem verspiegelten Dach, das vielen Menschen Schatten spendete. Auf der gegenüberliegenden Seite des Hafens erhob sich das filigrane weiße Riesenrad. Insgesamt bot sich den beiden Betrachtern ein Bild von purer mediterraner Lebens- und Ferienfreude. Hier schienen die meisten Anwesenden über Zeit im Überfluss zu verfügen. Die hektische Großstadt fand nur am Rand des Hafens statt, dort wo Busse an der Haltestelle anhielten und Motorräder und Autos am Hafen vorbeifuhren.

Carla führte Whisky an der Leine. Der Hund hatte sich einigermaßen erholt. Er hatte mehrere Stunden geschlafen, eine halbe Büchse Hundefutter gegessen und Wasser getrunken. Er zitterte nicht mehr und schaute schon wieder unternehmungslustig in die Welt.

«Siehst du sie irgendwo?» Carla reckte den Hals und suchte nach einer älteren Dame, einem jungen Mann und einem Labrador.

Auch Silvan sah sich um. «Nein», sagte er. «Wahrscheinlich sind sie drüben in der Nähe des Riesenrads. Gehen wir hin?»

«Warte!» Sie sah sich lächelnd um. «Das will ich genießen. Können wir da vorne dem Meer entlang gehen?»

Hand in Hand gingen sie am Wasser entlang. Carla freute sich wie ein kleines Kind darüber, wie sich die Sonne in den kleinen Wellen spiegelte und Boote ein- und ausfuhren. Noch legten einzelne Pfützen vom Gewitter des Nachmittags Zeugnis ab, doch es war warm. Der Duft von Meer, von Blumen und würzigen mediterranen Gerichten lag in der Luft. Außerdem roch es nach Fisch.

Sie gingen plaudernd den Quai entlang, vorbei an vielen gut gelaunten Menschen. Silvan sog tief die laue Frühlingsluft ein. Sein Gehirn klinkte sich aus der Realität aus und entführte ihn in einen herrlichen Tagtraum. Er verbrachte ein wunderschönes Wochenende mit einem ebensolchen Mädchen in Marseille. Das Leben war wunderbar, so leicht und einfach. Und so vielversprechend.

Tagtraum beendet! Er war immer noch auf der Suche nach seiner liebenswerten, aber starrköpfigen Tante, die sich leider in etwas verrannt hatte. Der schöne Tag verlor einiges von seinem Reiz.

Kim saß auf dem warmen Boden, angelehnt an einen eisernen Kandelaber, und starrte träge über den Platz am alten Hafen, hinüber zur Notre Dame de la Garde. Hinter ihrem Rücken brauste der Großstadt-Verkehr vorbei.

Othellos schwerer Kopf ruhte auf ihrem linken Oberschenkel. Der Hund hatte sich an ihrer Seite eingedreht, nachdem er den Plastikteller Wasser geleert hatte, den sie ihm hingestellt hatte. Es war ein langer Tag gewesen. Kim wünschte sich, ebenfalls die Augen schließen zu können. Die stundenlange Fahrt durch Sturm und Regen forderte jetzt ihren Tribut.

Bald nach der Verzweigung nach Aix-en-Provence war das Wetter besser geworden, und der Himmel in Marseille war wolkenlos. Nur über der Festung St-Jean, die den Alten Hafen gegen das Meer abschloss, zogen in der Ferne kleine Wolken nach Südosten.

Nach ihrer Ankunft hatten sie zusammen mit Oscar vergeblich die größten Parkhäuser nach dem Mercedes abgesucht. Jetzt warteten sie auf die Autodiebe, um dann in der Umgebung erneut nach dem Wagen zu suchen. Sascha hatte nicht ganz unerwartet Einwände gegen diesen Plan angemeldet, die Kim ebenso erwartungsgemäß abgeschmettert hatte. Und so saß sie nun da und beobachtete den Platz.

Himmel, sie war so müde, aber sie durfte nicht einschlafen. Sie musste hier die Stellung halten. Oscar las inzwischen wahrscheinlich seinem missratenen Sohn die Leviten, und Sascha war auf der Suche nach etwas Essbarem. Erneut betrachtete sie die beiden Zeichnungen, die sie nach Oscars Beschreibung angefertigt hatte, und hoffte, die beiden Männer danach zu erkennen.

Sobald der Mercedes wieder in ihrem Besitz war, mussten sie ein Hotel suchen. Sascha konnte bestimmt etwas über das Internet organisieren. Sie sehnte sich nach einem bequemen Bett. Ihre Augen fielen zu.

Sie erwachte, als ein Schatten auf sie fiel, und Othello interessiert, aber entspannt den Kopf hob. Ohne die Augen zu öffnen, sagte Kim schläfrig: «Wenn du mir schon in der Sonne stehst, dann spende gefälligst auch etwas!»

Ihre Hand wies in Richtung des Plastik-Tellers, der als Hundenapf gedient hatte.

«Bettelst du also jetzt für deinen Lebensunterhalt? Zwei, drei, vier Euro und zwanzig, dreißig, vierzig, fünf-, sechsundvierzig Cents?» Sascha klang amüsiert. «Mehr hast du nicht bekommen? Da musst du noch schwer üben. Übrigens, ich dachte, ihr seid so reich?»

«Geld ist Geld.» Sie öffnete widerwillig die Augen. «Du warst lange weg. Was hast du dabei?»

«Pan Bagnats.» Er zeigte zwei lange gefüllte Brote, und Othello stand interessiert auf. «Nicht für dich, alter Junge. Für dich habe ich feines Hundefutter gekauft.»

«Gib ihm zuerst», ordnete Kim an. «Dann können wir in Ruhe essen. Vorausgesetzt, unsere Lieblingsgangster kreuzen nicht ausgerechnet dann auf.»

Sie steckte die Münzen ein und rieb den Plastikteller

mit einem Papiertaschentuch aus. Sascha öffnete unter Othellos gierigem Blick die Dose und schüttete ihren Inhalt in den Teller. Der Hund fiel darüber her und war fertig, noch bevor sie einen zweiten Bissen ihrer Brote zu sich nehmen konnten. Hoffnungsvoll setzte er sich hin und ließ sie nicht aus den Augen.

«Vergiss es!» Sascha wandte sich ab. Kim jedoch konnte dem hungrigen Blick nicht widerstehen und brach ein Stück des riesigen Sandwichs für Othello ab.

«So hört er nie auf zu betteln», brachte Sascha zwischen zwei Bissen hervor. «Ich wundere mich, dass er nicht fetter ist.»

«Zu Hause tue ich das nicht», erklärte sie und missachtete ab sofort den bettelnden Hund. «Hm, die sind gut. Wo hast du sie her?»

«Da drüben ist ein kleiner Supermarkt.»

Eine Weile aßen sie schweigend und beobachteten den Platz. Schließlich sagte Sascha nachdenklich: «Sie waren vor uns, sie müssten schon längst da sein. Vielleicht haben wir sie verpasst.»

«Ja», gab Kim zögernd zu. «Vielleicht. Aber ich möchte noch nicht aufgeben.»

«Es ist ja ganz hübsch hier», stellte er munter fest. «Wir können die Sonne genießen und abwarten. Vielleicht kommen sie später.»

«Ja. Vielleicht.» Sie überlegte. «Wenn sie einen Zeitpunkt vereinbart haben, wird es sicher die volle oder halbe Stunde sein.»

195

Sascha sah auf seine Uhr. «Es ist jetzt kurz vor fünf. Wenn deine Annahme stimmt, könnten sie bald kommen.»

«Dann sollten wir uns etwas besser positionieren.» Kim erhob sich mit einer fließenden Bewegung vom Boden, ohne die Hände zu benutzen. Sie lachte, als sie Saschas verblüfftem Blick begegnete. «Alles nur Training. Solltest du auch versuchen.»

«Nein danke», wehrte er ab. «Aber das muss der Neid dir lassen, du bist wirklich gut in Form.»

Sie hob ihren Beutel auf und war marschbereit. «Gehen wir etwas näher zum Riesenrad.»

«Gut», stimmte Sascha zu. «Zeig mir nochmals die Bilder. Zur Sicherheit.»

Sie reichte ihm die Zeichnungen, und er versuchte ebenfalls sie sich einzuprägen. Dann gab er ihr die Blätter zurück und hielt ihren Blick fest. «Schwör mir, dass du nicht versuchen wirst, dich mit ihnen anzulegen.»

«Ich bin ja nicht verrückt», antwortete Kim empört. Er sah sie zweifelnd an. «Natürlich werde ich das nicht tun.»

«Schwöre es!»

«Okay, ich schwöre es.» Kim murmelte etwas von ‚kein Vertrauen‘, brachte einen widerstrebenden Othello auf die Beine und ging in Richtung des Riesenrads voraus. Sascha folgte ihr langsam.

Plötzlich blieb sie stehen und wies in Richtung Hafen. «Ist das nicht Silvan?» Er schirmte mit der Hand

seine Augen gegen die Sonne ab und sah in die angege-
bene Richtung. Bevor er noch etwas sagen konnte, lief
Kim los. «Schau! Er hat Whisky dabei!»

Othello hatte die beiden offenbar auch gesehen und
legte sich in die Leine, gerade als sie stolperte. Sascha
sah es und lief, um sie zu stützen. Sie griff nach seiner
Hand und ließ dabei die Leine los. Der Hund rannte weiter. Kim rappelte sich hoch und brüllte: «Othello, Fuß!
Othello hierher!»

Doch der hatte Silvan entdeckt, sein Idol. Er war
nicht aufzuhalten.

Kim machte Anstalten hinter dem Hund her zu laufen, doch Sascha ergriff sie beim Arm. «Sieh mal! Da sind
sie, die Auto-Diebe.» Und Mörder, wollte er noch anfü-
gen, unterließ es aber lieber.

«Was? Wo?» Kim vergaß für einen Moment den
Hund. Ja, zweifellos, da waren die beiden Männer, die
Oscar beschrieben hatte. «Verdammt, Sascha, woher
sind die gekommen?»

Er wies am Riesenrad vorbei. «Von da drüben.»

«Holen wir Silvan und die Hunde, und dann nichts
wie los!»

Doch dann überstürzten sich die Ereignisse.

Die leeren Tische des Fischmarkts glänzten um diese
Zeit sauber geschrubbt in der Sonne. Dennoch entlie-
ßen sie noch immer ihren Fischgeruch in die laue Luft.
Carla rümpfte die Nase und versuchte, etwas aus der

Duftwolke zu steuern, als Silvan unvermittelt stehen blieb. «Da sind sie!» Er deutete über den Platz in Richtung Canebière.

«Wo?» Sie reckte den Hals. Sie kannte zwar weder Kim noch Sascha, aber ein so auffälliges Paar hätte sie wohl kaum übersehen. Doch dann fesselte etwas anderes ihre Aufmerksamkeit.

«Da drüben», antwortete Silvan auf ihre Frage. Doch Carla zerrte nur an seinem Arm. «Was ist denn?»

Er folgte irritiert ihrem Blick. Zwei Männer kamen auf sie zu, und er erkannte in ihren Gesichtern sofort, dass sie Whisky nicht zum ersten Mal sahen.

«Komm, gehen wir einfach weiter.»

Sie schüttelte den Kopf. «Er hat eine Waffe, Silvan.»

Gut beobachtet. Der kleinere der Männer trug eine Lederjacke über die Schultern gelegt. Darunter, vor fremden Blicken geschützt, hielt er die Pistole auf sie gerichtet.

Der andere Mann winkte ihm einen stummen, aber eindeutigen Befehl zu: «Her mit dem Hund!»

Silvans Gedanken rasten. Wieso um alles in der Welt waren die bloß so versessen auf Whisky? Und im Augenblick noch viel wichtiger: Wie konnten sie die beiden loswerden?

Während er noch überlegte, dass die Gangster wohl kaum in dieser Menschenmenge auf sie schießen würden, brach unvermittelt Unruhe aus. Ursache war ein vor Freude heulender schwarzer Hund, der rücksichtslos über den dicht bevölkerten Platz stürmte. Sein Weg war an den links und rechts zur Seite hechtenden und stolpernden Menschen recht gut zu verfolgen. Schrille Proteste mischten sich mit Panikschreien.

Der Mann mit der Waffe wurde unvermittelt mit großer Wucht zur Seite, gegen seinen dicken Kollegen gestoßen. Dieser taumelte, griff im Fallen nach Halt, bekam die Lederjacke zu fassen und zog sie mit sich. Ein Schuss löste sich im Getümmel und sofort ging die Welt im Chaos unter.

«Eine Waffe!» - «War das ein Schuss?» - «Eine Pistole, ich habe eine Pistole gesehen!» - «Wo? Wo?» - «Ein Schuss! Polizei!» - «Eine Fehlzündung?»

Menschen schrien und rannten hektisch durcheinander. Der zuvor so friedliche Platz glich jetzt einem Tollhaus.

Silvan nutzte die Ablenkung und gab Carla einen groben Stoß. «Lauf!»

Sie lief los, wie von Furien gehetzt, und zerrte Whisky rücksichtslos hinter sich her.

Silvan blieb stehen und beobachtete wie in Zeitlupe das nahende Verhängnis, als Othello zum finalen Freudensprung ansetzte. «Nein, Othello, NEIN! Stopp, STOPP!», schrie er dem Labrador entgegen.

Gegen die vierzig Kilo schwere Freude hatte er nicht den Hauch einer Chance. Er streckte abwehrend die Arme aus und machte einen Schritt zurück, dann noch einen zweiten. Damit war das europäische

Festland zu Ende. Die kinetische Energie des Zusammenpralls mit dem Hund trieb die Luft aus Silvans Lungen und ihn selbst und den Hund über den Quai hinab ins brackige Hafenwasser.

Das Meer war Ende Mai noch unangenehm kalt. Silvan tauchte prustend auf und schwamm sofort los, angesichts der Pistole weg vom Ufer. Das zahlreich anwesende Publikum quittierte diesen Umstand mit Geschrei.

Er wandte sich um. Die Arena war gut gefüllt. Einige hundert Menschen schrien ihm Ratschläge zu, die er nicht verstand. Die beiden Männer jedoch, die ihn bedroht hatten, waren wie vom Erdboden verschwunden. Und Carla auch.

Das Kältegefühl verstärkte sich, und das hatte nichts mit dem Mittelmeer zu tun. Hatten die Typen Carla erwischt? Denn offenbar wollten sie Whisky unbedingt haben. Er hoffte, Carla hatte genug Verstand, ihr Leben vor den Hund zu setzen. Leider war er da gar nicht sicher.

Etwas berührte ihn am verlängerten Rücken: Othello machte Anstalten auf ihn zu klettern.

«Bist du verrückt?», schrie Silvan und wehrte den Hund wassertretend mit beiden Händen ab. «Hau ab und schwimm gefälligst selbst!» Doch Othello wollte nicht von ihm ablassen, und versuchte es zur Freude des Publikums erneut.

Silvan schüttelte den Hund ab und versuchte, an ihm

vorbei ans Ufer zu schwimmen. Doch Othello blieb an seiner Seite und versuchte erneut, an ihm hochzusteigen. Um zu verhindern, dass ihn der Labrador vor Begeisterung ertränkte, tauchte er unter und entfernte sich einige Meter. Der Hund sah sich suchend um und schwamm sofort auf ihn zu, als er wieder auftauchte. Was für ein tolles Spiel!

Eine gute Seele warf Silvan einen der rot-weißen Rettungsringe zu, die alle paar Meter dem Meer entlang aufgehängt waren. Das Ding traf ihn hart an der Schulter.

Er öffnete den Mund zu einem Schmerzensschrei, geriet unter Wasser und begann zu husten. Othello schwamm jetzt wieder neben ihm und legte eine Pfote in den Rettungsring, der sich daraufhin aufstellte und zur Hälfte aus dem Wasser ragte. Überrascht ließ der Hund los. Der Ring fiel zurück ins Wasser und traf Silvan mit einem dumpfen Schlag am Kopf. Vor seinen Augen flammten kleine Sterne.

Die Menge begann sich hörbar zu amüsieren. Er musste hier raus, und zwar schnell, bevor er sich noch ganz zum Affen machte. Außerdem begannen seine Zähne bereits zu klappern.

Erneut tauchte Silvan nach unten weg, um sich von dem Hund zu lösen und sich dem rettenden Ufer zu nähern. Aber Othello folgte ihm hartnäckig. Das Publikum applaudierte. Einige Leute konnten vor Lachen schon nicht mehr stehen.

Gerade als sich Silvan überlegte, den Hund zu ertränken, bevor es ihn selbst erwischte, tauchte neben ihm ein kleines Motorboot auf. Das Boot geriet gehörig ins Wanken, als der Bootsführer nacheinander Mann und Hund aus dem Wasser zog. Sein Retter warf Silvan eine verschlissene braune Wolldecke zu, ließ den Außenborder aufheulen und zog das Steuer herum.

Silvan hüllte sich in die dünne Decke und scheuchte den Hund weg, der diesen Luxus gerne mit ihm geteilt hätte. «Bleib mir bloß vom Leib, du Spinner!» Enttäuscht wandte sich Othello ab und schüttelte sich das überschüssige Wasser aus dem Pelz. Die Wolldecke nahm es dankbar auf.

Silvan überprüfte seine Taschen. Die Brieftasche war zum Glück noch da. Das iPhone! Er hielt es in der Hand und musterte es fassungslos. Sein Retter grinste ihn durch eine breite Zahnlücke im Oberkiefer an. «Legen Sie es in ein Pfund Salz, Monsieur, dann trocknet es in ein paar Stunden und soll sogar wieder funktionieren.»

Silvan bedankte sich höflich für den im Augenblick nutzlosen Rat. Derzeit verfügte er weder über das erforderliche Salz, noch hatte er mehrere Stunden Zeit. Er musste seine Leute finden, und zwar schnell.

Minuten später machte sein Retter das Boot an einem langen Steg fest. Sie stiegen ans Ufer und Silvan trat auf Othellos Leine, damit der sich nicht davonmachte, während fünfzig nasse Euros den Besitzer

202

wechselten. In diesem Preis für die Seenotrettung war die feuchte Decke inbegriffen, eine Wohltat, denn inzwischen war eine deftige Brise aufgekommen.

Mit quietschenden Schuhen, die Decke als Poncho um sich gehüllt, machte sich Silvan, den Hund an der Leine, am Riesenrad vorbei auf die Suche nach dem Rest des Rudels.

Trotz seinem abenteuerlichen Anblick wurde er kaum beachtet. Die Lage hatte sich schnell wieder beruhigt, als keine weiteren Schüsse gefallen waren, und die Menge hatte sich nach dem Ende der Show *Schwimmender Mann mit Hund* erstaunlich schnell verlaufen.

Die Sonne war weiter gegen den Horizont gerückt, und Silvan empfand die Luft nicht mehr lau, wie noch vor einer halben Stunde, sondern kühl.

Er hatte nicht ernsthaft daran geglaubt, dass Kim, Carla und Sascha bei den Fischständen oder beim Riesenrad auf ihn warteten. Dennoch, ihre Abwesenheit warf einige Fragen auf: Hatten sie den Platz freiwillig verlassen oder waren sie von dem ebenfalls verschwundenen Gangsterduo dazu gezwungen worden? Waren die drei zusammen oder getrennt unterwegs? In welche Richtung? Ein einziger Anruf hätte genügt, um Klarheit zu schaffen.

Das Parkhaus war die einzige Konstante, auf die er vertrauen konnte. Also war es nur vernünftig, dorthin zurückzukehren und zu hoffen, dass sie das ebenfalls taten. Dass sich in seinem Kofferraum eine Tasche mit trockenen Kleidern befand, ließ den Plan schon beinahe genial erscheinen.

Er kam nicht weit. Schon beim Fischmarkt wurde er von zwei Polizisten aufgehalten. «Pardon Monsieur, es wurde berichtet, dass ein Mann mit einem Labrador ins Wasser gestürzt ist. Die Beschreibung passt auf Sie und diesen Hund. Können Sie uns dazu etwas sagen?»

«Er gehört meiner Tante.» Silvan verfluchte sein Pech. «Wir waren hier verabredet, aber dann hat sich der Hund losgerissen, um mich zu begrüßen. Er hat mich ins Wasser gestoßen. Wurde jemand durch ihn verletzt?»

«Davon ist uns nichts bekannt, Monsieur. Und wo befindet sich Ihre Tante?»

Silvan spähte über den Platz. «Das wüsste ich auch gerne», antwortete er aufrichtig.

«Können Sie sich ausweisen?»

«Ja, natürlich.» Er zog seinen Personalausweis aus der nassen Brieftasche und reichte ihn dem Wortführer der beiden Polizisten. Der las die Karte, drehte sie um und reichte sie danach seinem Kollegen weiter, der sie einscannte.

«Haben Sie gesehen, wer den Schuss abgefeuert hat?»

Ja, habe ich, aber das werde ich euch bestimmt nicht erzählen, dachte Silvan, sonst lasst ihr mich hier nicht mehr weg. Er machte ein erstauntes Gesicht. «Ein Schuss? Sie meinen aus einer Pistole oder so?» Er runzelte die Stirn und tat, als ob er nachdenken müsse. «Ich habe einen Knall gehört», sagte er langsam. «Aber ich dachte nicht, dass … - nein, ich habe nichts gesehen. Es war ein ziemliches Chaos, als ich stürzte und ich war offen gesagt zu sehr mit mir selbst und dem Hund beschäftigt.»

«Und wo kommen Sie jetzt her?»

«Vom Boot des Fischers, der mich aus dem Wasser gezogen hat.»

«Sein Name?»

«Wir haben uns nicht vorgestellt.»

Der zweite Polizist, den ein Badge als L. Delnon auswies, forderte ihn auf, die Hände zu heben, damit ihn sein Kollege durchsuchen konnte. Trotz des höflichen Tonfalls war es keine Bitte, und Silvan gehorchte. Während er gelassen den Blick des Polizisten Delnon erwiderte, fühlte er kundige Hände über seinen Körper und seine Gliedmaßen streichen.

«Luc, er ist sauber», sagte der Polizist hinter ihm. Die beiden musterten ihn nachdenklich. Offensichtlich waren sie sich nicht schlüssig, was sie mit ihm anfangen sollten.

Das Kältegefühl in den nassen Kleidern nahm minütlich zu. Silvan trat ungeduldig von einem Fuß auf den anderen. «Wenn das alles war, Messieurs …», sagte er hoffnungsvoll.

Das war es nicht. Sie waren französische Polizeibeamte, die sich ganz bestimmt von keinem Ausländer die

Länge einer Befragung diktieren ließen.

Delnon reichte ihm seinen Ausweis zurück. «Bleiben Sie noch länger in Marseille, Monsieur?»

Silvan schüttelte bedauernd den Kopf. «Leider nein. Wir wollten uns alle hier treffen und danach die Heimfahrt antreten. Darauf hat sich dieses Ungetüm vor lauter Wiedersehensfreude auf mich gestürzt und mich ins Wasser gestoßen.» Er deutete auf den Hund, der sich gelangweilt den Hintern leckte.

Die Polizisten lächelten verstohlen. «Davon haben wir gehört.»

Silvan sah die ganze Sache plötzlich mit Humor. «Ja, wahrscheinlich stehe ich morgen in der Zeitung.»

Delnon nahm sich zusammen und wurde wieder dienstlich. «Haben Sie sich bei dem Sturz verletzt, Monsieur?»

«Nein.» Silvan lächelte gezwungen. «Ich bin nur nass geworden. Im Auto habe ich trockene Sachen. Ich würde mich jetzt gerne umziehen und danach meine Familie suchen. – Ich nehme an, sie warten in einem der Cafés», log er, denn das war das Letzte, was Kim getan hätte, und blickte angestrengt über den Platz. «Am einfachsten wäre es ja, wenn ich sie einfach anrufen könnte, aber mein iPhone hat ziemlich gelitten.» Er zog das Telefon aus der Tasche. Aus der Ladebuchse quälte sich ein Tropfen Meerwasser und das Display war beschlagen. «Daher muss ich leider alle in Frage kommenden Lokale zu Fuß abklappern.»

Klappern traf es auf den Punkt. Seine Zähne schlugen jetzt rhythmisch gegeneinander, er brauchte nicht mal zu schauspielern. Die Polizisten zögerten noch einen Moment, dann tippten sie an ihre Mützen und ließen ihn laufen.

Das beste Mittel gegen das Kältegefühl war Joggen. Seinem Begleiter kamen nun aber Bedenken. Die Meute war nicht vollzählig, und er sträubte sich. Sein Pech, dass Silvan nicht zu Diskussionen aufgelegt war. «Das hast du dir selber eingebrockt, mein Freund.», presste er durch die klappernden Zähne, während er den Hund unbarmherzig hinter sich her zog. «Hättest du mal nicht versucht, mich zu ertränken. Und jetzt stell dich nicht so an. Ich brauche dringend trockene Sachen, sonst erfriere ich.»

Ihm fiel ein, dass der Nachmittag ohne Othellos Eingreifen eventuell ein schlimmeres Ende genommen hätte. «Sorry, Junge, war nicht so gemeint», fügte er reuevoll hinzu. «Wir finden sie bestimmt wieder, keine Angst. Sicher warten sie beim Auto.»

Er war so davon überzeugt, wenigstens Carla im Parkhaus zu finden, dass er tief enttäuscht war, als er seinen Wagen einsam in der westlichen Ecke des ersten Parkdecks stehen sah, direkt gegenüber Kims Kombi. Er seufzte. Na gut, dann zuerst die Kleider.

Er band den Hund an einer Abwasserleitung hinter seinem Wagen fest und breitete die nasse Wolldecke auf dem Boden für ihn aus, was ihm einen ungläubigen

Blick eintrug. Aus der Sporttasche, die er stets dabei hatte, holte er frische Unterwäsche, eine warme Jogginghose und ein trockenes T-Shirt. Die geöffnete Wagentür gab eine passable Umkleidekabine ab, wo er sich umziehen konnte, ohne gleich öffentliches Ärgernis zu erregen. Die nassen Kleider warf er in den Kofferraum.

In den trockenen Sachen fühlte er sich gleich wohler. Er setzte sich in seinen Wagen und inspizierte sein Telefon, das noch immer keinerlei Anstalten machte, sich einschalten zu lassen. Frustriert warf er das nutzlose Teil auf den Beifahrersitz, neben seine nasse Brieftasche und lehnte den Kopf gegen das Steuerrad.

Sie konnten doch nicht alle drei vom Erdboden verschwunden sein. Vielleicht sollte er sie suchen gehen, doch wo beginnen? Zudem brauchte er jetzt eine Pause. Er spürte die Müdigkeit in allen Knochen. Draußen lag Othello mit geschlossenen Augen auf dem nackten Boden, die nasse Decke geflissentlich ignorierend. Silvan sah es, beließ es aber dabei. Er hoffte nur, dass der Hund nicht von einem einparkenden Auto überfahren wurde. Nur eine Minute, dachte er, eine Minute, höchstens zwei, kurz die Augen schließen, dann werde ich ...

Er merkte gar nicht, wie ihm die Augen zufielen.

Oscar betrat den Schauplatz der Geschehnisse in dem Moment, als der Schuss fiel. Sein Atem stockte, ob der Szene, die sich ihm darbot.

Er sah den schwarzen Labrador und einen

unbekannten Mann in der Tiefe verschwinden, während eine junge Frau mit Hund wie von Furien gehetzt Richtung Riesenrad davonlief. Die beiden Gangster rappelten sich soeben wieder auf und versuchten, gleichzeitig harmlos auszusehen und den Hund und das Mädchen nicht aus den Augen zu verlieren.

Oscar erfasste die Situation sofort und stürmte los. Bevor sie die Verfolgung der jungen Frau aufnehmen konnten, rammte er die beiden Männer, sodass sie erneut stürzten. Er log eine knappe Entschuldigung und lief Kim und Sascha entgegen, die Othello gefolgt waren.

«Los weg!», rief er ihnen zu und nahm Kim beim Arm, als sie nicht sofort auf ihn hörte. Sascha nahm die Beine in die Hand und folgte den beiden auf dem Fuße.

«Othello!», schrie Kim außer sich und wehrte sich gegen Oscars Griff. Sie wollte nicht noch einen Hund verlieren.

«Der ist bei Silvan», keuchte Sascha. «Mach dir keine Sorgen. Lauf lieber.»

Oscar zog seine Schützlinge in die nächste Gasse hinein. Dort kniete das Mädchen am Boden neben dem Hund. Sie war aschfahl und der Schreck saß in ihren Augen.

«Carla?», rief Kim. Das Mädchen sah erleichtert auf.

«Allez, venez, Madame, kommen Sie!», rief Oscar ihr im Vorbeilaufen zu, aber sie schüttelte stumm den Kopf. Whisky konnte nicht mehr.

Sascha erfasste die Situation, nahm den erschöpften

Hund kurzerhand auf den Arm und lief weiter, dicht gefolgt von Carla. Aber Whisky hatte jetzt genug von dem Theater. Er hatte seine Herrin entdeckt, schnappte um sich und wand sich wie eine Katze, um zu ihr zu gelangen.

«Aua, verdammt! Stell dich nicht so an, du blöde Töle!», rief Sascha empört. «Ich will dich doch retten.» Er musste den Hund mit beiden Händen festhalten und hätte gut eine dritte brauchen können, um gleichzeitig die Schnauze mit den spitzen Zähnen abzuwehren.

Oscar drängte die Gruppe um die nächste Ecke und hob die Hand. «Still!»

Sie schwiegen alle. Kim legte dem Hund einen Zeigefinger auf die Schnauze und machte «Schhh!»

Sie lauschten. Im Hintergrund erklangen die verwaschenen Geräusche von Großstadt und Hafen. Und das sich rasch nähernde Getrampel von rennenden Männerfüßen war nicht zu überhören.

Saschas Blick fiel auf ein Verkehrsschild: Sackgasse! Großartig, das auch noch! Doch Oscar lief unbeirrt weiter und bedeutete ihnen, ihm ohne Lärm zu folgen. Sie gehorchten.

«Hier!» Ihr Anführer stieß eine Tür auf, über der eine blaue Leuchtschrift «Bar LE GEPETTO» müde vor sich hin blinkte, und scheuchte sie hinein. Dann drückte er die Tür leise hinter sich ins Schloss und wandte sich grußlos an den einzigen Anwesenden im Raum. «Eric! Mach den Kühlraum auf!»

«Oscar! Schön dich zu sehen. Nur zu, du kennst dich ja aus.» Der dicke schlecht rasierte Wirt blieb gemütlich stehen und putzte weiter seine Gläser, als suchten alle Tage irgendwelche Leute Asyl in seinem Kühlraum.

Oscar trieb seine Schäfchen am Tresen vorbei in die Küche und öffnete eine schwere Tür. «Dort in der Ecke haben Sie Deckung. Ich beeile mich. Bleiben Sie nahe zusammen, dann frieren Sie weniger. Und halten Sie um Himmels willen den Hund still!» Dann schloss er die Kühlraumtür hinter sich, zog seine Jacke aus und setzte sich mit dem Rücken zur Straße an die Bar.

«Dicke Luft?», fragte der Wirt neugierig und wischte mit dem Lappen vor ihm über den Tresen. «Was darf's denn sein?»

«Ich habe keine Probleme, Alter. Aber meine Freunde haben sich offenbar mit den Falschen angelegt. Gib mir ein Bier.»

Eric stellte ein Glas und eine Bierflasche auf die Theke. «Muss ich anschreiben oder zahlst du gleich?»

Oscar legte einen Fünfeuroschein auf den Tisch, füllte das Bier ins Glas und prostete dem Wirt zu.

«Der da?», fragte Eric mit düsterer Miene, ohne die Lippen zu bewegen, als die Tür zur Bar sich erneut öffnete.

Oscar, der den Eingang im Spiegel hinter der Bar beobachtete, nickte kaum merklich. Er ließ den Kopf tiefer sinken und hielt sich, wie Halt suchend, an der leeren Bierflasche fest. Sie war eine einigermaßen brauchbare

Waffe, falls sich der Gangster an den Mann erinnerte, der ihn zu Boden gestoßen hatte. Der Wirt warf ihm einen verständnissinnigen Blick zu.

Der Neuankömmling trat an den Tresen. Der Wirt stellte das Glas hin, das er eben geputzt hatte, und fuhr den Mann an. «Was willst du, Mathieu? Ihr habt diesen Monat schon bei mir abgesahnt.»

«Hast du Gäste?»

«Wofür hältst du den da? Für einen Eisbären?» Er deutete auf Oscar, der etwas Schlagseite mimte und «Noch'n Bier, Eric!» nuschelte.

«Du hast genug. Trink aus und geh nach Hause!» Er zeigte auf die Tür, aber die Geste galt nicht Oscar. «Mach dich vom Acker, Mathieu! Vor dem nächsten Ersten will ich deine Visage hier nicht sehen. Und dann lieber auch nicht.»

«Sei nicht so aufsässig, Marchand, sonst gibt's aufs Maul!», drohte Lafitte, der endlich jemanden gefunden hatte, an dem er seine schlechte Laune auslassen konnte. Er ging am Tresen vorbei, schaute sich prüfend um und rüttelte an der Hintertür. Sie war verschlossen. «Jemand in der Küche?»

«Meine Mutter. – Hau ab, Mathieu, du bist schlecht fürs Geschäft!»

Lafitte wollte ihm gerade die Meinung geigen, aber Van Dam winkte ihn nachdrücklich hinaus, und er gehorchte mürrisch.

Marchand wartete, bis die Tür ins Schloss gefallen

war. «Was haben deine Freunde mit denen zu schaffen, Oscar?», fragte er besorgt. «Das sind ganz üble Typen.»

Der musterte ihn aufmerksam. «Wirst du erpresst, Eric?»

«Wonach sah es denn aus?» Marchand erwartete keine Antwort und erhielt auch keine. Er beobachtete diskret die Straße vor der Bar und sah die beiden Gangster weiter draußen herumlungern. «Ich hoffe, die verschwinden bald, sonst erfrieren deine Freunde im Kühlraum.»

«Darauf warten wir nicht», sagte Oscar. «Gib mir die Schlüssel.»

Gleich darauf verließ er, leicht schwankend und von den beiden Gangstern draußen misstrauisch beobachtet, die Bar. Er blieb stehen und zündete sich in aller Ruhe eine Zigarette an, bevor er um die Ecke verschwand. Kaum außer Sichtweite, verfiel er in Laufschritt und eilte so schnell er konnte zur Hintertür der Bar in der nächsten Gasse.

Er blickte vorsichtig durch das Fenster ins Lokal. Marchand wischte gerade die Tische ab und nickte ihm zu. Oscar schloss auf und trat ein.

Dieser Teil der Bar war von der Vorderseite her nicht einsehbar, außer an einer Stelle. Oscar duckte sich und blickte vorsichtig um den Bartresen herum zum Fenster. Der Dicke stand immer noch da. Oscar wartete, bis der Mann in eine andere Richtung sah, ehe er gebückt in die Küche huschte und den Kühlraum öffnete.

«Kommen Sie, schnell und leise», raunte er.

«Himmel, war das kalt», beschwerte sich Kim, als sie ihr kaltes Refugium verließen. «Warum dauerte das so lange?»

«Scht!», flüsterte Oscar. «Wir müssen vorsichtig sein.»

Eric, der jetzt die Tische im Hintergrund des Lokals wischte, raunte: «Sie sind immer noch da und warten, dass ihr wieder auftaucht!»

Sie mussten die ungeschützte Stelle einzeln passieren. «Die Hintertür ist offen», erklärte Oscar. «Wenn einer der beiden hereinkommt, hauen Sie sofort ab, holen Ihr Auto und fahren nach Hause. Verstanden?»

«Silvan und Othello …», begann Kim.

«Keine Zeit!», drängte Oscar. «Los jetzt!»

Sie kam gut hinüber. Ihr folgten Carla, danach Sascha mit dem Hund, der sich jetzt wieder beruhigt hatte. Als Letzter ging Oscar. «Danke Eric», murmelte er in Richtung Bartresen. «Ich schmeiß den Schlüssel zum Fenster rein.»

«Ich hole ihn gleich», nickte Marchand. «Kommt bald wieder.» Und er putzte weiter seine Gläser und beobachtete mit düsterem Blick die Straße vor der Bar.

Oscar öffnete eben die Tür, als ihm Kims seltsame Haltung auffiel. «Madame?»

«Da!», strahlte sie und deutete auf die andere Straßenseite. Dort, in der Gasse hinter dem GEPETTO stand ihr Mercedes, und sie hielt die Schlüssel dazu fest in ihrer Hand.

Oscar schob alle hinaus, schloss die Tür von außen und warf Marchands Schlüssel durch ein spaltbreit geöffnetes Fenster.

«Geben Sie mir die Wagenschlüssel, Madame!», rief er Kim zu. Sie zögerte keine Sekunde.

«Warum darf er dein Auto fahren und ich nicht?», wollte Sascha erbost wissen, während er neben ihr her lief. Er erhielt keine Antwort.

Sekunden später saßen sie alle im Mercedes, der sofort ansprang, als Oscar den Zündschlüssel drehte.

«Wo würde Ihr Freund auf Sie warten?», erkundigte er sich bei Carla.

«Beim Auto. Opéra Parking.»

Oscar nickte und gab Gas.

Kim sah ihn von der Seite an. «Den Kühlraum haben Sie nicht zum ersten Mal als Versteck benutzt, oder?»

Oscar grinste. «Ich bin in diesem Viertel aufgewachsen. Die Bar gehörte damals Erics Vater. Der Kühlraum war unser Versteck, wenn wir etwas ausgefressen hatten. Das klappte immer, außer wenn sein Vater der Geschädigte war.»

Kim lachte. Sascha blies in seine kalten Hände. «Vielen Dank», sagte er aus tiefstem Herzen.

«Keine Ursache.» Oscar lächelte und bog in die Rue Reine Elisabeth ein.

«Sie müssen hier irgendwo sein.» Lafitte war nicht

bereit aufzugeben. «Das ist eine Sackgasse. Sie konnten nirgendwo hin.»

«Vielleicht gibt es hier irgendwo einen Durchgang nach draußen», mutmaßte Van Dam. «Schau mal nach!»

Lafitte wollte widersprechen, ließ es nach reiflicher Überlegung sein, und drehte eine Runde durch die Gasse. «Nichts», sagte er. «Vielleicht haben sie Bekannte hier. Dann kann das dauern.»

«So viel Zeit haben wir nicht», knurrte sein Partner. «Um sieben Uhr ist die Übergabe beim Riesenrad. Was glaubst du, erzählt uns Manolo, wenn wir mit leeren Händen antanzen? – Hast du in der Kneipe wirklich überall nachgesehen?» Er las die Antwort im Gesicht des anderen. «Verdammt noch mal! Wenn du nicht auch noch mein Schwager wärst, würde ich dich glatt erschießen! Kannst du denn gar nichts richtig machen? Schau noch einmal nach, aber gründlich! Nein, besser ich komme mit.»

Zusammen betraten sie zum zweiten Mal das GEPETTO. Der Wirt, der gerade die Tische für den Abend deckte, war nicht erfreut. «Et alors?»

«Können wir mal in deine Küche schauen?»

«Nein, es wäre denn, dass ihr von der Lebensmittelkontrolle kommt.» Marchand hatte allmählich die Schnauze voll von den beiden unliebsamen Besuchern. «Ich habe diesen Monat bezahlt und will keinen von euch vor dem nächsten Ersten hier sehen. Haut ab.»

«Sei ein bisschen höflicher, Eric», warnte Lafitte.

«Sonst lehre ich dich Manieren.»

Der Wirt sah ihn spöttisch an und griff unter die Theke. «Du kannst es gerne versuchen.»

Dem kleinen Mann ging die Geduld aus, und er zog die Waffe. «Ich geh jetzt in deine Küche», verkündete er. «Versuch mal, mich daran zu hindern!»

Van Dam griff ein. «Halte ihn in Schach, ich schaue selber nach.» Er zog seine Hose hoch und ging mit breiter Brust vorbei an Marchand nach hinten in die Küche.

«He, wo wollen Sie hin. Da hinten ist nur meine Mutter.»

Der Wirt wollte Van Dam folgen, aber Lafitte hielt ihn zurück. «Bleib ruhig hier stehen, Marchand, dann passiert deiner Mami nichts. Und versorg das blöde Ding, bevor du dir noch wehtust!»

«Arschloch!», presste der Wirt durch zusammengebissene Zähne und versorgte seine Eisenstange wieder unter der Theke.

Der Belgier schaute unterdessen in die kleine, streng riechende Toilette und ging naserümpfend weiter zur Küche. Er ignorierte die Proteste der alten Frau, die sich gerade eine frische Schürze umband, und öffnete die Türen zum Vorrats- und zum Kühlraum. Nichts.

Auf dem Rückweg in den Schankraum warf er einen Blick in den Keller, wo Flaschen und Bierfässer lagerten, und rüttelte an der Hintertür. Verschlossen. Eben wollte er in die Bar zurückkehren, als sein Blick durch das Fenster auf die Gasse dahinter fiel. Er brüllte wie ein

217

Stier und stürmte an der Theke vorbei zur Vordertür hinaus.

«He!», schrie Lafitte und lief hinter ihm her. «Was ist denn los?»

«Was? Was?», brüllte Van Dam und hielt inne. «Weg! Weg! Hörst du? Zuerst der Hund und jetzt der Wagen. Diesen Tag hat der Teufel gesehen. Verfluchte Scheiße!» In einem plötzlichen Wutanfall trat er nach Lafitte und schrie: «Das ist alles nur deine Schuld, was musstest du auch den Hund aussetzen. Wir könnten schon alles hinter uns haben, wenn wir nicht deinetwegen so viel Zeit verloren hätten.»

Nicht zum ersten Mal mit einem solchen Wutausbruch konfrontiert, wich der Attackierte einem vorhersehbaren zweiten Tritt aus und ging auf sichere Distanz. «Alles meine Schuld, ja? Hättest du mal Joe nicht erschlagen. Und woher bitte sollte ich wissen, auf was für eine bescheuerte Idee du dann gekommen bist?», schrie er zurück.

Van Dams immer leicht gerötetes Gesicht hatte die Farbe einer vollreifen Tomate angenommen und tendierte allmählich nach Pflaume. Er machte Anstalten, das Problem Lafitte endgültig zu lösen. Dieser ging abwehrend einen weiteren Schritt zurück. Auch er war jetzt auf dem Siedepunkt angekommen.

«Marchand!», zischte er, zitternd vor Wut. «Er hat ihnen geholfen. Dem trete ich gleich noch in den Arsch!»

«Vergiss Marchand! Dafür ist jetzt keine Zeit. Wir

müssen diesen Hund wiederfinden.»

Lafitte dachte nach. «Das Mädchen war ja nicht allein. Da war dieser Mann dabei. An der Tankstelle und auch am Alten Hafen. Vielleicht ist er noch dort und wartet auf seine Freundin?»

Nun ja, einen Versuch war es wert. Van Dam nickte stumm und marschierte los.

Sein Partner folgte ihm in sicherem Abstand. Er hatte den Angriff noch nicht vergessen. «Ein Auto wäre auch nicht schlecht», bemerkte er.

«Aber nicht hier, wo hinter jedem Fenster ein potenzieller Zeuge sitzt», brummte der Belgier. «Zo'n mislukkte dag ook, Verdoori!», schob er hinterher. Was für ein Scheißtag! Warum hatte dieser Idiot Bensaoula sich die Ware unter den Nagel gerissen und sich dann auch noch in diese Einöde verkriechen müssen?

Am Alten Hafen sprach Lafitte verschiedene Passanten an, ob sie seinen Bruder gesehen hätten, der ins Wasser gestürzt war. Die meisten Angesprochenen schüttelten den Kopf und gingen weiter. Dennoch gab es einige Menschen, die sich schon länger am Alten Hafen aufhielten, und sie alle deuteten in die gleiche Richtung.

Er kehrte zurück und berichtete: «Er soll in Richtung sechstes Arrondissement verschwunden sein. Einer meinte, der nasse Typ sei von der Polizei angehalten worden. Aber die können wir ja nicht gut fragen.»

«Was gibt es da? Wo könnte er hingewollt haben?»,

fragte Van Dam.

Lafitte kratzte sich im Genick. «Mehrere Hotels, nicht gerade Extraklasse, dann die Notre-Dame de la Garde.» Er wies hinüber zur Basilika, die südlich des Hafens prominent auf einem Hügel thronte. «Und, ja, die Oper natürlich.»

«Oper? Gibt es da ein öffentliches Parkhaus?»

«Ja, sicher.»

Van Dam schlug sich gegen die Stirn. «Die blaue Limousine! Er ist ins Parkhaus zurückgegangen.»

«Ja, oder in ein Hotel.»

«Glaube ich nicht. Sie sind kurz vor uns mit dem Auto angekommen und dann unmittelbar zum Alten Hafen gegangen. Die haben nicht zuerst im Hotel eingecheckt und die Koffer aufs Zimmer gebracht.»

«Vielleicht wollten sie noch in die Basilika, um ein Dankgebet zu sprechen», meinte Lafitte spöttisch.

«Quatsch nicht! Komm lieber in die Hufe. Wenn er dort ist, kommt das Mädchen mit dem Hund vielleicht auch in das Parkhaus.»

«Ja, und der blaue Audi wäre auch nicht schlecht. Vielleicht können wir zwei Fliegen mit einer Klappe schlagen.»

«Gute Idee. In dem Parkhaus fallen wir auch nicht so auf.» Er setzte sich in Trab. «Komm, nehmen wir den Bus.»

Ein Dieselmotor rasselte ganz in seiner Nähe, als

Silvan erwachte. Er hatte keine Ahnung, wie lange er geschlafen hatte.

Die feuchte Wärme, die von seinen nassen Haaren ausging, hatte sämtliche Scheiben beschlagen lassen. Verwirrt und benommen fuhr er mit dem Ärmel über die Scheibe und versuchte durch die blank geputzte Stelle etwas zu erkennen.

Draußen hatte sich Othello erhoben und beobachtete gespannt die gegenüberliegende Seite. Dann begann er frenetisch zu bellen und zu wedeln. Das machte alle Spekulationen überflüssig, und Silvan stieg rasch aus. Er grinste von einem Ohr zum anderen, als Kim mit Whisky an der Leine, Carla und Sascha quer über die Fahrspur zu ihm herüberliefen, langsamer gefolgt von einem ihm unbekannten Mann.

Rasch löste er Othellos Leine von der Abwasserleitung. Der Hund riss ihn fast von den Füßen, in seinem Bestreben schnellstmöglich zu seiner Besitzerin zu gelangen.

Alle redeten durcheinander. «Wo zum Teufel habt ihr gesteckt?», fragte Silvan schärfer als beabsichtigt, doch sein breites Lächeln strafte seinen Tonfall Lügen.

«Das erzählen wir dir später.» Kim strahlte und drückte seinen Arm. «Ich habe meinen Mercedes wieder.»

«Ja, das sehe ich.»

«Sag mal, wie siehst du denn aus?», fragte Sascha fassungslos.

«Also du gewinnst auch nicht gerade einen Preis für elegantes Outfit», erwiderte Silvan grinsend, mit Blick auf ziemlich zerknitterte Hosen und einen großen Schmutzfleck auf dem Shirt des sonst immer perfekt gestylten Kollegen.

Kim kam wie immer gleich zum Wesentlichen: «Armer Othello, sooo nass! Du hättest ertrinken können! Böser Junge, einfach abzuhauen», während sich ihr Hund vor Glück kaum zu fassen wusste.

«Immerhin hätte ich auch ertrinken können», murmelte Silvan vor sich hin.

Kim hatte gute Ohren. «Bist du aber nicht», stellte sie trocken fest und tätschelte seine Schulter.

«Sein Verdienst war das aber nicht.» Er deutete auf den Labrador, der das als Aufforderung verstand, an ihm hochzuspringen. Er hob sein Knie und ließ den Hund daran abprallen. Othello gab auf und forderte stattdessen Whisky zum Spielen auf. Im Nu waren die beiden Leinen total verheddert.

Silvans und Carlas Blicke trafen sich in stummem Einverständnis. Alle total plemplem! «Ich bin froh, ist dir nichts passiert», raunte ihr Silvan mit einem Seufzer der Erleichterung zu, was sie mit einem Lächeln quittierte.

Kim fiel ein, dass sie nicht allein waren. «Das ist Oscar», beschied sie ihrem Neffen mit einer knappen Handbewegung auf den Ex-Soldaten, der stumm und unbewegt dastand und die Szene beobachtete. «Er hat uns gerettet!»

Ach, Kim und ihr Hang zur Melodramatik, dachte Silvan. Aber die anderen beiden nickten ernsthaft. Also lächelte er, reichte Oscar die Hand und bedankte sich.

Kims Bedarf an Gefühlsduselei war damit für den Augenblick gedeckt. «So, und jetzt fahren wir nach Hause.» Ihre Müdigkeit war vergessen, das Adrenalin wirkte noch nach.

«Oh nein!», protestierte Silvan. «Das kannst du vergessen, oder du fährst allein. Ich habe Hunger und ich bin müde. Wir gehen etwas essen und dann suchen wir für die Nacht ein Hotel.»

Oscar räusperte sich. «Ich hätte eine Bitte. Wenn ich darf, Madame?»

Kim lächelte. «Aber natürlich. Was kann ich für Sie tun?»

«Mein Sohn verzockt in Monte Carlo gerade mein Vermögen und meine Rente. Ich muss schnellstens dahin, habe aber immer noch kaum Geld. Leihen Sie mir eines Ihrer Autos. Ich schwöre, ich bringe es Ihnen anschließend an jede von Ihnen gewünschte Adresse.»

«Nein», antwortete sie nach einigem Zögern. Oscar senkte enttäuscht den Kopf. «Aber wir bringen Sie hin und fahren über Italien nach Hause.»

«Das wäre wunderbar, Madame.»

«Aber nicht mehr heute Abend.» Silvan war nicht bereit, in diesem Punkt nachzugeben.

Kim achtete nicht auf ihn. «Wie lange dauert die

Fahrt, Oscar?»

Er überlegte einen Moment: «Zweieinhalb Stunden?»

«Das ist doch nicht so weit. Übernachten wir in Monaco», schlug sie vor.

«Vielleicht besser in Nizza, Madame.»

«Hunger! Kim. Hunger!», wiederholte Silvan störrisch und wies zur Verdeutlichung auf seinen Mund.

«Meinetwegen, dann gehen wir erst essen», entschied Kim.

Oscar schüttelte den Kopf. «Wir sollten nicht hierbleiben, Madame.»

Silvan öffnete den Kofferraum des Mercedes und fand zwei fremde Reisetaschen Kofferraum. «Er hat recht, das sollten wir besser nicht. Die Gangster kommen sicher zurück. Oder sind das deine Taschen?»

«Nein.» Jetzt, wo sich die Aufregung allmählich legte, fand Kim Zeit, sich über den Müll aufzuregen, der überall im Mercedes herumlag. «Diese Ferkel!», fauchte sie empört. «Los, werft das ganze Zeug in die beiden Reisetaschen und schmeißt sie raus. Und schaut überall nach! Nicht, dass ich beim Fahren auf eine Coladose trete.»

Silvan schüttelte den Kopf. «Mit Teil eins bin ich einverstanden, aber die Taschen brauchen wir noch für die Polizei. Lasst sie immerhin im Kofferraum.»

Sie tauchten von allen Seiten in den Wagen und klaubten Getränkedosen, Sandwichverpackungen, angebissene Schokoriegel zusammen.

«Seht mal, was ich gefunden habe», rief Sascha triumphierend und hielt zwei Kontrollschilder hoch, die er unter einem Sitz gefunden hatte. «Sind das zufällig deine, Kim?»

Oscar nahm ihm die Schilder ab und wechselte sie rasch und fachgemäß, während Kim mit Silvan weiterdiskutierte. Die falschen Schilder wanderten zum Müll in den Reisetaschen.

Im Grunde stimmte sie ihm zu, wenn auch nur widerwillig. Sie konnten nicht riskieren, dass die Gangster den Mercedes zurückholten oder noch schlimmer, hier auf sie warteten. Denn offensichtlich waren sie hinter ihrem kleinen Whisky her, obwohl Kim nicht begriff, weshalb. Sie seufzte. «Also, irgendwelche zielführenden Vorschläge?»

Wie immer gab Silvan schließlich nach, allerdings nicht vollständig. «Na schön, fahren wir nach Nizza oder Monte Carlo. Aber unterwegs gehen wir irgendwo hübsch essen.» Kim nickte zustimmend. Silvan warf einen Blick auf Sascha und Carla. «Das gilt nicht für euch beide. Wenn ihr von hier aus gleich zurückfahren möchtet, wird euch Kim den Mercedes leihen.» Sie sah ihn böse an. «Na schön, dann eben den Kombi, wenn du deine Hunde lieber im Mercedes transportierst.»

«Okay.» Kim musterte ihren Ziehsohn aufmerksam. Seine Attitude hatte sich seit gestern deutlich verändert. Hatte er sich auf Le Rochet noch zögernd bis abwehrend gezeigt, wirkte er nun, als wäre er endlich aufgewacht. Er stellte sich der Situation und übernahm die Führung. Ob der verrückte Tag die Veränderung hervorgerufen hatte oder ob eine gewisse junge Dame dabei eine Rolle spielte, war noch zu klären. Jedenfalls gefiel ihr der heutige Silvan deutlich besser als der gestrige.

Ihr Neffe sah sie herausfordernd an. «Und, wir sind deine Gäste. Du bezahlst alle Restaurant- und Hotelrechnungen. Ich hoffe, du hast deine Kreditkarten dabei.»

«Selbstverständlich.» Kim lächelte breit. Ja, der neue Silvan gefiel ihr entschieden besser. Die Klasse der Rochat-Männer blitzte hervor.

Carla wirkte etwas enttäuscht. «Ich will aber lieber mit dir zurückfahren.»

Sascha warf ihr einen kühlen Blick zu. «Ich nehme das mal nicht persönlich. – Übrigens, ich bleibe auch bei euch», bemerkte er.

«Schön, wie ihr wollt.» Damit war das Thema für Silvan erledigt. «Beklagt euch nicht, dass euch das wirkliche Leben entgeht.» Carla lächelte und nahm schon mal ihren Beifahrerplatz im Audi ein, um keine Irrtümer aufkommen zu lassen.

Der Franzose hatte das Gespräch aufmerksam verfolgt und die Gruppendynamik der Schweizer ausgelotet. Nun wandte er sich direkt an Silvan. «Ich kenne eine nette Kneipe, sie liegt auf dem Weg, ein bisschen außerhalb. Wenn Sie mich tatsächlich begleiten wollen ...?»

«Aber ja», antwortete Kim für Silvan und scheuchte die Gesellschaft in die Autos. «Dann nimm mal den Logan.» Sie fummelte den Autoschlüssel aus ihrer Tasche und legte ihn in Saschas auffordernd ausgestreckte Hand. «Fahr anständig und rase nicht!»

Er schloss die Finger um die Schlüssel und schnaufte. «Nicht dein Ernst, oder?»

Es hatte eine Weile gedauert, bis sich Van Dams Gesicht von pflaumenblau wieder zu babyrosa normalisiert hatte. Jetzt war er nur noch müde. Die Augen fielen ihm zu, während sich der Bus durch enge Straßen quälte.

«Sieh zu, dass du nicht auch noch einschläfst, Mathieu!», knurrte er mit geschlossenen Augen. «Wenn wir an der Oper vorbeifahren, hänge ich dich an den nächsten Baum. Verstanden?»

«Schon gut. Du schläfst besser auch nicht. Es sind nur zwei Stationen.» Nach wenigen Minuten stieß er den großen Mann in die Seite. «Wach auf, Willem, wir sind gleich da.»

Sie stellten sich in die Schlange der Aussteigewilligen. Die Haltestelle befand sich direkt nach der nächsten Kreuzung, doch im Moment stand die Ampel auf Rot.

Plötzlich schrie Lafitte: «Verdammte Scheiße!»

Alle Leute vor ihm drehten sich prompt um, und der Dicke zischte: «Bist du noch zu retten, du Idiot?»

«Schau doch!»

Van Dam blickte in die angezeigte Richtung und sein Kiefer fiel herab. Ungläubig sahen die beiden Männer zu, wie ein kleiner Konvoi vor ihnen in die Straße einbog: Vorneweg fuhr der Mercedes mit den Tiger-Türen, gefolgt von einem Kombi und dem blauen Audi. Lafitte hob geistesgegenwärtig sein Smart-Phone und fotografierte die kleine Kolonne.

Der Belgier röchelte, einem Schlaganfall nahe. Als der Bus Sekunden später an der Haltestelle anhielt, drängte er sich rücksichtslos an den vor ihm Stehenden vorbei und stürmte aus dem Bus. Doch der Verkehr gestaltete sich gerade ziemlich flüssig, was selten genug vorkam in Marseille, und an der nächsten Kreuzung bogen die drei Fahrzeuge nach links ab. Bis Van Dam dort ankam, waren sie bereits außer Sichtweite.

Lafitte war seinem Schwager gefolgt und blieb jetzt vorsichtig außerhalb der mächtigen Fäuste stehen. Doch dem Dicken stand der Sinn nicht nach einer Schlägerei. Er lehnte sich völlig erschöpft an die nächste Hausmauer. Als er wieder so weit zu Atem gekommen war, dass er seinen Partner herumscheuchen konnte, sagte er: «Wir brauchen ein Auto. Mathieu, mach dich nützlich! Ich warte hier.»

Typisch, dass es wieder ihn traf. Mürrisch machte sich Lafitte auf den Weg zum nächsten öffentlichen Parkplatz. Dort stellte er sich in den Schatten einer Pinie, holte etwas aus der Jackentasche, das wie eine TV-

Fernbedienung aussah, und wartete.

Das erste Fahrzeug, das hereinkam, war ein alter Peugeot aus den frühen Achtzigerjahren. Der nützte ihm gar nichts. Der nächste war ein auffälliger Geschäftswagen, ebenfalls ungeeignet für seine Zwecke. Der dritte Wagen war genau das, worauf er gewartet hatte. Der Fahrer stieg aus und presste den Knopf an seinem Autoschlüssel, um abzuschließen. Er bemerkte den Gauner gar nicht, der dabei die Funkfrequenz auslas.

Lafitte ließ sich sicherheitshalber einige Minuten Zeit, ehe er den nicht mehr ganz neuen meergrünen Mégane mühelos mit seinem Sender öffnete. Er schloss den Wagen kurz und hoffte, sein Besitzer hing nicht noch irgendwo herum. Doch alles ging gut.

Van Dam wartete unterdessen ungeduldig. Nach dreißig Minuten, die ihm wie Stunden vorkamen, hielt endlich ein grüner Renault vor ihm.

Oscar fuhr zügig voraus durch Marseille und gab acht, dass die anderen beiden Fahrzeuge an ihm dranblieben. Er mied die Autobahn und fuhr auf der Départementale in Richtung Aix-en-Provence. Nach einer knappen halben Stunde bog der kleine Konvoi in den Parkplatz vor einem alten Landgasthof ein.

Die Gaststube war nur schwach erhellt, die Wände vom Rauch geschwärzt, und von den acht Tischen war nur gut die Hälfte belegt.

Die Wirtin, eine stämmige Mittvierzigerin, kam auf die Gesellschaft zu gesegelt und fiel dem Ex-Soldaten um den Hals. «Oscar! Mon Dieu, wie lange ist das her?»

«Marie! Du hast dich kein bisschen verändert.»

«Alter Lügner! Sind das deine Freunde? Wollt ihr essen? Ihr könnt sofort eine Soupe au Pistou bekommen.»

Bald standen fünf Teller mit Gemüsesuppe, Brot und Getränke auf dem Tisch.

«Nehmt ihr das Tagesmenü?», erkundigte sich die Wirtin, als sie die Suppenteller brachte. Alle nickten, nur Oscar lehnte ab und behauptete, er habe keinen Hunger.

Kim hatte jedoch einen anderen Verdacht. «Sie auch!», bestimmte sie und bedeutete ihm, dass er eingeladen sei.

«Danke nein», erwiderte er. «Ich muss mich beeilen, sonst ist alles weg.»

«Du kannst in einer Viertelstunde essen, Oscar», warf die Wirtin ein.

Und Oscar, müde und hungrig, stimmte zu. «Also gut. Aber dann muss ich unbedingt einen Moment schlafen», sagte er. «Ich gehe hinaus, bitte wecken Sie mich, wenn das Essen auf dem Tisch steht.»

Silvan erhob sich ebenfalls. «Mich auch. Ich kann nicht mehr.» Und Sascha folgte den beiden auf dem Fuß.

Kim wartete, bis sich die Tür hinter den Männern geschlossen hatte, dann ging sie in die Küche und bat die Wirtin, die Bestellung eine Viertelstunde hinauszuzögern.

«Und du? Bist du nicht müde?», fragte sie Carla, als sie zum Tisch zurückkehrte.

Diese lächelte schuldbewusst. «Ich habe fast die Hälfte der Fahrt verschlafen. Zudem bin ich durch und durch Nachtmensch. – Was hast du in der Küche gemacht?» Auch ihr ging das Du leicht von den Lippen.

«Wir lassen die Männer eine Viertelstunde länger schlafen. Das muss reichen. Silvan und Sascha sind jung, die schaffen das. Oscars Tag ist in Monte Carlo sowieso zu Ende, und den hält schon die Wut auf seinen Sohn wach.»

«Das war unser Mercedes!» Van Dam konnte es noch immer nicht fassen.

Lafitte nahm den Blick nicht von der Straße. «Na ja, also *unser* Mercedes war es eigentlich nicht.»

Der Belgier überhörte das. «Halt hier mal an, Mathieu. Ich muss überlegen.»

Lafitte gehorchte und nestelte, kaum dass der Wagen stand, sein Smartphone aus der Hosentasche. «Der Mercedes war wieder mit seinen eigenen Schildern bestückt. Mindestens der Audi hatte ebenfalls Schweizer Kennzeichen.»

«Daraus können wir wohl kaum schließen, dass die drei Wagen zusammengehören.»

«Aber der blaue Audi ...»

«Ja.» Das Pärchen, das den Hund mitgenommen

hatte, war in einem blauen Audi unterwegs gewesen. War es tatsächlich möglich, dass man sie aufgespürt hatte?

«Hier.» Lafitte hatte die Bilder gefunden. «Schau selbst.»

«Mathieu, jetzt halt einfach mal die Schnauze!»

Van Dam war müde und er hatte Angst. Inzwischen wusste der Boss mit Sicherheit schon, dass die Übergabe der Ware auch diesmal nicht geklappt hatte. Er musste seine Fantasie nicht übermäßig anstrengen, um sich die Folgen auszumalen. Wenn sie den Hund nicht bald wiederfanden, nahm er vermutlich einen Schwimmkurs im Mittelmeer. Mit einem großen, schweren Stein um den Hals.

«Na, dann nicht», tat Lafitte beleidigt und begann mit seinem Telefon herumzuspielen. Er loggte sich in sein Facebook ein. Hier hielt er Kontakt mit seiner zwölfjährigen Tochter. Sie hatte etwas geteilt. Er klickte den Link an, und seine Augen wurden groß.

Vorsichtig warf er einen Blick auf seinen Schwager, der mit halb geschlossenen Augen vor sich hinbrütete. Der Belgier fühlte seinen Blick und knurrte: «Ja? Was denn??»

Statt einer Antwort hielt Lafitte ihm das Smartphone unter die Nase. Van Dams Augen wurden glasig. So also hatten sie den Hund gefunden!

«Gib her!» Er scrollte sich durch die Kommentare. Einer davon war von Lafittes Tochter Magali. Sie hatte den Link geliked und mit vielen Herzchen kommentiert: «So ein süßer Hund! Hoffentlich kommen diese Verbrecher ins Gefängnis.»

Er verzog böse den Mund, blätterte weiter und begann zu lachen. «Los, starte den Motor, Mathieu! Ich weiß, wo sie sind. Jemand hat die Diebe gesehen.»

Das Essen war ausgezeichnet gewesen. Kim hatte Diskussionen erwartet, aber Oscar hatte nur kühl gefragt: «Wer hat entschieden, dass ich so lange schlafen kann?» Sie hatte ihm herausfordernd in die Augen geblickt, und Oscar hatte sich mit einem knappen «Danke Madame» hingesetzt.

Auch Silvan und Sascha waren erfrischt und bereit, gleich nach dem Essen weiterzufahren. Während sie auf den Kaffee warteten, fiel Silvan plötzlich etwas ein. Er ging in die Küche und fragte nach Salz.

«Auf dem Tisch, Monsieur.»

«Ich fürchte, ich brauche etwas mehr.» Silvan erklärte das Missgeschick mit seinem Telefon und erhielt eine Tüte voll grobem Salz. Er legte das iPhone hinein und konnte jetzt nur noch das Beste hoffen.

Als er zurückkam, schmuste Sascha unter den eifersüchtigen Blicken von Othello mit Whisky herum, der das sichtlich genoss. «Der Anhänger ist aber ziemlich schwer für so einen kleinen Hund», stellte er fest.

«Whisky ist ja nicht wirklich klein», erwiderte Kim. «Und der Anhänger ist doch nicht schwer. Das ist nur

233

Plastik.»

Silvan wurde aufmerksam. «Warte mal.» Er setzte sich auch neben den Hund und kraulte ihn hinter den Ohren. «Lass mich mal sehen, Whisky. Guter Hund.» Er streifte ihm das Halsband ab und schüttelte die Whiskyflasche. Irgendetwas klapperte darin. «Sascha hat recht, der Anhänger ist schwerer, als er aussieht. Kann man das Ding öffnen, Kim?»

«Es ist ein gewöhnlicher Schraubverschluss. Drin ist meine Adresse, weil der kleine Racker immer wieder abhaut.»

Silvan öffnete den Verschluss und drehte die Flasche vorsichtig um. Ein Papierröllchen wurde sichtbar. Er zog daran und drehte das Papier vorsichtig auseinander. Carla riss die Augen auf. «Wow!», machte sie.

Sascha hob die Brauen. «Kein Wunder sind sie hinter dem Hund her. Ich frage mich nur, wieso sie ihn dann ausgesetzt haben?»

«Wahrscheinlich haben sie ihn vergessen», vermutete Carla. «Oder sie sind einfach bescheuert.»

«Oder beides.» Silvan streifte dem Hund das Halsband wieder über, die Whiskyflasche samt Inhalt steckte er sich in die Tasche.

Sascha sagte gerade gedankenvoll. «Kaum vorstellbar, dass unsere Freunde aus Marseille auf diese Beute verzichten, oder?»

Carlas Augen wurden groß vor Schreck. «Ach, du liebe Scheiße! Ich habe vergessen, die Suche abzublasen», schrie sie, kramte ihr Tablet hervor und holte das Versäumnis nach.

Silvan starrte Kim an. «Stell den Mercedes hinter das Haus! Sofort!»

«Nein. Wir sollten uns lieber gleich auf den Weg machen», widersprach Oscar ernst.

Er hatte recht. Kim bezahlte und sie brachen sofort auf.

Keine fünf Minuten später fuhr ein meergrüner Mégane auf den Parkplatz.

Lafitte sah sich enttäuscht um. «Weg!», konstatierte er. «Bist du sicher, dass das hier gemeint war?»

«Gehen wir etwas trinken und finden wir es heraus.» Van Dam stieg aus.

Es kostete sie eine Viertelstunde, einen Kaffee zu bestellen, zu trinken und zu bezahlen – und nicht einmal die Hälfte davon, um das Ziel der Schweizer herauszufinden.

«Was zum Teufel suchen die denn in Monte Carlo?», fragte der Belgier verwundert, als er den Mégane wieder auf die Hauptstraße lenkte. «Man sollte denken, sie haben, was sie wollten, und fahren jetzt nach Hause.»

«Vielleicht wollen sie über Italien zurückfahren?»

«Egal. Hauptsache, wir finden sie schnell, bevor Manolo uns in die Finger kriegt.»

«Und wie genau willst du sie in Monte Carlo finden?» Lafitte hatte eine Begabung, unangenehme Fragen zu stellen. «Vorausgesetzt, sie wollen da wirklich hin.»

Van Dam blieb gelassen. «Genauso wie wir sie hier gefunden haben. – Log dich nochmal ein.»

Aber der Account war gelöscht. Lafitte hatte noch eine weitere unangenehme Begabung: Er konnte richtig gut den Teufel an die Wand malen. «Jetzt fehlt nur noch, dass sie die Klunker finden», sagte er düster.

Der Konvoi fuhr über die nächtliche Autobahn. Oscar fuhr voraus. Ihm folgte Silvan mit Kim als Beifahrerin. Er musste dringend mit seiner Tante unter vier Augen sprechen.

Nur vorübergehend, hatte er der enttäuschten Carla versichert, als sie zu Sascha in den Kombi komplimentierte. Er hatte ihr aufgetragen, inzwischen ein Rätsel zu lösen. In ihrer Berner Zeitung war von einem Diamantendiebstahl die Rede gewesen, doch jene Täter waren rasch gefasst worden. Carla suchte die entsprechende Nachricht in verschiedenen Zeitungen, auch in belgischen, französischen und deutschen, und fand bald heraus, dass die Polizei in Antwerpen zwar drei Täter gefasst hatte, dass aber ein Teil der Beute, sechs besonders wertvolle Steine nicht auffindbar gewesen waren. Alle drei Festgenommenen schworen Stein und Bein, von den sechs Steinen nichts zu wissen.

Unterdessen wappnete Silvan sich für ein unerfreuliches Gespräch. «Kim!», begann er sehr ernst. «Jetzt ist Schluss mit lustig. Du hast dein Auto wieder und du hast deinen Hund wieder. Glaub ja nicht, dass die Diebe nicht wissen, wer beides hat. Die rechnen zwei und zwei zusammen, sofern wir nicht Pech haben, und sie die Facebook-Suche mitbekommen haben.»

Kim wusste, wann sie verloren hatte. «Ich weiß», sagte sie ergeben.

«Wir müssen jetzt zur Polizei gehen», drängte er. «Diesmal kommst du nicht darum herum.»

«Ich weiß», wiederholte sie.

«Keine Widerrede – äh, was hast du gesagt?», fragte er ungläubig.

«Du hast recht. Wir gehen zur Polizei.»

«Ich habe keine Ahnung, an wen wir uns in Frankreich wenden müssen», grübelte Silvan. «Die Gendarmerie wird es wohl nicht sein, die sind nur für Lokales zuständig.»

«Wir gehen zu Hause zur Polizei!», stellte Kim klar. «Wir werden den Fall nicht komplizieren. Schließlich ist hier meines Wissens nichts geschehen, was das Einschalten der französischen Polizei rechtfertigen würde.»

Silvan musste ihr zum Teil recht geben. Seinen Einwand, dass sie mit größeren Problemen rechnen mussten, wenn die französische Polizei Diebesgut bei ihnen fand, schmetterte sie allerdings ab. «Woher sollen die das denn wissen? Die Diebe werden sich deswegen kaum an die Polizei wenden.»

Ihm fiel etwas ein. «Zu Hause bedeutet, wir müssen

uns mit Nussbaumer herumschlagen.»

Sie zuckte die Schultern, offenbar hatte sie die ganze Zeit damit gerechnet. «Wir werden es überleben.»

«Ja, und vielleicht können wir mal diesen blöden Krieg beenden», bemerkte er hoffnungsvoll. Schließlich war er erwachsen geworden und Nussbaumer älter. Da musste man auch mal vergeben können.

Sie fuhren an einem Schild vorbei, das besagte, dass es noch hundertzwanzig Kilometer bis Nizza waren. Und, während er sich noch Gedanken darüber machte, wie sie die ganze Geschichte ihrem Freund Nussbaumer erklären konnten, waren ihre Gedanken bereits woanders. «Hätte Oscar bloß sein Telefon dabei.»

«Ich setz mich mal neben ihn. Sag ihm, wir treffen uns auf dem nächsten Rastplatz zur Besprechung.»

Er wartete ab, bis eine ganze Kolonne von Autos an ihnen vorbeigezogen war, dann wechselte er auf die Überholspur und fuhr neben Oscar. Der warf einen Blick herüber und ließ das Fenster herunter.

Hinter ihnen schüttelte Sascha frustriert den Kopf. «Was zum Kuckuck hat er denn jetzt vor?»

«Da!», bemerkte Carla. «Kim hängt aus dem Fenster, sie spricht mit Oscar. – Mach das Fenster runter, er kommt auch zu uns.»

Oscar war nicht erfreut, dass er schon wieder aufgehalten wurde. Allerdings fand er Kims Entschluss sehr vernünftig. «Zuständig wäre die Police Judiciaire. Aber Sie haben recht, es gab in Frankreich keine Straftat.»

Ihr Neffe konnte es sich nicht verkneifen. «Na ja, außer Hehlerei, wenn man es genau nimmt.»

«Silvan!», rief Kim empört.

«Aber Sie haben die Diamanten nicht selbst versteckt. Es wäre gut möglich, dass Sie sie noch nicht oder überhaupt nie entdeckt hätten.» Oscar beugte sich zu Kim und sah ihr forschend in die Augen. «Sie werden in der Schweiz zur Polizei gehen und die Juwelen abliefern, nicht wahr, Madame?»

«Ja, selbstverständlich», antwortete sie mit frommem Augenaufschlag. Dann sah sie den Blick, den ihr Silvan zuwarf. «Ja, sicher, wir gehen zur Polizei, sobald wir zu Hause sind. Ich schwöre es, ihr seid alle meine Zeugen.»

Oscar nickte. «Dann machen Sie es so. Es gibt sonst nur einen riesigen Papierkrieg. Sollten Sie aber in Frankreich festgenommen werden, wäre ich Ihnen dankbar, wenn Sie meinen Namen nicht erwähnen würden.»

«Wir kennen Ihren Namen gar nicht», fiel es Carla ein. «Wir könnten höchstens einen Anhalter erwähnen.»

Oscar lächelte nur. Er hatte im Augenblick nicht die Absicht, diese Wissenslücke zu füllen.

«Jetzt suchen wir zuerst ein Hotel», verfügte Silvan. Die anderen stimmten ihm zu.

Oscar trat von einem Bein aufs andere, er war wirklich sehr in Eile. «In Nizza? Dann kann ich Ihnen dort den Logan zurückgeben. Aber wie und wo finde ich Sie?»

«Ganz einfach. Ich suche uns jetzt sofort ein Hotel.» Carla machte es sich erneut im Audi bequem und stöpselte ihr Tablet ein. «Das Ding ist ein irrer Stromfresser! – Äh, denkst Du, deine Tante ersetzt mir die Roaminggebühren?»

«Darauf darfst du wetten», versicherte ihr Silvan grimmig und drehte den Zündschlüssel, um ihr Strom zu liefern. «Such ein Hotel an der Peripherie von Nizza, am besten eines mit einer Garage oder wenigstens einem abgeschlossenen Parkplatz.»

Es dauerte nicht lange. «Hotel Acropolis. Vier Sterne mit Garage. Vier Zimmer?»

Silvan nickte. Er hatte nicht die Absicht, Kims Geld zu sparen. Nun ja, Geiz war ja auch nicht wirklich ihr Problem.

Die Internet-Verbindung war ziemlich langsam, was Carla nervte, und es dauerte eine ganze Weile, bis die Reservation bestätigt war. «Erledigt», meldete sie und gab Oscar und Sascha die Koordinaten durch.

In diesem Moment fuhr auf der Autobahn ein meergrüner Mégane zügig an ihnen vorbei.

Kapitel 8

Es war ein langer Tag gewesen. Kim war gerade auf dem Weg in ihr schönes Hotelbett, als Oscar auf ihren Zimmeranschluss anrief und sie über seinen Fehlschlag informierte.

Sein Problem war ein grundsätzliches, er hätte eher daran denken sollen: Für den Zutritt zu den Casinos brauchte er einen Ausweis mit Foto. Und seine Brieftasche hatte Rémy.

«Kommen Sie zu uns nach Nizza», schlug Kim ihm spontan vor. «Schlafen Sie sich eine Nacht richtig aus, und morgen früh helfen wir Ihnen bei der Suche. Wir finden Ihren Sohn bestimmt.»

Und Oscar, zum Widersprechen zu müde, stimmte zu.

Kim jagte ihren unglücklichen Neffen aus dem Bett und erteilte ihm den Auftrag, ein Zimmer für Oscar zu buchen.

«Also wirklich!», protestierte Silvan schwach. «Kim, du bist eine echte Plage. Geh doch selber hinunter und warte auf deinen Soldaten.»

«Geht's noch?», antwortete sie entrüstet. «Wie sähe das denn aus, eine Dame, die auf einen fremden Herrn in der Lobby wartet? Was würde er von mir denken?»

«Das, liebe Tante, ist mir im Moment vollkommen schnuppe.» Aber natürlich bekam Kim wie immer, was sie wollte, und er zog sich an, um ihre Wünsche zu erfüllen. Er fühlte sich wie ein Zombie und sah wahrscheinlich allmählich auch so aus, als er kurz darauf an Carlas Zimmertür vorüberschlurfte. Spontan streckte er die Hand aus, um anzuklopfen, besann sich aber noch rechtzeitig. Er gönnte ihr den Schlaf und wollte sie nicht wecken.

Er trug noch immer seine Trainerhose und das T-Shirt zu den Tennisschuhen aus der Sporttasche. Ein Hotel-Angestellter hatte die nassen Kleider und Schuhe mitgenommen und opferte ihnen jetzt seine Nachtruhe. Der junge Mann hatte es tatsächlich geschafft, bei Silvans Beschreibung seines Missgeschicks nicht zu grinsen, und durfte auf ein gutes Trinkgeld hoffen.

Erst in der Lobby fiel Silvan ein, dass er Oscars Nachnamen noch immer nicht kannte. Eine boshafte Stimme in seinem Hinterkopf schlug ihm vor, Kim deshalb zu wecken. Aber natürlich tat er das nicht. Seine Tante hatte es seltsamerweise geschafft, ihn zu einem rücksichtsvollen Zeitgenossen zu erziehen. Er buchte also ein weiteres Zimmer auf Kims Rechnung und nahm die Schlüsselkarte selbst entgegen.

Anschließend holte er sich einen Kaffee und suchte sich einen Platz gegenüber der Eingangstür. Selbst wenn er einschlief, konnte ihn Oscar dort nicht übersehen.

Das starke Gebräu und drei Zucker taten ihre Wirkung. Silvan nahm seine Umgebung jetzt besser wahr. Zuvor musste er mit offenen Augen geschlafen haben.

Anders war es nicht zu erklären, dass ihm Carla nicht aufgefallen war, die im hinteren Teil der Bar saß. Sie hatte ein Bier vor sich stehen. Offenbar saß sie da schon länger, denn das Glas war fast leer. Es verletzte ihn, dass sie allein einen Schlummertrunk zu sich nahm.

Sie hatte ihr Tablet vor sich stehen und sprach lange und lebhaft auf jemanden ein. Verstehen konnte er nichts, sie war zu weit entfernt, und der Lärmpegel in der Bar war ziemlich hoch.

Zwei Pärchen kamen plaudernd aus dem Aufzug und gingen durch die Lobby hinüber in die Bar. Als er wieder freie Sicht hatte, räumte die Bedienung das Glas und die Bierflasche ab, wo Carla eben noch gesessen hatte.

Er überlegte, wohin sie verschwunden sein mochte, als sie unvermittelt vor ihm auftauchte. Ihre Augen blitzten und ihre Wangen wiesen rote Flecken auf. Sie stutzte, als sie ihn sah, dann entspannte sich ihr Gesicht und nahm einen reumütigen Ausdruck an.

Silvan nahm sich zusammen. «Hi», sagte er lächelnd. «Ich dachte eigentlich, du schläfst schon. Willst du mit mir auf Oscar warten? Es kann nicht lange dauern, von Monte nach Nizza fährt man nicht viel länger als eine halbe Stunde.»

«Klar doch.»

«Geht's dir gut?»

«Ja, sicher.» Sie setzte sich ihm gegenüber und streckte seufzend ihre langen Beine. «Ich habe mit meinem Vater geskypt. Das war ganz schön anstrengend.

Aber davor musste ich mir ein bisschen Mut antrinken.»

«Gehört das zu deinen Gewohnheiten?»

«Mit meinem Vater zu skypen? Nein, meistens telefonieren wir. Aber Skypen kostet hier nichts.»

«Meine Frage war, ob du dir dazu öfter Mut antrinken musst?»

Sie lachte. «Nein, normalerweise nicht. Aber nach unserem Streit, dann dieser Ausflug – ich habe mich wirklich fast nicht getraut, ihm davon zu erzählen.»

«Kann ich mir vorstellen. War er sehr wütend?»

«Begeistert war er nicht.» Sie gähnte. «Hoffentlich kommt Oscar bald, ich bin wirklich müde.»

«Ich kann auch alleine warten», bot Silvan sofort an.

«Nein, ich sitze gerne hier bei dir.» Sie lehnte sich zurück, schloss die Augen und war weggetreten.

Fünfzehn Minuten später betrat Oscar das Hotel. Er nahm die Schlüsselkarte entgegen und blickte sehnsüchtig nach der Bar.

Silvan warf einen Blick auf die schlafende Carla. «Einen Drink?», fragte er leise. Oscar nickte und ging voraus.

Der Barkeeper stellte rasch zwei Gläser in den Geschirrkorb unter der Theke und kam dann zu ihnen. «Was darf ich Ihnen bringen, Messieurs?»

Silvan entschied, dass er etwas Starkes brauchte. Und dann sollte Kim es wagen, ihn noch einmal aus dem Bett zu holen. «Whisky!», sagte er und hob einen Finger. Dann ging ihm auf, was er gesagt hatte, und er begann unkontrolliert zu lachen. Daran konnte man mal sehen, wie übermüdet er war. «Whisky in Frankreich!», brachte er irgendwann mühsam hervor. «Whisky!»

Der Barkeeper sah ihn verstört an. Ein Whisky in einer französischen Bar hatte ja durchaus etwas Abartiges, aber die Komik erschloss sich ihm nicht. Oscar grinste jedoch verständnisvoll. «Sie werden entschuldigen, Silvan, aber mir ist ein Cognac doch lieber.»

«Ich werde es Kim ausrichten, als Vorschlag für ihren nächsten Hund.» Daraufhin brachen beide in ein solches Gelächter aus, dass Carla davon erwachte. Es kostete sie einige Mühe, aus den beiden kichernden Männern den Grund für ihre Heiterkeit herauszubringen.

Am Montagmorgen standen sie in aller Herrgottsfrühe auf. Kim und Sascha führten zuerst die Hunde aus. Später saßen sie alle beim Frühstück und überlegten, wie sie Oscars Sohn in Monte Carlo finden wollten.

Carla schlug vor, erst einmal alle Hotels abzuklopfen.

«Er könnte ja auch in einem Park oder am Strand schlafen», gab Silvan zu bedenken, der am Morgen seine trockenen Kleider und Schuhe vor der Zimmertüre vorgefunden hatte, und sich jetzt wieder pudelwohl ihn seiner Haut fühlte.

«Der nicht!» Oscar verzog den Mund. «Nicht, solange er noch Geld hat. Wenn nichts mehr da ist, geht er nach Hause zu Mama. Und da ist er nicht, ich habe sie gestern

Nacht noch angerufen.»

«Glauben Sie ihrer Ex-Frau?», erkundigte sich Kim.

«In diesem Fall, ja.»

Sascha, der gerade mit einem akkuraten Schlag sein Ei geköpft hatte, sah auf. «Er könnte ja inzwischen angekommen sein.»

«Dann hätte sie mich informiert. Aber Sie haben recht. Ich rufe sie noch einmal an.» Er wechselte ein paar Worte mit seiner Ex, beendete das Gespräch und schüttelte den Kopf. Rémy war nicht nach Hause gekommen und hatte sich auch nicht bei seiner Mutter gemeldet. Das bedeutete, dass Oscars Vermögen noch nicht ganz verspielt war, aber auch, dass es der Junge weiterhin versuchte.

Carla schnitt ein langes Stück Baguette auf. «Ich schau gleich mal, wie viele Hotels es in Monte Carlo gibt.»

«Nein, das sind zu viele. Das können wir vergessen», widersprach Silvan kopfschüttelnd. «Es gibt viel weniger Casinos, versuchen wir es lieber dort. In einem davon wird er ja sein.»

«Und wann öffnen die Casinos?», fragte Kim. Allmählich wollte sie nach Hause, aber sie hatte Oscar ein Versprechen gegeben. Schließlich hatte er ihnen in Marseille auch geholfen.

Carla hatte ihr Tablet vor sich stehen und schaute nach. «Um vierzehn Uhr.»

Kim presste die Lippen zusammen. Das waren noch

fast sieben Stunden.

«Moment!» Carla blätterte in der Grand-Casino Website herum. «Hier! Es gibt nur ein Casino, das täglich vierundzwanzig Stunden geöffnet ist, das Beaulieu. Alle anderen öffnen erst am Nachmittag.»

«Gut. Dort suchen wir zuerst.» Oscar nickte ihr zu. «Aber an meinem Problem hat sich nichts geändert: Ich kann in kein Casino gehen, weil ich mich nicht ausweisen kann. – Würden Sie ihn für mich suchen?»

«Klar», gab sich Kim großzügig und ignorierte einen augenrollenden Silvan. «Haben Sie vielleicht ein Foto Ihres Sohnes dabei?»

Oscar schüttelte den Kopf. «Nein, aber vielleicht können Sie noch einmal ein Phantombild zeichnen?»

Kim kramte in ihrer Tasche nach einem Bleistift, räumte ihr Geschirr beiseite und drehte das Platzdeckchen um. Diesmal ging es schneller, der Tisch bot eine stabile Unterlage, und Oscar konnte seinen Sohn genauer beschreiben als die zwei Gangster, die er zuvor nur einmal kurz gesehen hatte.

Sie schob die fertige Zeichnung in die Mitte des Tisches, und sie beugten sich alle über ein junges Gesicht unter dunklen gewellten Haaren. Die Andeutung eines Bärtchens verfehlte ihren Zweck, mehr Reife darzustellen. Die Ähnlichkeit mit Oscar war allerdings nicht zu übersehen.

«Ein hübscher Junge», urteilte Kim und Carla pfiff durch die Zähne, was Silvan ein schroffes *Hej!* entlockte.

Oscar hob andeutungsweise eine Schulter. «Ich möchte die Damen nicht enttäuschen, aber Rémy ist eher etwas für ihn.» Er deutete auf Sascha, der sich unziemlich rasch wieder aufrichtete.

«Dann ist es doch ganz einfach.» Silvan grinste Sascha an. «Du schmeißt dich an ihn ran, dann vergisst er seinen Spieltrieb ganz schnell. Und dann schleppst du ihn ab. Easy.»

Sascha widmete sich intensiv seinem Frühstück. «Witzig! Wirklich», murmelte er.

Da es nahezu unmöglich schien, in der Nähe des Spielcasinos für alle drei Fahrzeuge einen Parkplatz zu finden, stellten sie Kims Mercedes und Silvans Audi in einem Einkaufszentrum an der Peripherie ab. Kim erbot sich, mit den Hunden dort zu warten. «Ich kann ohnehin nicht in die Casinos mitgehen.»

Sie klang nervös, und Silvan sah sie scharf an. «Immer noch?»

Sie zuckte gespielt gelassen die Schultern und leckte sich über die Lippen. «Das hört niemals auf, das weißt du doch.»

Sie hatten Glück und Oscar fand einen Parkplatz unweit des Beaulieu. Er parkte ein und drehte sich zu seinen Passagieren um. «Ich bleibe im Wagen. Wenn wir uns aus den Augen verlieren, treffen wir uns im Parkhaus des Einkaufscenters bei Madame und den Hunden.»

«Warum sollten wir uns aus den Augen verlieren?», fragte Carla verständnislos.

«Wenn mein Sohn hier auftaucht, werde ich ihm folgen, ohne auf Sie zu warten. Ich kann es mir nicht leisten, ihn wieder zu verlieren. – Wie wollen Sie vorgehen?»

«Sie fahren das Fluchtfahrzeug. Wir machen den Rest», scherzte Sascha, aber niemand lachte.

«Erst einmal schauen wir nach, ob Rémy überhaupt im Beaulieu ist», sagte Silvan vernünftig.

Sascha hob den rechten Daumen. «Genau. Und dann bringen wir ihn raus. Cooler Plan.»

Silvan hatte keinen solchen Plan, aber es hörte sich gut an, und so hielt er den Mund. Falls sie Rémy im Casino entdeckten, mussten sie sich nach der Situation richten. Hauptsache, es gab keinen Aufruhr.

Kapitel 9

Das Casino, das entfernt an einen maurischen Palast erinnerte, war nur ein paar Schritte vom Parkplatz entfernt. Silvan hielt wie selbstverständlich Carlas Hand. Sascha schlenderte hinter ihnen her. Es war ein sonniger, warmer Tag. Blumen dufteten und Palmen wiegten sich im leichten Südwind, der einen Hauch von Meer herantrug. Es hätte ein schöner Ferienmorgen sein können. Aber da war ...

«Kim?», fragte Carla nachdenklich. «Ist sie eine Spielerin?»,

Silvan nickte. «Deswegen ist sie auch mit Nussbaumer verkracht.»

«Wirklich? Wie das?»

«Weil er auch ein Spieler ist, oder zumindest war. Kim muss ihn aus einem Casino gekannt haben.»

«Nussbaumer?» Carla staunte. «Ja, geht das, als Polizist?»

«Ich vermute, er war eher ein Gelegenheitsspieler. Aber seiner Karriere wäre es bestimmt nicht förderlich gewesen.»

Ihr ging ein Licht auf. «Ach, deshalb ist er so wütend auf euch. Deine Tante hat ihn unter Druck gesetzt.»

«Milde ausgedrückt», gab Silvan zu. «Ich war siebzehn, und Nussbaumer hat mich auf einem Scooter ohne Kennzeichen erwischt. Es war eine Jugendtorheit. Ich hätte eine saftige Buße bekommen, und auch verdient. Fahren mit einem nicht versicherten Motor-fahrzeug. Aber Kim konnte das nicht zulassen. Sie hätte sich besser herausgehalten.»

Carla musterte ihn durchdringend. «Spielst du auch?»

«Nein, das interessiert mich nicht die Bohne.»

Auf der Terrasse des Beaulieu saßen Menschen bei Kaffee und Croissants, doch aus der Küche duftete es bereits nach Mittagessen.

«Ah, hier riecht es gut», schwärmte Sascha und schloss genießerisch die Augen.

«Du hast doch eben erst gefrühstückt.» Silvan packte ihn am Unterarm und zog ihn mit sich. «Vorwärts! Du kannst essen, wenn wir auf dem Heimweg sind. Ich spendiere dir ein Sandwich.»

Sie betraten das Casino durch den Haupteingang und fanden sich unvermittelt in einer anderen Welt, einer Welt von Luxus, Dekadenz, viel Licht und viel Bling-Bling. Carla verspürte eine seltsame Aufregung. «Eigentlich schade, dass wir nur wegen Rémy gekommen sind.»

«Wir brauchen uns ja nicht zu beeilen. Die anderen Casinos machen sowieso erst um vierzehn Uhr auf», meinte Sascha und sah sich ebenfalls fasziniert um.

Silvan erkannte die Anzeichen. Seine Freunde drohten offenbar der glitzernden Versuchung zu erliegen. «Doch», sagte er bestimmt. «Wir beeilen uns.»

Sie kauften ein paar Jetons, um nicht aufzufallen, und

teilten sie auf.

«Vergesst bloß nicht, weshalb wir hier sind», mahnte Silvan. Er musterte die beiden anderen mit besorgtem Blick. «Wir schauen uns nur kurz um. Falls ihr den Jungen seht, verhaltet euch unauffällig und sprecht ihn ja nicht an. Wir treffen uns wieder genau hier. Eine halbe Stunde sollte genügen.»

Sascha ging mit bedauerndem Blick an den ratternden und glitzernden Glücksspielautomaten, auch Einarmige Banditen genannt, vorbei in den Saal mit den Kartenspielern. Es dauerte nicht lange, und er fand den Gesuchten. Er blieb stehen und beobachtete ihn eine Weile, ehe er in die Lobby zurückkehrte. Dort wartete bereits Silvan, und auch Carla kam soeben zurück. Sie hatte noch rasch das Restaurant abgesucht.

«Er pokert. Tisch vier. Der Junge ist gut, er gewinnt», berichtete Sascha. «Er hat einen Riesenstapel Jetons vor sich liegen. Und wow, er sieht wirklich gut aus.»

Silvan sah ihn streng an. «Dann lass dir doch seine Telefonnummer geben. Die Frage ist jetzt, wie kriegen wir ihn da möglichst unauffällig raus. Wenn er gerade eine Glückssträhne hat, wird er nicht freiwillig mitkommen.»

Carla nickte. «Und Oscar wird nicht warten wollen, bis der Kleine wieder auf der Verliererstraße angekommen ist.»

«Ich habe einen Plan», verkündete Sascha und breitete ihn auch augenblicklich vor den Freunden aus.

Carla lachte, aber Silvan starrte Sascha wütend an. «Der Umgang mit meiner Tante tut dir eindeutig nicht gut. Das ist das Idiotischste, was ich je gehört habe.»

Sascha sah aus, als wäre ihm das größte Kompliment aller Zeiten gemacht worden. «Könnte aber funktionieren», sagte er selbstgefällig.

«Ja – oder total in die Hose gehen», fuhr ihn Silvan an. «Was machen wir, wenn Rémy nicht mitmacht, oder anfängt herumzubrüllen?»

«Na, dann sagst du einfach, sorry Kumpel, wir haben dich verwechselt.»

«Sage *ich*? Ich sage das?» Silvan fasste es nicht. «Du bist vollkommen übergeschnappt. Und übrigens, nur weil dieser Trick von Kim bei mir funktioniert, falle ich bei dir nicht auch noch drauf rein.»

Carla schien sich prächtig zu amüsieren und schlug sich zu allem Überfluss auf Saschas Seite. «Warum regst du dich auf, Silvan? Er hat doch recht, es könnte funktionieren.»

«Könnte? Ja, und wenn nicht?»

«Was kann schon passieren?»

«Vielleicht, dass er anfängt, um Hilfe zu schreien? Dass der Sicherheitsdienst eingreift und das Casino die Polizei verständigt? Wie wäre es damit?»

Carla zuckte die Schultern. «Na und? Wir können glaubhaft versichern, dass wir ihn noch nie gesehen haben. Das wird er sogar bestätigen. Wir hielten ihn für Hans Immel. Eine Verwechslung.»

«Hans Immel? Wer ist Hans Immel?»

Carla grinste. «Der Sohn von Freunden meiner Eltern.»

«Und warum gerade der?».

«Na, weil er ihm wirklich ähnlich sieht.»

«Ihr spinnt alle beide. Das klappt nie», sagte Silvan. Aber die beiden standen da wie zwei große Kinder und nickten ernsthaft.

Ein Plan B wäre hilfreich gewesen, aber damit konnte er nicht aufwarten. Und irgendetwas mussten sie unternehmen, wenn sie Oscars Erspartes retten wollten. Seufzend gab er nach. «Also gut. Aber ich rede bezüglich der Ausführung ein Wörtchen mit. – Carla, lauf zu Oscar und erkläre ihm, was wir vorhaben. Er soll den Wagen startklar machen, falls er einverstanden ist, was ich übrigens bezweifle.»

«Okay.»

«Wir warten bei den Glücksspielautomaten, hier fallen wir nur unnötig auf.» Carla war schon fast weg, als ihm einfiel, wie sie sich Rémys ungeteilter Aufmerksamkeit versichern konnten. «Und frag ihn, ob er weiß, vor welchem seiner Gläubiger sich Rémy am meisten fürchtet.»

Trotz Silvans Skepsis hieß Oscar den Plan in weiten Teilen gut, hielt jedoch mit seinen Bedenken nicht zurück. «Der Mann heißt Alberto. Aber im Casino können Sie das nicht machen. Das Sicherheitspersonal würde sofort einschreiten und die Polizei alarmieren, egal, welche Ausreden Sie anbringen.»

Carla ließ den Kopf hängen. «Ja, das befürchtet Silvan auch. Aber irgendwie müssen wir Ihren Sohn vom Spieltisch wegbringen. Und solange er gewinnt, ist er wahrscheinlich nur mir roher Gewalt zum Aufbruch zu bewegen.»

«Dieses Problem ist einfach zu lösen», meinte Oscar und grinste schief. «Lassen Sie Herrn Rémy Valentin am Tisch 4 eine Notiz überbringen, dass sein Vater vor dem Haupteingang wartet und er gefälligst sofort erscheinen soll. Er wird sich nicht darüber wundern, er muss wissen, dass ich ohne Papiere draußen bleiben muss.»

«Verstehe, ich formuliere also die Notiz möglichst bedrohlich. Aber, dann haut er ab. Ich dachte, dass sie das vermeiden wollten?»

«Ja, er wird sofort türmen», bestätigte Oscar finster. «Aber da ich vor dem Haupteingang warte, oder er das wenigstens glaubt, nimmt er sicher den Nebenausgang. Dort können ihre Freunde dann ihr kleines Spielchen mit ihm spielen. Sie müssen ihn aber unbedingt festhalten, bis wir kommen.»

«Wir?»

«Ich halte mich mit dem Wagen startklar. Ihre Freunde sollen sich in der Nähe des Nebenausgangs postieren, damit sie gleich zugreifen können, wenn er kommt. Und Sie bleiben in seiner Nähe. Wenn er zum Ausgang geht, kommen Sie sofort zu mir, dann fahren wir los und sammeln die drei ein.»

Carla informierte Silvan und Sascha, die daraufhin das Casino verließen. Dann schrieb sie die gewünschten Zeilen und bat einen Pagen, den Brief ihrem Freund am Tisch 4 zu überbringen.

«Ich will ihn überraschen!», erklärte sie strahlend und erntete einen mitleidigen Blick des Mannes.

Sie folgte ihm zu den Table Games und sah aus einiger Entfernung zu, wie Rémy die Notiz entgegennahm und sich kurz danach erhob. Ein Saaldiener eilte herbei, um ihm mit den Jetons behilflich zu sein.

Während Carla Rémy beim Eintausch seiner Jetons beobachtete, rief sie Sascha an, um ihn und Silvan auf den neuesten Stand zu bringen. Sie hielt die Verbindung aufrecht, bis der junge Valentin nervös um sich blickend zum Nebenausgang ging.

«Er kommt», sagte sie schnell und beendete das Gespräch. Dann verließ sie das Casino zügig, aber ohne auffällige Eile hinaus und rannte zu Oscar.

Rémy sah sich unauffällig um, als er das Casino verließ. Außer zwei jungen Männern, die in ein angeregtes Gespräch vertieft auf der anderen Straßenseite standen und ihn nicht weiter beachteten, war hier kaum jemand unterwegs. Das Leben spielte sich auf dem Platz vor dem Casino und im Park ab. Er drückte die Papiertüte mit seinem Gewinn unter seinem Jackett fest an sich und ging mit gesenktem Kopf los. So sah er nicht, dass die beiden Männer schnell die Straßenseite wechselten.

Er zuckte zusammen, als sich etwas Hartes in seinen

Rücken bohrte und jemand leise in sein Ohr sagte: « Geh schön ruhig weiter! Alberto will dich sehen.»

Rémy wurde steif vor Schreck. Der zweite Mann beugte sich vor: «Du hattest ja eine Glückssträhne heute, mein Freund! Hast du das Geld dabei?» Rémy nickte. «Dann sei schön brav und komm mit. Du willst doch kein Aufsehen erregen, nicht wahr?»

«Oder soll ich dir etwa wehtun?», fragte Silvan, dessen Zeigefinger den jungen Spieler erbarmungslos vorwärts trieb, böse.

Rémy hatte etwas über sechsunddreißig tausend Euro erspielt, und seine Stimme zitterte, als er sie ihnen anbot. «Ihr könntet das Geld doch nehmen und einfach verschwinden. Ich sage bestimmt keinem etwas.»

Silvan hatte fast Mitleid mit dem jungen Mann, auf dessen Stirn kleine Schweißperlen glitzerten. Doch Sascha winkte großartig ab. «Behalt dein Geld. Wir sind daran nicht interessiert. Jetzt gehen wir erst einmal …»

Rémy blieb abrupt stehen. Drei Typen italienischen Zuschnitts erschienen in diesem Moment an der nächsten Ecke, hielten kurz inne und kamen dann schnell auf sie zu. Einer der Männer hatte einen dicken Verband um die Hand.

Ein Blick auf Silvan und Sascha genügte ihm. Diese beiden hatten Alberto und seine Freunde noch nie im Leben gesehen. «Wer zum Teufel seid ihr zwei Clowns?», schrie er und seine Augen traten vor Angst hervor.

Sascha begriff schnell. «Zurück!», rief er und wandte sich zur Flucht.

Silvan fasste den Jungen geistesgegenwärtig am Arm und zog ihn mit. «Wenn dir dein Leben lieb ist, lauf!»

Sie stürmten los. Hinter ihnen schrie jemand «Porco miseria!!!» Aber da hielt Oscar bereits neben ihnen an und trat aufs Gas, kaum waren sie alle eingestiegen.

Rémy war außer sich. «Ihr Spinner!», schrie er. «Ich habe mir fast in die Hosen gemacht!»

«Halt den Mund!», sagte sein Vater ruhig. «Bedanke dich lieber, ich glaube, die Jungs haben gerade deinen Arsch gerettet.» Er wies mit dem Daumen hinter sich. Dort kam soeben ein meergrüner Mégane um die Ecke geschlittert und setzte ihnen in hohem Tempo nach.

Oscar schaffte es gerade noch bei Dunkelgelb an der nächsten Verkehrsampel vorbei. Carla drehte sich um und erhaschte einen Blick auf den Fahrer des Mégane, der jetzt an der Kreuzung feststeckte.

«Heiliger Bimbam!», rief sie erschrocken. «Wo kommen denn die jetzt wieder her?»

Silvan wandte sich ebenfalls um, konnte jedoch nichts erkennen, weil Oscar gerade mit quietschenden Reifen eine Linkskurve genommen hatte. «Wer?», fragte er alarmiert.

«Die Autodiebe!»

«Bist du sicher?»

«Absolut. Ich habe den Dicken am Steuer erkannt. Er hat aufgeregt gestikuliert. Sie sind ganz bestimmt hinter uns her.»

«Wer ist hinter euch her?», fragte Rémy verwirrt. «Nicht Alberto und seine Leute?»

«Die wahrscheinlich auch», antwortete Sascha, der jetzt auch durch die Heckscheibe spähte. Die nächste Ampel schaltete vor ihnen auf Rot.

«Danke für die Rettung. Ich steige hier aus», verkündete Rémy und rüttelte erfolglos an der Tür.

«Kindersicherung», erläuterte Carla beiläufig. «Übrigens, da sind sie wieder.»

Grün! Sie hoben fast ab, als Oscar das Gaspedal bis zum Anschlag durchtrat. Zu ihrem Glück gab es im Fürstentum Monaco kaum eine gerade Straße. Keine fünfzig Meter weiter trat Oscar voll auf die Bremse und bog nach links in eine Seitenstraße ein. Dann gab er wieder Gas. Dieses Spiel trieb er noch zweimal, bis er die Lösung für ihr Problem fand.

«Fenster zu!», befahl er, und sie gehorchten. Oscar war hier ihr natürlicher Anführer. «Haben Sie Kleingeld, Silvan?»

Der sah, worauf Oscar aus war, und grinste. «Klar doch!»

Oscar zog den Wagen an einer Tankstelle scharf nach links und in die dazugehörige Waschanlage. Durch die Bürstengeräusche hörten sie pfeifende Reifen und lautes Motorengebrumm, das in der Ferne verhallte. Nach der Wäsche rieben Oscar und Silvan den Logan langsam und liebevoll trocken und hörten dabei auf die

Geräusche von der Straße. Alles blieb ruhig.

Silvan lachte. «Der war gut, Oscar.» Er warf das benutzte Trockentuch in den dafür bestimmten Abfalleimer. «Ich schau mich mal um.»

Er ging vorsichtig nach vorne. Da war kaum Verkehr und kein Mégane weit und breit zu sehen. Als er zurückkehrte, gab Oscar seinem Sohn gerade den Tarif durch.

«Nein, du bleibst hier!»

«Du kannst das ganze Geld haben, Papa.»

«Und die Kreditkarte und meine Ausweise!», sagte Oscar drohend.

«Okay, okay.» Rémy fischte eine Brieftasche aus seiner Hosentasche und übergab sie seinem Vater. «Kann ich jetzt gehen?»

Oscar betrachtete ihn kopfschüttelnd. «Wo willst du denn hin?»

«Zu Maman.»

«Das kannst du gleich vergessen. Deine Mutter und ich sind geschieden, aber ich will trotzdem nicht, dass sie deinetwegen Besuch von Alberto bekommt. Du kommst mit mir mit.»

«Aber ...»

«Kein Aber. Ruf deine Mutter an und sag ihr, dass dir gut geht und ich dich wegbringe, zu deinem und ihrem Schutz. Und sie soll ein paar Tage zu ihrer Schwester nach Béziers fahren.»

«Alles ruhig draußen», unterbrach Silvan die Debatte.

Sie fuhren mit gebotener Vorsicht zurück zum Ein-kaufszentrum, wo sie Kim zurückgelassen hatten.

Sie hatte in der Zwischenzeit die Hunde ausgeführt und Getränke und Sandwiches für die Heimreise einge-kauft. Während sie ihre milden Gaben verteilte, fragte Oscar plötzlich: «Haben Sie gesehen, ob es hier eine Bank gibt, Madame?»

Als sie den Kopf schüttelte, holte er eine Tüte aus dem Logan. «Ich schau mal nach. Passen Sie bitte inzwi-schen auf, dass der da nicht abhaut.» Und er deutete mit dem Kopf auf seinen unglücklichen Sohn.

Während sie warteten, erstatteten Carla und Sascha Bericht über das geglückte Unternehmen.

«Ich habe das Geld wieder einbezahlt», erklärte Os-car, als er ohne Beutel wieder kam. «Es wäre illegal, so viel Bargeld außer Landes zu bringen.»

«Das war auch mein Geld», murrte sein Sohn.

«Keine Angst, du kriegst schon deinen Teil.» Das klang nach einer Drohung, und Rémy zog es vor, den Mund zu halten.

«Sie wollen uns also begleiten?», fragte Kim lä-chelnd.

«Wenn es Ihnen recht ist? Ich kann mit Rémy weder nach Marseille noch nach Paris zurück, also ist es im Grunde egal, wohin wir fahren. Hauptsache so weit weg wie möglich von jedem Spielcasino.»

«Ich glaube, ich habe eine Lösung für Ihr Problem.» Kim nickte in Richtung des jungen Mannes. «Da gibt es eine wunderbare Einrichtung ... – Ich werde mich zu Hause darum kümmern.»

«Sehr freundlich von Ihnen. Dann fahren Rémy und ich den Dacia?»

«In Ordnung.» Sie wurde geschäftsmäßig. «Schön, da das jetzt geklärt ist, können wir wohl endlich nach Hause fahren. Wo ist die nächste Autobahnzufahrt?»

«Davon sollten wir uns besser fernhalten, Kim», sagte Oscar ernst.

Silvan, der gerade ausgiebig Othello gestreichelt hatte, hob alarmiert den Kopf. Hatte Oscar seine Tante tatsächlich mit Vornamen angesprochen? Zwar war es in Frankreich nicht unüblich, sich beim Vornamen zu nennen, aber bisher war sie für den ehemaligen Soldaten konsequent *Madame* gewesen. Silvan schielte zu Kim hinüber. Kein pikierter Gesichtsausdruck, im Gegenteil. Soso.

«Und was schlagen Sie stattdessen vor? Wir wollen hier ja keine Wurzeln schlagen.» Kims Bedarf an Abenteuern war gedeckt, sie wollte nach Hause.

«Wo denken Sie, ist die Chance am größten, auf die einen oder anderen Verfolger zu treffen?» Oscar richtete die Frage an alle.

«An der nächsten Autobahnzufahrt», antwortete Silvan prompt.

«Ja, das glaube ich auch.»

Sie diskutierten hin und her und beschlossen, durch Italien nach Hause zu fahren. Wenn sie bis Menton auf der Küstenstraße blieben, war die Gefahr gering, dass sie verfolgt wurden.

Carla saß bereits in Silvans Audi. Sascha stieg ohne Widerspruch zu Kim in den Mercedes. Er schien, wie sie alle, an Stressresistenz gewonnen zu haben.

«Wenn du mir versprichst, nicht zu türmen, kannst du meinetwegen vorne sitzen», erklärte Oscar seinem Sohn trocken.

«Wahrscheinlich sind sie schon hunderte Kilometer weg», sagte Van Dam desillusioniert, nachdem sie eine Stunde lang an der Départementale zur Autobahn gewartet hatten.

«Oder sie sind noch in Monte und riskieren ein Spielchen.» Lafitte trat frustriert seine Zigarette aus. Er hatte Hunger und Durst und außerdem musste er mal aufs Klo.

Van Dam wusste, was zu tun war, aber es freute ihn nicht. «Verdoori! Dieser Idiot hätte mir nur das Päckchen aushändigen müssen. Dann wäre er noch am Leben. – Verdammt, ich muss den Chef anrufen.»

Sie nahmen die Autobahnauffahrt und fuhren die paar Kilometer bis zur nächsten Raststätte. Lafitte verschwand eilig im Shop, während Van Dam mit Manolo Bartoli telefonierte und ihm die Situation beichtete. Anschließend warf er sein Telefon auf den Rücksitz, um sein Gehör zu schonen. Dennoch verstand er jedes Wort in aller Deutlichkeit. «Ihr Anfänger, ihr Idioten! Ich brauche diese Ware, und zwar so schnell wie möglich. Es ist mir verdammt noch mal scheißegal, was ihr anstellen müsst, aber wenn ihr ohne die Ware zurückkommt ...»

Damit war das Gespräch beendet. Aber Van Dam konnte sich den Rest auch so sehr gut vorstellen.

Die Fahrt durch Italien war nach der Aufregung des Wochenendes gleichförmig und ereignislos. Jetzt wo der Adrenalinschub nachließ, kam die Erschöpfung.

Um Zeit zu sparen, hielten sie nur an, um sich am Steuer abzuwechseln. Oscar musste durchhalten. Er traute seinem Sohn nicht über den Weg. Aber der ehemalige Soldat war er es gewohnt, auch einmal an seine Grenzen zu gehen.

Dann wurden sie doch noch einmal aufgehalten. Kurz vor Bellinzona stieg blauer Rauch aus dem Motorraum des Mercedes auf. Sie schafften es noch bis in die Stadt, wo sie mit Glück und Carlas Tablet eine Marken-Werkstatt fanden. Die Aussichten waren nicht rosig. Motorschaden, Ersatz musste bestellt werden. Sie mussten den Wagen zurücklassen.

Kim raste. «Diese Idioten. Das ist doch kein Rennwagen. Hätten sie ihn stehen lassen, wäre er jetzt noch ganz.»

«Beruhige dich, du bekommst ihn ja wieder», versuchte Silvan zu deeskalieren. «Wir zwei machen am Wochenende eine kleine Fahrt ins Tessin und holen ihn ab.»

Rémy starrte sehnsüchtig über die Straße. «Da drüben ist eine Konditorei. Können wir nicht vielleicht ...?»

Sie brauchten alle eine Pause und einen Kaffee. Eine halbe Stunde später lehnte sich Sascha zurück und strich sich über den kuchengefüllten Bauch. «Das habe ich gebraucht. Wie weit ist es noch, Silvan? Drei Stunden?»

«Ja, das kommt etwa hin, vorausgesetzt wir verzichten auf eine Pause.»

«Keine Pausen mehr», sagte Kim entschieden. «Nächster Halt – Le Rochet. Ich lade euch zum Essen ein.» Das bereitete ihr keine Mühe. Als leidenschaftliche Köchin pflegte sie ihre Mahlzeiten immer in größerer Menge zuzubereiten. Die Reste verpackte sie sorgfältig und zehrte bei anderen Gelegenheiten davon, wenn sie keine Zeit oder keine Lust zum Kochen hatte. Ihre vier Tiefkühltruhen waren voll mit Menüs, die sie nur in den Steamer zu stellen brauchte. Für unerwartete Gäste war somit stets gesorgt. «Einverstanden? Ich fahre mit Oscar und ihr vier mit Silvan. - Wenn Sie müde sind, fahre ich den Rest selbst», bot sie mit einen schrägen Blick auf ihre Autoschlüssel neben Oscars Tasse an.

Silvan grinste verstohlen, als der Franzose antwortete: «Danke, es geht schon.»

Rémy schien sich vom Schreck erholt zu haben, und sein Spielfieber entwickelte sich umgekehrt parallel zur Entfernung von Monte Carlo. Er wirkte jetzt völlig nüchtern. «Kann ich mit euch fahren?», wandte er sich an Carla. «Mein Vater hat mich seit Monaco angeschwiegen, und ich hätte jetzt allmählich gerne wieder ein bisschen Unterhaltung.»

Carla blickte sauer. Aber Silvan deutete grinsend auf Kim und Oscar, und sie gab seufzend nach. «Meinetwegen. Aber hinten.»

Silvan brachte die Hunde im Logan unter. «Da haben sie mehr Platz», erklärte er scheinheilig.

Kim starrte ihn an, als wäre er betrunken. Natürlich hatten die Hunde in ihrem Wagen mehr Platz, was sonst? Aber er lächelte nur und komplimentierte Sascha in seinen Wagen hinüber. Der musterte ihn, als wäre er übergeschnappt.

«Hat dir die Sonne nicht gutgetan, Silvan?», fragte er teilnahmsvoll, während er sich neben Rémy auf den Rücksitz zwängte.

«Nein.» Silvan hatte einige Mühe, das dämliche Grinsen aus seinem Gesicht zu vertreiben. «Ich hege nur die Hoffnung, dass ich die Verantwortung für meine Tante bald in fähigere Hände geben kann.»

«Was?» Rémy warf einen erschrockenen Blick auf seinen Vater und Kim, die lachend miteinander plauderten. «Ach du liebe Güte! Ist er dafür nicht etwas alt?»

Als Oscar anfuhr, ließ Kim die Scheibe herunter und rief fröhlich herüber: «Fahrt anständig! Wir sehen uns zu Hause.»

Sie kamen gut voran auf ihrer letzten Etappe. Die Pendler waren längst zu Hause, die meisten LKW-Fahrer für ihre Achtstundenpause auf den Rastplätzen, und außer an einigen Baustellen lief der Verkehr auf der Autobahn flüssig. Silvan fuhr entspannt und genoss ein merkwürdiges Hochgefühl. Ihr abenteuerlicher Ausflug war wider Erwarten erfolgreich verlaufen. In Sachen Diamanten bestand allerdings noch Erklärungsbedarf. Davon hatte Nussbaumer noch keine Ahnung. Er überholte den Dacia und winkte großspurig zu Kim hinüber. Sie würde das schon machen.

Carla lachte. «Ich glaube nicht, dass sie uns bemerkt haben, sie sind so miteinander beschäftigt. Pass auf, dass du sie nicht abhängst.»

«Warum? Kim kennt den Weg», antwortete er sorglos. Er merkte plötzlich, dass er eigentlich keine Eile hatte nach Hause zu kommen. «Ich werde dich vermissen.»

«Es ist ja nicht weit von Bern nach Lausanne. Komm mich nächsten Samstag besuchen.»

Er erwiderte ihr Lächeln. «Das werde ich bestimmt. Aber mir ist eigentlich nicht nach einer Wochenendbeziehung.»

Sascha der angeregt mit Rémy plauderte, wurde aufmerksam und rief nach vorne: «Mach dir keine Sorgen wegen deiner Wohnung. Ich werde sie pfleglich behandeln, wenn du nach Lausanne ziehst.»

«Könntest du dich vielleicht auf euer Gespräch

konzentrieren? Ich kümmere mich um meines schon selbst», erwiderte Silvan. Aber Sascha hatte ihm ein Stichwort gegeben. «Hey, Carla, würdest du eine Wohngemeinschaft mit mir in Erwägung ziehen?»

«Ja, warum nicht», antwortete sie abwesend und holte ihr Tablet aus den Tiefen ihres Rucksacks.

«Was schreibst du denn jetzt schon wieder?»

«Ich schreibe meiner Kollegin, dass ich morgen zurück bin. Und meinen Eltern, dass sie sich keine Sorgen machen.»

Kapitel 10

Es dämmerte schon, als Silvan das Dorf erreichte, zu dem Le Rochet gehörte. Auf den Straßen war zuletzt kaum mehr jemand unterwegs gewesen, die Menschen saßen zu Hause und genossen ihren Feierabend. Darum wunderte sich Silvan über den SUV, der jetzt plötzlich zu ihm aufschloss.

Der Fahrer des Wagens schien es sehr eilig zu haben. Er fuhr so nahe hinter ihnen durchs Dorf, dass seine Scheinwerfer nicht mehr zu sehen waren, und setzte gleich am Dorfausgang den Blinker. Es war eine gefährlich unübersichtliche Stelle zum Überholen. Silvan hatte nicht Kims Eskapaden zwei Tage lang überlebt, um sich auf den letzten drei Kilometern in die Statistik der Verkehrstoten einzureihen. Er nahm den Fuß vom Gas, um den Drängler vorbeizulassen.

Alberto hatte in Monte Carlo auf eine Verfolgung verzichtet, sein Wagen war zu weit entfernt geparkt gewesen. Stattdessen hatte er die Halterin des Dacia eruieren lassen und die Adresse im Satellitenbild studiert. Da gab es Tore und Zäune, und darum hatte es Alberto eilig hinzukommen. Er hatte nicht die Absicht zu warten, bis sich Rémy und seine kleinen Freunde zu Hause verbarrikadiert hatten. Nur diesen Greis in seinem tollen Audi musste er jetzt endlich hinter sich lassen. Er setzte den Blinker und gab Gas. Im

269

Vorbeifahren warf er einen Blick nach rechts und ein erfreutes Grinsen breitete sich auf seinem Gesicht aus.

Rémy blickte im selben Moment aus dem Fenster und bekam beinahe einen Herzinfarkt, als er sah, wer am Steuer saß. «Alberto! Das ist Alberto mit seinen Schlägern!»

Silvan begriff den Ernst der Lage sofort. Fluchend trat er das Gaspedal durch und unterband das Überholmanöver. Seine Gedanken rasten. Wie zum Teufel hatten diese Schlägertypen sie so schnell gefunden? Egal, er musste sie loswerden. Die waren bestimmt nicht auf ein Kaffeekränzchen aus. Und er wollte nicht mit Alberto im Schlepptau in Le Rochet ankommen.

Während er die Hauptstraße entlang raste, formte sich in seinem Kopf eine vage Idee. Sie war verrückt, zugegeben, aber etwas Besseres hatte er augenblicklich nicht zu bieten. Nussbaumer würde eine Flasche Champagner öffnen, wenn er mich jetzt sehen könnte, dachte er und zog ohne zu blinken in letzter Sekunde nach links in die Biker-Rennstrecke am Hügel. Ein erster Versuch, Alberto abzuschütteln. Er misslang. Der SUV blieb dicht hinter ihnen.

Auf der schmalen Straße zwischen den Bäumen war es nicht mehr dämmerig, sondern fast dunkel. Die Scheinwerfer des Audi bohrten sich in den Wald, während er über die kurvige Strecke hetzte.

Carla schrie, als sie in einer engen Kurve gegen die Tür gepresst wurde. Sascha und Rémy hielten sich mit beiden Händen an den Vordersitzen fest, fluchten und protestierten, wenn sie herumgeschleudert wurden.

Immer wieder holte Alberto auf, und jedes Mal machte Silvan in den Kurven wieder Boden gut. Jetzt zog er den Wagen direkt vor dem SUV scharf nach links.

«Bist du verrückt?», schrie Carla entsetzt.

«Nein, aber ortskundig», stieß er zwischen den Zähnen hervor und nahm die nächste Biegung.

Silvan betete, während er durch den Wald raste, dass er die Gegend in der Dunkelheit korrekt las. Doch selbst, wenn er die richtige Kurve erwischte, war der Erfolg nicht garantiert. Und er hatte keinen Plan B.

Endlich glitt der Strahl der Scheinwerfer über einen Stapel Baumstämme, direkt vor einer Linkskurve. Hier musste es sein! Silvan nahm so viel Geschwindigkeit zurück wie unbedingt nötig und trat im nächsten Moment das Gaspedal voll durch. Die Reifen quietschten, das Fahrgestell stöhnte und Silvans Arme schmerzten vor Anstrengung, als er den Wagen mit aller Kraft in der Spur hielt. Er fühlte, wie sich die Räder unter ihm vom Boden lösten und schrie: «Nach links lehnen!!» Seine Beifahrer gehorchten, der Audi senkte sich zurück auf die Straße.

Geschafft! Aber noch konnten sie nicht aufatmen. Silvan sah im Rückspiegel die Scheinwerfer der Verfolger wie zwei böse Augen in der Kurve auftauchen. Ein Fehl-schlag, dachte er enttäuscht. Doch dann kippte ein Auge nach oben, und der SUV schlitterte auf zwei Rädern über die Straße hinaus in den Wald. Als er sich mit ei-nem hässlichen Krachen in eine unschuldige Fichte bohrte, war Silvan bereits außer Sichtweite.

Auf dem Rücksitz krümmte sich Rémy und schluchzte vor Angst. Sascha fluchte, wie Silvan ihn noch nie hatte fluchen hören. Carla ließ einen tiefen Atemzug entweichen. «Himmel! Dafür beziehst du Prü-gel, Silvan! Das weißt du, oder?»

«Meinetwegen, sobald wir zu Hause sind. Da vorne ist gleich die Auffahrt von Le Rochet. Dort können wir uns verbarrikadieren und die Polizei rufen. Gleich ha-ben wir alles hinter uns.»

Dass er damit nicht falscher liegen konnte, sah er be-reits in der Auffahrt. Die Bewegungsmelder hatten rea-giert und Flutlicht beleuchtete eine bizarre Szene.

Der Kombi stand mit offenen Türen mitten auf dem Platz zwischen dem Haupthaus und den Wirtschaftsge-bäuden. Davor verharrte Oscar in wachsamer Haltung, einen Meter neben Kim. Das Empfangskomitee hatte bei ihrer Ankunft bereits auf sie gewartet.

Silvan erkannte die beiden Männer sofort. Oscar hatte sie sehr gut beschrieben, und Kim war eine be-gabte Porträtmalerin.

Beide Gangster hielten Waffen in den Händen. Der

Dicke wandte weder seine Augen noch die Mündung seiner Pistole von Kim und Oscar. Aber sein Kollege schenkte Silvan und seinen Mitreisenden seine ganze Aufmerksamkeit und winkte den Audi rechts neben den Logan.

Silvan dachte einen Moment darüber nach, einfach durchzustarten und Lafitte über den Haufen zu fahren. Aber Carla sagte «Nein!» und so hielt er wie befohlen an.

«Aussteigen!»

Silvan stieg aus und trat vor. Carla kam zu ihm und blieb neben ihm stehen.

Sascha war blass, aber gefasst. Er griff in den Wagen und zog Rémy zu sich hinaus. Der Junge war fast gelähmt vor Angst. Sascha blieb neben ihm stehen.

Lafitte nickte Van Dam zu. Er hatte den Überblick und alles im Griff.

Der Belgier setzte seine nette Plauderei mit Kim fort. «Glauben Sie wirklich, es würde mir etwas ausmachen, Sie zu erschießen?», fragte er ruhig, um danach schärfer zu werden. «Den Hund, Madame! Sofort!»

«Geben Sie ihm den Hund!», drängte Oscar.

«Tu das, Kim, verdammt! Oscar hat recht», pflichtete ihm auch Silvan bei. Bei aller Tierliebe, er hatte kein Verständnis dafür, Menschenleben für einen Hund zu riskieren. Nicht einmal Kims.

Kim zauderte, sie hatte Angst. Sie war aber auch wütend, es ging ihr gegen den Strich, gegen diese Gangster klein beizugeben.

Der Dicke wandte sich unvermittelt Silvan zu und drohte: «Auf drei, Madame, oder ich erschieße einen ihrer Freunde. Eins, ...»

Kim setzte sich in Bewegung und öffnete die Hecktür des Logan. Sie ließ Whisky aus dem Wagen springen und ging mit ihm nach vorne. Van Dam rief: «Hierher, Bentley!»

Sie verdrehte die Augen, und Silvan murmelte: «Bentley? Kim, der ist ja noch verrückter als du.»

Whisky zögerte verwirrt. Er sah seine Herrin an und blieb stehen. «Geh schon», befahl sie mit erstickter Stimme.

Der Hund empfing zwei widersprüchliche Anweisungen, eine verbale und eine emotionale. Er entschied sich für die Zweite und blieb stehen. Erneut rief Van Dam, diesmal mit mehr Nachdruck: «Hierher, Bentley! Auf der Stelle!»

Whisky drückte sich dicht an seine Herrin und machte keine Anstalten dem Befehl zu folgen. Kim widerstand der Versuchung, den Hund zu streicheln oder zu loben, und starrte den Gangster nur böse an.

«Bringen Sie ihn her!», befahl Van Dam.

«Holen Sie ihn doch!», zischte sie aufsässig.

«Sofort!» Die Pistolenmündung wanderte wieder nach rechts.

«Kim!», flehte Silvan. «Das ist jetzt wirklich nicht der Moment!»

Sie gab nach und brachte Whisky zu Van Dam.

Aller Augen waren auf sie gerichtet und niemand bemerkte Othello, der jetzt lautlos aus dem Wagen sprang. Er verstand zwar die Situation nicht, aber die Atmosphäre machte ihn aggressiv. Sein Fell stellte sich vom Nacken bis zum Schwanz auf, und er knurrte leise, als er sich mit gesenktem Kopf langsam und steifbeinig zwischen den Autos vorwärtsbewegte. Einen Meter hinter Oscar blieb er stehen.

Lafitte winkte Kim an ihren Platz zurück. Van Dam tastete Whiskys Halsband ab und richtete sich drohend auf. «Wo sind die Steine?»

Silvan hatte sie vorausschauend bereits in der Hand. Er trat vor, öffnete die Flasche und ließ die Diamanten sehen. Van Dam streckte die Hand aus, und Silvan legte die Flasche hinein. Der Gangster ließ sie in seiner Jacke verschwinden.

Silvan kehrte zu Carla zurück. «Sie haben, was Sie wollten. Und jetzt verschwinden Sie aus unserem Leben. Nehmen Sie ihre blöden Diamanten und hauen Sie ab!»

«Sie haben uns gesehen, Boss», bemerkte Lafitte sehr richtig.

«Hmm», murmelte Van Dam und musterte sie mit einer so bösartigen Gleichgültigkeit, dass Silvan zu frieren begann. Automatisch griff er nach Carlas Hand. Sie drückte sie bedeutsam. Als er ihrem Blick folgte, stockte ihm der Atem. In der Scheune war noch jemand. Gerade

275

schob sich aus dem Fenster der Futterküche der Lauf einer Waffe. Heiliger Bimbam, dachte er, allmählich können sie mich auch erschießen, viel mehr kann ich nicht verkraften.

«Boss?»

«Erschieß sie!»

In diesem Moment tauchte in der Einfahrt ein ziemlich ramponiertes Fahrzeug auf. «Rémy!», schrie der Beifahrer aus dem Fenster. «Was für eine Freude, dich wiederzusehen. Hast du unsere Kohle dabei?»

Rémy knickte ein und ging zu Boden. Sascha ging neben ihm in Deckung. Van Dam brüllte in seiner Muttersprache etwas Unverständliches, Lafitte fuchtelte in grenzenloser Verwirrung mit seiner Pistole herum, und Kim schrie empört etwas von: «Kein öffentlicher Parkplatz!»

Oscar ergriff seine Chance, rotierte sie aus der Schusslinie, drückte sie zu Boden und deckte sie mit seinem Körper. Damit schuf er Raum für Othello, der unvermittelt zwischen den Autos hervorschoss und Lafitte angriff. Der taumelte und schrie vor Schmerz, als der Hund die Zähne in seinen Arm schlug. Während er fiel, zog er den Abzug seiner Waffe durch und ein Schuss löste sich. Und anders als in Marseille traf er dieses Mal.

Van Dam ging fluchend in die Knie, ließ seine Pistole fallen und hielt sich mit beiden Händen seinen mächtigen rechten Oberschenkel. Oscar rannte los und trat die Waffe weg.

Lafitte versuchte vergeblich, Othello von sich fernzu-halten. «Rufen Sie Ihren Hund zurück!», schrie er voller Angst.

«Werfen Sie lieber ihre Pistole weg, wenn Ihnen et-was an Ihrem Arm liegt» antwortete Kim und richtete sich vorsichtig auf.

Lafitte gehorchte, und Oscar nahm die Waffe an sich. «Alles in Ordnung», sagte er, trat zurück und richtete die Waffe auf die beiden Gangster.

Othello gehorchte nur widerwillig, als Kim ihn zu-rückrief. Er knurrte noch immer tief und böse und ließ den Feind nicht aus den Augen.

Whisky hatte sich in dem ganzen Durcheinander nicht von Van Dam weggerührt. Hunde sind unkritisch. Sie lieben auch einen Massenmörder, wenn er freund-lich zu ihnen ist. Der große Mann hatte mit Whisky ge-spielt, ihn liebkost und ihm Stöckchen geworfen. Mit La-fitte hatte der Kleine jedoch noch eine Rechnung offen. Dieser unangenehme Mensch hatte ihn angeschrien, herumgezerrt, kalt abgespritzt und ihn einfach sitzen lassen, als es ihm schlecht ging. Whisky, aufgeputscht von Othellos Wut und dem Geruch von Van Dams Blut, fuhr kläffend auf seinen Peiniger los und biss ihn in die Hand. Dann lief er zu Kim zurück und setzte sich neben Othello. Der stupste den Kleinen freundschaftlich mit der Nase an. Gut gemacht, schien die Geste zu bedeuten.

«Guter Hund», lobte auch Kim. Lafitte stöhnte.

Silvan stand mit offenem Mund da und kniff sich in

die Seite. Es musste sich um einen Albtraum handeln, und zwar um einen der schlimmsten Sorte, denn in diesem Moment trat Nussbaumer aus der Scheune. Er hielt seine Dienstwaffe in der Hand, sah Silvan direkt in die Augen und sagte trocken: «Überraschung!»

Dann musterte er kopfschüttelnd die Szene auf dem Hof und fügte hinzu: «Messieurs Van Dam und Lafitte: Ich nehme Sie fest wegen des Mordes an Joseph Bensaoula und weiteren Delikten!»

Auf dieses Stichwort hin tauchten hinter ihm zwei weitere Polizeibeamte auf.

Alberto, dessen Stirn eine große Beule zierte, zwinkerte ob der neuen Situation und bemerkte: «Jungs, ich glaube, wir sind hier überflüssig.» Er legte krachend den Rückwärtsgang ein, hielt aber sofort inne, als ein Polizeifahrzeug hinter ihm die Auffahrt heraufkam.

Kim stand da und sah aus, als hätte sie einen Schlag auf den Kopf bekommen. Silvan konnte es ihr nicht verdenken. Er beugte sich seitlich zu Carla und murmelte aus dem Mundwinkel: «Ich hätte nie gedacht, dass ich einmal glücklich sein würde, Nussbaumer hier zu begegnen. Ich hoffe aber, das war's endlich, mehr Überraschungen verkrafte ich nicht.»

Sie streichelte seinen Arm und lächelte ihn abwesend an, ehe sie sich dem Kommissär zuwandte. «Hallo Papa», sagte sie.

Kim und Silvan, Sascha, Carla und die beiden

Franzosen wurden als Zeugen für den nächsten Morgen vorgeladen, und Nussbaumer schärfte ihnen ein, gefälligst pünktlich zu erscheinen. Andernfalls werde er sie alle festnehmen lassen. Dann fuhr er mit Carla davon.

Als sie endlich allein waren, versuchte Kim, ein bisschen Normalität zu schaffen, indem sie ihre Tiere zurückholte und versorgte. Anschließend aßen sie eine Kleinigkeit und sprachen über die Vorkommnisse des Wochenendes. Doch sie waren alle ausgelaugt und müde, es war inzwischen fast Mitternacht. Sie gingen bald zu Bett.

Um acht Uhr wurden sie auf dem Kommissariat bereits erwartet und einzeln einvernommen. Die Protokollierung aller Aussagen nahm den ganzen Morgen und einen guten Teil des Nachmittags in Anspruch. Einmal sah Silvan Carla von Weitem. Sie hob die Hand, doch er erwiderte die Geste nicht.

Der Ausflug nach Frankreich hatte für Kim, Sascha und Silvan keine rechtlichen Konsequenzen, auch wenn ihnen Nussbaumer in aller Deutlichkeit und gehöriger Lautstärke mitteilte, was er davon hielt, und wie viel Glück sie gehabt hatten, dass ihnen nichts passiert war.

Nach der Befragung fuhr Sascha zurück in die große Wohnung nach Bern. Sein Mietvertrag war stillschweigend verlängert worden.

Silvan und die beiden Franzosen begleiteten Kim zurück nach Le Rochet. Zu Hause angekommen, hängte sie sich ans Telefon und suchte nach einem Therapieplatz für Rémy. Sie hatte das Bedürfnis, sich für Oscars Hilfe zu revanchieren.

Oscar hielt zunächst ein wachsames Auge auf seinen Sohn, doch Rémys Widerstand war gebrochen. Er schien keinerlei Ambitionen mehr zu haben, sich aus dem Staub zu machen. Stattdessen spielte er mit den Welpen und machte sich im Stall nützlich.

Alle schienen so beschäftigt, dass sich Silvan sehr überflüssig vorkam. Schließlich zog er sich zurück an seinen Lieblingsplatz, der ihm seit seiner Kindheit Schutz und Geborgenheit geboten hatte.

Unter dem Scheunendach war es sehr warm. Silvan öffnete das große Dachfenster, lehnte sich hinaus und genoss das Panorama, das sich ihm bot: Das ganze Tal lag vor ihm, bis hin zu der Bank, wo alles seinen Anfang genommen hatte. Der Raps schien bereits nicht mehr so strahlend gelb, wie vor ein paar Tagen, er reifte jetzt zusehends. Silvan dachte nach, war heute wirklich erst Dienstag? Es war kaum zu glauben.

Ein Abschleppwagen fuhr die Zufahrt hoch und zwei Männer luden den Albertos SUV und den gestohlenen Mégane auf. Kim war bestimmt froh darüber, dass ihr Le Rochet jetzt wieder allein gehörte.

Nach einer Weile raschelte es hinter ihm und eine weiche Hand legte sich auf seine Schulter. Es war Carla. Nussbaumer! Der Schock saß immer noch tief.

«Ich bin mit dem Abschleppwagen gekommen. Kim hat mir gesagt, wo ich dich finde.»

Silvan reagierte nicht.

«Böse?»

Er schüttelte nur den Kopf.

«Dann sprich mit mir.»

Er sah sie an, als wäre es das erste Mal. «Weiß dein Vater, wo du dich herumtreibst?»

«Na klar.»

«Und ist er einverstanden?»

«Ich bin dreiundzwanzig», erinnerte sie ihn.

Ach ja, und heute war ihr Geburtstag. «Happy Birthday», sagte er emotionslos und schwieg weiter.

Sie wartete ab, solange sie es ertragen konnte. «Es tut mir leid», begann sie wieder.

«Okay.» Er hatte wirklich keine Lust auf ein Gespräch.

Allmählich wurde sie ärgerlich. «Blau steht dir gut», provozierte sie ihn.

Er betastete das große Veilchen, das sein rechtes Auge zierte. «Er hat mich geschlagen!», sagte er vorwurfsvoll.

«Ich habe dir ja vorausgesagt, dass du Prügel beziehen wirst. - Sieh es ihm nach. Er hat etwas gegen Leute, die seine Tochter in Gefahr bringen.»

«Ich habe dich in Gefahr gebracht?», fragte Silvan ungläubig. «Ach wirklich? Wer wollte denn unbedingt mitfahren?»

Sie zuckte die Schulter. «Ich, na und?»

«Hast du auch veranlasst, dass diese kleine Armee

auf uns gewartet hat? Nicht dass ich es dir nachtragen würde.»

«Ja, habe ich. Und es tut mir nicht leid.»

«Was? Dass du die Armee aufgeboten hast?»

«Nein, dass ich mitgefahren bin.»

«Das tut dir nicht leid?»

«Kein bisschen.»

Es war schwierig, diesem Lächeln zu widerstehen, das in ihren Augen entstand und irgendwann ihren Mund erreichte. «Meinst du, er schlägt mich noch einmal, wenn ich dich jetzt küsse?»

Sie lachte. «Mit unserer gütigen Hilfe konnte er einen Fall lösen, der sich über halb Europa erstreckt hat. Im Moment bergen sie wohl die Leiche des Handballers aus dem See. Er hat die Diamanten in Antwerpen geraubt. Dann ist er mit seinem Verein in Deutschland und der Schweiz von Turnier zu Turnier gezogen, während die belgische Polizei einer falschen Fährte gefolgt ist. Papa glaubt, diese Spur wurde absichtlich gelegt. Wie es scheint, ging bei der Übergabe der Beute an Van Dam und Lafitte etwas schief. Die beiden kommen jetzt wegen Totschlags, Raub und weiterer Verbrechen dran. Stell dir vor: Europol war seit Jahren hinter dieser Bande her, kam aber nicht an den Boss in Marseille heran. Nun liefert ihn Lafitte ihn ans Messer. Er hört gar nicht mehr auf zu reden. Er hofft, für seine Aussage mit einer milderen Strafe davonzukommen. Und dafür hat er einen guten Grund: Er will seine Tochter unbedingt zum Traualtar führen. Sie ist zwölf. Könnte knapp hinkommen.»

«Traualtar?», überlegte Silvan. «Was meinst du, hat dein Vater eventuell auch einen solchen Vorsatz?»

«Bestimmt.»

Silvan rümpfte die Nase. «Ich hoffe nur, er will bei der Wahl des Bräutigams nicht auch noch mitreden.»

«Kein Gedanke. Vielleicht gibt es ja eine Doppelhochzeit.» Sie deutete hinüber zum Waldrand, wo Kim, wie es schien, Oscar gerade die Bank zeigte, bei der alles begonnen hatte.

Carla kuschelte sich an Silvan und gemeinsam schauten sie auf den Wald und den Raps, bis sich der Himmel im Westen verfärbte.